BASTEI
LÜBBE

Von Vivienne LaFay sind bei Bastei Lübbe Taschenbücher lieferbar:

15 917 Die Verführerin
15 921 Die Mätresse

Vivienne LaFay

DIE NICHTE

Erotischer Roman

Aus dem Englischen von
Sandra Green

BASTEI LÜBBE

BASTEI LÜBBE TASCHENBUCH
Band 15 993

1. Auflage: Dezember 2008

Vollständige Taschenbuchausgabe

Bastei Lübbe Taschenbücher in der Verlagsgruppe Lübbe

Deutsche Erstausgabe

Titel der Originalausgabe: »The Actress«
Published by Arrangement with Virgin Books Ltd., London, UK

Dieses Werk wurde vermittelt durch die Literarische Agentur
Thomas Schlück GmbH, 30827 Garbsen
Titelillustration: Digitalstock
Umschlaggestaltung: Bettina Reubelt
Satz: Urban SatzKonzept, Düsseldorf
Gesetzt aus der Palatino
Druck und Verarbeitung: GGP Media GmbH, Pößneck
Printed in Germany
ISBN 978-3-404-15993-5

Erstes Kapitel

Es war ein perfekter Tag im Juni. Ein einsamer Stakkahn schaukelte auf einem Nebenarm des Cam. Der Fluss war nach der Hektik der berühmten Mai-Woche wieder zur Ruhe gekommen. Im flachen Kahn hatte sich Milly Belfort ganz entspannt zurückgelehnt, ein geheimnisvolles Lächeln auf dem hübschen jungen Gesicht.

Sie wusste, dass sie und ihre drei Begleiter ein attraktives Bild abgaben, als sie sich dem treffend benannten Midsummer Common näherten, angetrieben von der langen Stange, die Piers Lascelles so geschickt handhabte. Als sie an den markanten College-Gebäuden vorbeifuhren, winkte sie lächelnd den Professoren zu, die in ihren Roben und Baretten am Fluss entlangflanierten. Milly musste leise in sich hineinkichern, als sie an den Grund für die flanierenden Professoren dachte.

»Einen Penny für deine Gedanken«, sagte Bob Drew, der sich erhob, um Piers an der Stange abzulösen. Seine braunen Augen glitzerten sie unter den dunklen Brauen schelmisch an, und sie fühlte ein kurzes unerwartetes Ziehen in den Lenden.

»Ich habe gerade daran gedacht, was diese gebildeten Gelehrten wohl dazu sagen würden, wenn sie wüssten, was wir an diesem Nachmittag planen.«

Caroline James schwang ihren Kopf mit den blonden kurzen Haaren herum und blinzelte der Freundin zu. »Aber es geht doch um Kunst, nicht wahr? Jeder weiß, dass an einem bisschen Nacktheit nichts auszusetzen ist, wenn man sie als hohe Kultur verkleidet.«

Piers hob die Kamera auf und betrachtete Caroline durch den Sucher. Eine Locke seiner goldenen Haare fiel vor die Linse, und er schob die Strähne lässig zur Seite. »Ich glaube nicht, dass unsere Fotos die Wände der Royal Academy zieren werden, Leute.«

»Oh, da bin ich mir nicht so sicher«, wandte Milly ein und steckte eine Hand ins ruhige, friedliche Wasser. »Evadne sagt, es würde sie nicht überraschen, wenn Fotografie mal zur eigenen Kunstform erhoben wird.«

»Und was ist mit der Pornografie?« Caroline kicherte. »Könnte sie auch zur Kunstform erhoben werden?«

»Warum nicht?«, meinte Bob. »Lyrik wird als Kunst angesehen, weil sie die Herzen bewegt. Wenn also Worte andere Teile von dir bewegen können …«

»Es braucht nicht viel, um deine Teile zu bewegen, alter Mann«, gluckste Piers und starrte auf die Beule in Bobs weißer Hose. Er beugte sich vor, griff nach Millys freier Hand und presste seine Lippen darauf. »Ehrlich, Milly, du denkst dir die unanständigsten Dinge aus.«

»Ich will das mal als Kompliment annehmen. Ja, ich versuche, euch alle bei Laune zu halten, aber dazu muss ich mir eine Menge einfallen lassen.«

Piers küsste ihre Finger und verursachte ein wunderbares Kribbeln, das den nackten Arm hinauflief. Milly erschauerte und freute sich auf weitere Lustbarkeiten. Es war nicht das erste Mal, dass sie und ihre freizügigen Begleiter auf der Suche nach sinnlichen Abenteuern waren, aber diesmal schien es wirklich zu einem erregenden Abschluss zu kommen.

Die modernen Anstandsregeln ließen es zu, dass junge Leute unbehütet ausgehen konnten, wenn sie zu viert waren, und Milly achtete darauf, dass sie und ihr Partner stets in der Gesellschaft eines gleich gesinnten Paares waren.

Über ihnen strahlte der Himmel in einem ungebrochenen

Blau, und die Stelle, die sie für ihr Picknick ausgesucht hatten, ein kleines dichtes Wäldchen in der Nähe des Dorfes Horningsea, würde den richtigen Hintergrund für die Szene liefern, die Milly vorschwebte.

Sie machten den Stakkahn an den Bootshäusern der Universität fest und gingen zu Fuß weiter. Jeder von ihnen trug irgendwas Nützliches. Milly hielt den Weidenkorb mit dem Obst in der Armbeuge und auch noch das blassblaue Kleid, das sie nachher fürs Foto anziehen würde.

Im Moment trug sie etwas Moderneres: ein kurzärmeliges Blümchenkleid aus gelbem Chiffonstoff mit einer dazu passenden Schärpe um die schlanken Hüften. Der tiefe runde Ausschnitt enthüllte die cremige Haut von Brust und Schultern, aber das Mieder versteckte die vollen runden Brüste. Von vorn sah sie beinahe flach aus. Riemchensandalen und ein cremefarbener Strohhut mit einem gelben Bändchen komplettierten ihre Kleidung.

Unter dem Hutrand blinzelten die lebhaften blauen Augen mit wacher Intelligenz in die Umgebung. Ihre weichen, vollen Lippen bewegten sich oft zu einem offenen Lächeln, während Ranken ihrer glänzenden dunklen Haare an den zierlichen Ohren vorbeitänzelten. Die winzigen Diamantohrringe ließen Milly wie gemalt aussehen. Evadne sagte ihr, dass sie immer wie ein Gemälde aussah.

Piers kam als Letzter aus dem Boot; er schleppte die Kamera und das Stativ. Die kleine Gruppe hielt nun auf das Wäldchen zu, das vor ihnen lag.

»Oh, Milly, es ist wirklich gut, etwas zu tun zu haben, nachdem die Examen vorbei sind«, rief Caroline, pflückte einen Grashalm und steckte ihn zwischen die Lippen. »Ich war wegen meiner Noten stark beunruhigt. Der Maiball war gut für die Abwechslung, aber ich kann mich kaum noch an ihn erinnern.«

»Ja, aber nur, weil du die meiste Zeit mit Champagner abgefüllt warst«, gab Piers grinsend zurück.

Sie warf ihm den halb zerkauten Grashalm nach. »Das musst ausgerechnet du sagen! Dabei hast du versucht, die Frau des Dekans zu verführen. Du kannst froh sein, dass sie dich nicht rausgeworfen haben.«

»Das würden sie sich nicht trauen. Pa und Hunters waren zusammen in Eton, und er hat der Uni eine Menge Kohle in den Rachen gesteckt. Außerdem hat Beryl gut reagiert. Sie hat mir auf mein Drängen einen Kuss gegeben und mich mit einem Klaps auf den Arsch verabschiedet: Ich sollte jetzt wie ein guter Junge zu Bett gehen.«

»Und schon warst du weg, fromm wie ein Lamm«, rief Bob lachend.

Piers' attraktives Gesicht nahm einen listigen Ausdruck an. »Ha! Das wüsste ich aber!«

»Was soll das denn heißen?«

»Das möchtest du gern hören, was, altes Haus?«

»Wir würden das alle gern hören«, fügte Milly hinzu. »Welche Schelmenspiele hast du nach dem Maiball getrieben, Piers?«

Er zeigte ihnen seine ebenmäßigen weißen Zähne und setzte das Dreibein ab. »Wenn Bob das mal eine Weile stemmen kann, damit mir der Atem nicht flöten geht, werde ich euch die Geschichte erzählen.«

Bob nahm ihm das Stativ bereitwillig ab, und dann lauschten sie der Erzählung.

»Nun, ich wollte raus und frische Luft schnappen, und wen sehe ich draußen? Die spröde Miss Edgington-Smythe in ihrem entsetzlichen Kleid, das ihre Mutter ihr zum Ball geschickt hat. Ich glaube, sie zerging fast in Selbstmitleid.«

Caroline kicherte. »Ich wusste, dass Tubby nicht lange bei

ihr bleiben würde. Er wurde nämlich erpresst, mit ihr zum Ball zu gehen, müsst ihr wissen.«

»Ich weiß. Nun, nach diesen heißen Küssen von Beryl war ich geil wie Lumpi. Ich suchte irgendwas in einem Rock, und deshalb fragte ich, ob sie einen Schluck Champagner möchte, und sie lächelte mich so affektiert an, wie sie das manchmal draufhat. Ich schenkte ihr ein und schaute zu, wie sie schluckte. Sie wurde ganz rot, und die Augen glänzten, deshalb rechnete ich mir eine Chance aus.«

»Bei ihr?«, schniefte Bob. »Du musst aber wirklich verzweifelt gewesen sein.«

»War ich auch. Sie nahm meinen Arm, und wir zogen eine Runde durch das Gebüsch. Ich kann euch sagen, da waren schon eine Menge anderer Paare in dieser Nacht. Aber ich war erstaunt, als sie mich in einen dieser hohen Rhododendrenbüsche zog und mich heftig zu küssen begann. Sie war so stürmisch, als fürchtete sie, nie wieder so eine Chance in ihrem Leben zu haben.«

»Das stimmt wahrscheinlich auch«, warf Bob ein.

»Sei nicht so gehässig«, wies Caroline ihn zurecht, aber ihre Augen blitzten lüstern. »Sie kann doch nichts dafür. Wenn du eine Mutter wie sie hättest, würdest du dich auch auf die Erstbeste schmeißen, um von ihr wegzukommen.«

»Oh, vielen Dank«, sagte Piers, leicht gekränkt.

»Nun erzähl schon, was passiert ist«, drängte Milly. »Wie weit hat sie dich gehen lassen?«

»Es war nicht die Frage, wie weit sie mich ließ – es ging darum, wie heftig sie mich gezwungen hat.«

»Was – sie hat dich vergewaltigt? Schäm dich! Warum hast du nicht deine Beine übereinandergeschlagen, wie Mama es immer gesagt hat?«

»Hört auf, sonst sage ich nichts mehr.« Alle schwiegen, aber es kostete sie Mühe, ihr Lachen zu unterdrücken. »Wir versteckten uns also im Rhododendrongebüsch, und sie knöpfte meinen Hosenstall auf und holte mein gutes Stück heraus. Kein Vorspiel, nichts. Ich war von den Socken, sage ich euch. Ich dachte, sie wüsste gar nicht, dass Jungs so was in der Hose haben. Sie begann mich zu streicheln, und ich glaubte langsam, dass sie viel mehr Erfahrung hatte, als wir bisher angenommen haben.«

»Hat sie dich rangelassen oder nicht?«, fragte Bob.

»Sei nicht so ungeduldig. Ich stand inzwischen unter Dampf, und während sie mich weiter rieb, schob ich meine Hand unter ihren Rock, und da erlebte ich die Überraschung meines Lebens. Sie trug Seidenstrümpfe mit Strapsen, und als meine Hand höher grabschte und mit irgendeinem altmodischen Schlüpfer rechnete, fasste sie nur behaarte Muschi.«

Milly starrte ihn an, das Glucksen in der Stimme. »Du meinst, sie hatte kein Höschen an?«

Er nickte. »Genau.«

Die vier Freunde brachen in hilfloses Gelächter aus. Schließlich sagte Milly durch ihre Tränen: »Willst du damit sagen, die ganze Zeit, in der sie mit Tubby rumgemacht und so getan hat, als hätte sie ihren Spaß, mit ihrer albernen Schminke und der entsetzlichen Frisur, dass sie ... dass ihr Arsch blank war?«

»Ja, das muss so gewesen sein. Es sei denn, sie hat das Höschen später ausgezogen.«

»Eine gute Pfadfinderin! Allzeit bereit!«

»Was hast du dann gemacht?«, fragte Caroline begierig. »Wie weit hat sie dich gelassen?«

»Weiter, als ich mir erträumt habe. Ich fing an, sie zu streicheln, und bald schlüpften meine Finger hinein. Ich war sicher, dass sie mich zurückweisen würde, aber sie tat genau das Gegenteil: Sie küsste mich leidenschaftlich, während sie mich weiter rieb, und dann sagte sie Sachen wie: ›Besorg's mir gut und hart, du geiler Junge‹, oder sie keuchte: ›Reib mir die kleine Knospe, bis sie glüht.‹ Ich sage euch, ich konnte meinen Ohren kaum glauben.«

»Unser sprödes Mädchen?« Milly stand da, den Mund weit geöffnet. »Bist du sicher, wir reden über dasselbe Mädchen?«

»Was hast du sonst noch mit ihr angestellt?« Caroline hatte noch nicht genug gehört.

»Sie hat sich nicht vögeln lassen, wenn du darauf anspielst. Aber ich habe sie ordentlich mit meinen Fingern bedient, und sie hat mich schön gerubbelt. Sagen wir, dass wir beide an diesem Abend auf unsere Kosten gekommen sind.«

Lachend und scherzend gingen sie weiter. Mitten im Wäldchen gab es eine Lichtung, von der Milly meinte, dass sie für ihre Zwecke ideal geeignet wäre. Sie zog eine Karte aus ihrer Tasche, und die anderen drängten sich an sie heran, um die Karte zu betrachten. Das Bild zeigte das berühmte Frühstück im Grünen von Manet. Milly hatte es gesehen, als sie über Ostern in Paris war und den Louvre besucht hatte. Es war ihre Idee gewesen, die Szene nachzustellen und als Fotografie zu parodieren.

Sie arrangierten den Korb auf dem Boden und achteten darauf, dass einiges Obst heraus fiel, genau wie auf dem Gemälde. Daneben legten sie ein Barett statt des Strohhuts, den Manets Modell abgelegt hatte. Dann begannen die beiden Männer sich auszuziehen, während Milly das blaue Kleid über das gelbe anzog. Als die beiden Männer nackt waren, baute Piers die Kamera auf. Er verzögerte den Auslöser, damit er sich rasch ins Bild begeben konnte.

Bobs Erektion war schon weit gediehen, und während er sich mit den Vorbereitungen beschäftigte, setzte auch Piers' Erregung ein. Milly spürte, wie sie von einer Welle der Lust erfasst wurde. Sie wartete darauf, dass das Fotografieren endlich vorbei sein würde. Denn erst wenn die Fotos im Kasten waren, würde der Spaß beginnen.

Caroline nahm ihre Position im Hintergrund ein und imitierte die Frau, die auf dem Gemälde Blumen am Ufer pflückte. Hinter ihr war das Boot festgemacht. Milly hatte ihre Position schon eingenommen, den Ellbogen auf dem Knie, die Hand unterm Kinn. Sie wollten das Original so echt wie möglich kopieren, damit jeder gleich die Anspielung verstand.

Der größte Unterschied würde sein, dass diesmal die beiden Frauen angezogen und die beiden Männer nackt waren. Es war Millys Absicht, eine ›Feministenversion‹ zu erstellen und die sexuellen Implikationen umzukehren. Sie hatte oft genug mit Evadne Parker, ihrer Kunstlehrerin, über die Ausbeutung der weiblichen Gestalt diskutiert.

Als alle bereit waren, wiederholte Piers die Szene einige Male, damit sie sicher sein konnten, wenigstens ein Bild geschossen zu haben, auf dem alle gut getroffen waren. Er selbst lag rücklings auf dem Boden und wies mit der rechten Hand auf Milly, während er in der anderen Hand einen kurzen Spazierstock aus Ebenholz hielt.

Das brachte sie auf eine Idee. »Wie viele Bilder hast du noch, Piers?«

»Oh, ein paar werden es noch sein.«

Sie grinste schelmisch. »Dann schlage ich vor, dass wir sie höchst effektvoll einsetzen. Caroline, komm mal her.«

Bald lagen die nackten Männer auf den Knien der bekleideten Frauen. Milly klatschte mit der flachen Hand auf Piers runde Backen, während Caroline den Spazierstock benutzte, um Bob zu züchtigen, und die Szene wurde vom zuverlässigen Kasten auf drei Beinen aufgenommen.

Die lustvolle Aktion hatte den Adrenalinspiegel bei allen Beteiligten in die Höhe gejagt, und sie betrachteten sich mit geröteten Wangen und funkelnden Augen. Unter ihren Röcken fühlte Milly, wie ihre geheimen Stellen sich Beachtung wünschten.

»Jetzt seid ihr dran, Ladys«, rief Bob und rieb sich den brennenden Hintern.

Milly nickte. »Okay, aber kein Spanking. Lassen wir uns was Interessanteres einfallen.«

»Was geht in deinen schmutzigen Gedanken vor, Milly?«, fragte Piers und sah sie mit seinen grünen Augen begierig an. Ihr fiel auf, dass sein Penis voll ausgefahren war. Er hob den Kopf, als wäre er nach einem langen Schlaf aufgewacht.

»Du entwickelst den Film selbst?«

»Natürlich. Keine Sorge, Darling, die Bilder sind nur für unsere Augen bestimmt.«

»Fein. Wenn das so ist, dann strippen wir, Caroline.«

Die beiden Frauen zogen ihre Kleider aus und waren bald so nackt wie die Männer. Zwei ansehnliche Paare. Die Männer strotzten nur so von Gesundheit; sie gehörten zur Rudermannschaft ihres Jahrgangs, und Piers war auch ein ausgezeichneter Cricketspieler. Die muskulösen Oberkörper und die kräftigen Beine gaben ihnen schon eine starke Präsenz, wenn sie voll bekleidet waren, aber nackt sah man ihnen das Vollblut an. Beide Männer waren mit beeindruckenden Erektionen ausgestattet; Piers' etwas längeres und elegantes Organ erhob sich aufgeregt, es war etwas blasser als Bobs dunkles, dickes und rustikales Gerät.

Was die beiden Frauen anging, so wusste Milly, dass sie die üppigere Figur hatte. Hoch angesetzte, perfekt gerundete Brüste mit delikaten rosa Spitzen, die stolz herausragten. Ihr dunkler Busch war dicht und gelockt, aber man konnte den feuchten Schlitz trotzdem sehen. Milly hatte einen feinen flachen Bauch, aber ihre Pobacken waren so wunderschön gerundet wie ihre Brüste.

Caroline war insgesamt schlanker, und ihr Busen neigte ein wenig zum Hängen, doch die langen Beine und ihre enge Taille waren Attribute, die Frauen beneideten und Männer bewunderten.

Milly und Caroline knieten Rücken an Rücken im Gras. Die Männer standen vor ihnen. Dann nahm jede Frau den Penis des Partners zwischen die Lippen und schaute zur Kamera. Es gab ein Klicken, als Piers einige Male hintereinander die Kordel zog, die den Auslöser in Bewegung setzte. Dann erhoben sich die Frauen und lachten.

»Ich halte das für ziemlich unfair«, beklagte sich Bob. »Ist das alles, was wir an diesem Nachmittag an Vergnügen erhalten? Nur ein kurzes Lecken?«

Milly lächelte. »Warte, bis wir die Fotos geschossen haben, dann wirst du nicht mehr enttäuscht sein, das verspreche ich.«

»Wir haben noch zwei Bilder auf dem Film«, rief Piers. »Wie wäre es, wenn die Mädchen sich auf alle viere niederlassen, und wir tun so, als nähmen wir sie von hinten?«

Milly wackelte aufgeregt mit dem Po, als Piers' feuchte Eichel gegen ihre Spalte stupste. Sie war jetzt so erregt, dass es wehtat, und sie sehnte sich nach einem anständigen Kopulieren, aber das würde sie auch heute nicht zulassen.

»Inszenieren wir doch eine Orgie«, schlug sie vor.

Sie probten verschiedene Positionen durch und entschieden sich dann für eine, in der Caroline auf dem Boden lag und von Piers geschleckt wurde, während Milly sich über Piers' Penis beugte und Bob auf Carolines Brust saß und sein Glied zwischen ihre Lippen stieß, wobei er Millys Nippel mit den Fingern zwickte.

Nachdem die Fotos im Kasten waren, dachte die Vierergruppe nicht daran, ihre Positionen aufzugeben: Jetzt nahmen sie sich ernsthaft der Orgie an. Milly schloss glückselig die Augen, als Piers' Finger in ihre Pussy drangen und in ihren süßen Säften wühlten.

Sie konnte ihn schon schmecken. Sein langer Schaft füllte ihren Mund aus. Sie bestrich ihn mit der Zunge, während er sie langsam zum Orgasmus führte, denn seine Finger hatten nun ihren Liebesknopf gefunden und malträtierten ihn mit rhythmischem Reiben.

Als sie ihre Augen wieder öffnete, sah sie, wie Bob voller Wucht in Carolines willigen Mund stieß, und das Mädchen intensivierte das gedämpfte Stöhnen, das dem Orgasmus vorangeht. Blindlings streckte Milly eine Hand aus und drückte den steifen Knopf von Carolines Nippel. Sie zwickte ihn hart und ließ ihn nicht los, bis die Freundin sich in den Zuckungen eines wilden Höhepunkts wand.

Milly nahm wahr, dass Bob seine Entladung in Carolines ekstatisch aufgerissenem Mund stattfinden ließ und half bei Piers mit einem gewissen Druck auf die Hoden nach. Sekunden später erhielt sie seine Ladung, und die Gewissheit, dass sie alle vier auf diese spektakuläre Art ihren Höhepunkt erlebten, brachte auch sie zum eigenen Erlebnis.

Mit einem überraschten Aufschrei überließ sie sich den tanzenden Wellen der Energie, die sie mit diesen herrlichen Empfindungen überfluteten. Sie ruckte und zuckte und wand sich unter Piers' helfender Hand.

Bald lagen die vier erschöpft übereinander, keuchend und lachend, als wären sie ausgehungert gewesen. Sie ließen eine Flasche Wein kreisen und naschten am Obst, das sie als Requisite mitgebracht hatten.

»Oh, Mann, warum kann das Leben nicht immer so sein?«, seufzte Caroline. Sie lag mit dem Kopf auf Bobs Brustkorb. Sie schaute hinauf zum Blau des Himmels, das durch die Blätter der Bäume drang.

»Welche Zukunftspläne hast du?«, fragte Piers den Freund.

»Ich werde mich um eine Stelle als Rechtsanwalt bemühen. Nicht, dass ich versessen darauf bin, aber meine Eltern wollen es so haben. Du wirst dich zunächst um den alten Besitz kümmern, nehme ich an.«

»Zunächst mal nicht. Vater will, dass ich in die Kolonien gehe – wahrscheinlich Indien. Er sagt, ich müsste zuerst Erfahrungen sammeln, ehe er mich zu Hause auf die Leute loslässt.«

»Du übst alles bei den armen Eingeborenen, eh? Nun ja, es heißt, dass die indischen Frauen die gut bestückten Männer verehren. In ihren Tempeln haben sie dicke Steindildos, die sie anbeten. Ich schätze, dir wird es da hinten an nichts fehlen, altes Haus.«

»Und du, Milly?«, fragte Caroline. »Welche Pläne hast du?«

Milly seufzte. Es war angenehm gewesen, die Gedanken an die Zukunft auszuschalten, aber sie wusste, dass sie sich ihnen bald stellen musste. »Ich weiß es nicht. Ma sähe es am liebsten, wenn ich sofort eine Stelle als Lehrerin antrete, aber ich habe das Gefühl, noch nicht genug vom Leben gesehen zu haben. Ich würde gern reisen.«

»Warum kommst du nicht mit mir nach Indien?« Piers grinste. »Wir könnten sie alle schockieren, indem wir auf einem Elefanten Liebe machen.«

»Das ist ein verlockendes Angebot, Piers, aber es ist Europa, das ich bereisen möchte. Ich liebte meine Zeit in Paris bei meiner Patentante.«

Carolines Augen glänzten. »Deine Patentante, ist das nicht die erstaunliche Frau, die an die freie Liebe glaubt und jungen Mädchen beibringt, wie man sie praktiziert?«

»Ja, das ist richtig. Emma hatte eine Akademie in Florenz, aber sie hat sich jetzt zurückgezogen. Ich hoffe, in ihrer Villa wohnen zu dürfen. Leider verstehen sich sie und Ma nicht.«

»Du bist vierundzwanzig, Milly«, erinnerte Caroline sie. »Ich meine, du bist alt genug, um deinen eigenen Willen durchzusetzen.«

Milly seufzte. »Du hast leicht reden, Caroline, denn deine Eltern sind tot. Aber ich will meine Mutter nicht vor den Kopf stoßen. Sie hatte ein schweres Leben, und ich bewundere es, wie sie sich für die Rechte von Frauen eingesetzt hat. Sie glaubt, dass ich wie sie bin, aber ich bin es nicht.«

»Eltern glauben immer, dass die Kinder ganz nach ihnen kommen«, sagte Piers. »Ich spiele mit der Idee, das schwarze Schaf der Familie zu werden und mein Vermögen mit Zocken und Huren durchzubringen.«

Die anderen lachten, aber Bob erinnerte daran, dass Piers viel zu sehr an seiner Mutter und an seinen Schwestern hing, um so etwas zu tun.

Die Sonne senkte sich, und die vier Freunde zogen sich wieder an. Sie ließen keinen Unrat zurück und gingen zurück zu ihrem Kahn. Ihr Gesprächsstoff hatte für eine düstere Stimmung gesorgt, weit entfernt vom ausgelassenen Exhibitionismus, dem sie Stunden zuvor gefrönt hatten. So verlief die Rückfahrt fast völlig im Schweigen. Morgen würden sie die Examensergebnisse erhalten, und danach würde sich ihre Zukunft schon etwas klarer abzeichnen.

Nachdem sie sich von den Männern verabschiedet hatten, fuhren Caroline und Milly mit dem Rad zurück nach Girton. Das Trainings-College der Mädchen war absichtlich weit von allen Colleges der Jungen eingerichtet worden, um ›Verlockungen‹ gar nicht erst aufkommen zu lassen.

Bei Milly war diese Abschreckung nicht groß genug gewesen. Sie hatte das Beste aus ihrer Zeit in Cambridge gemacht, und häufig war sie heimlich zu den Räumen der Jungen aufgebrochen und nach Mitternacht über die Mauer geklettert. Zum Glück war Milly athletisch gebaut, sodass sie kein

Problem mit der Aufgabe hatte. Zweimal war sie erwischt und bestraft worden, aber diesen Preis zu zahlen war es wert gewesen, schließlich hatte sie mit ihren Exkursionen die Bildung in außerschulischen Aktivitäten vorangetrieben.

Nach dem Abendessen trafen sich die beiden jungen Frauen noch einmal auf Millys Zimmer. Sie waren beide in melancholischer Stimmung. Am nächsten Morgen würde Caroline Cambridge verlassen und bei einer verwitweten Tante wohnen, die mit ihrem Vermögen erst ermöglicht hatte, dass Caroline studieren konnte. Sie hatte eine Stelle an einer Schule in der Nähe gefunden, aber die Freiheiten, die sie als Studentin genossen hatte, konnte sie an einer Dorfschule vergessen.

»Nicht so schlimm, Caro. Du wirst einen hübschen Schulleiter finden, der eine anständige Frau aus dir macht«, sagte Milly lächelnd und umarmte sie fest.

Caroline grinste traurig. »Ich wusste, dass es eines Tages so kommen würde, aber ich werde unser wunderbares Leben hier vermissen, Milly. Und dich natürlich.« Plötzlich hellte sich ihr Gesicht auf. »Warum besuchst du uns nicht in Suffolk? Ich bin sicher, dass Tante Maud dich gern kennen lernen würde, und du würdest Zeit haben, über dein Leben nachzudenken. Oh, ja, bitte, komm zu uns.«

»Das ist sehr lieb von dir, aber Eva wäre sehr enttäuscht, wenn ich nicht eine Weile in ihrem Cottage bliebe.«

»Ach, sie! Ehrlich, Milly, ich verstehe nicht, warum du die Wutanfälle dieser Frau erträgst. Bist du in sie verliebt?«

Es war ein Gesprächsthema, das sie schon oft erörtert hatten. Caroline begriff nicht die Art der Beziehung zwischen Milly und Evadne Parker, ihrer Lehrerin. Sie war eine Lesbierin mit einer unerwiderten Liebe zu ihrer Lieblingsstudentin. Milly hatte oft versucht, die Beziehung zu beenden. Sie hatten einige platonische Phasen erlebt, aber es war

Evadne immer gelungen, Milly emotional zu erpressen, sodass sie wieder einmal nachgab – um das sofort zu bereuen. Milly wusste, dass es etwas Ungesundes in der Persönlichkeit der anderen Frau gab, und eines Tages würde sie das in Schwierigkeiten bringen, aber sie war auch eine Bewunderin von Evadnes Intellekt.

»Sie tut mir leid«, gab Milly zu. »Sie weiß, dass es zwischen uns irgendwann vorbei sein muss, aber ich kann sie nicht kaltblütig verlassen. Ich bin gehässig zu ihr gewesen, als ich für die Examen lernen musste und keine Zeit für sie hatte, und wenn ich mal bei ihr war, hatte ich schlechte Laune. Deshalb muss ich was gutmachen. Wenigstens ein paar Wochen lang.«

»Also Flitterwochen im Fen Cottage, was?«, schniefte Caroline. »Ich glaube nicht, dass du es lange bei ihr aushältst, Milly. Dafür bist du zu scharf auf Männer.«

»Sie besteht nicht darauf, dass ich Männer aufgebe.«

»Ja, aber sie hasst es, wenn du dich mit einem Mann triffst, nicht wahr? Gib nicht nach, Liebste, du bist viel zu nachsichtig für sie. Sie schluckt dich in einem Bissen und spuckt dich erst wieder aus, wenn du alt und müde geworden bist. Ich kenne diesen Typ. Tante Maud hat sich so bei dem armen Onkel Tom verhalten.«

»Nun mach dich aber nicht lächerlich.« Milly stand auf, zog die Vorhänge zu und schenkte mehr Wein ein. »Ich bin zwar noch nicht sicher, was ich tun will, aber ich weiß genau, was ich nicht tun will.«

»Dann sage dieser Frau, dass du weg bist. Das wird das Beste sein, glaube mir.«

Milly sah ihre Freundin ein paar Augenblicke an, bevor sie antwortete. Sie gewahrte das erste Mal, dass Caroline auf Evadne eifersüchtig sein könnte. Nicht auf eine körperliche Art, weil sie beide viel interessierter an Männern waren, aber doch neidisch auf das enge intellektuelle Band zwischen Milly und Evadne. Und obwohl Milly acht Jahre jünger war als die Lehrerin, debattierten sie auf Augenhöhe. Milly übertraf Evadne an Scharfblick, während die ältere Frau über ein größeres Wissen verfügte.

»Ich glaube, ich kann am besten beurteilen, wie ich mit ihr umzugehen habe«, sagte Milly leise.

»Tut mir leid. Ich weiß, dass ich mich nicht einmischen sollte. Ich will nur vermeiden, dass du dich wegwirfst. Du bist so hübsch, so klug und so talentiert, Milly.«

»Jetzt hörst du dich wie meine Mutter an.«

»Ah, die berühmte Suffragette! Was treibt sie heutzutage, nachdem wir alle wählen dürfen?«

»Oh, ihr Kampf ist längst nicht vorbei. Jetzt kämpft sie dafür, dass Frauen auch mit einundzwanzig wählen dürfen, genau wie die Männer.«

»Nun, ich warte gern, bis ich dreißig bin. Ich will meinen Kopf nicht mit Politik belasten. Ich habe genug mit der Planung meiner Schulkarriere zu tun. Und mit der Frage, ob ich bereit bin, alles aufzugeben, wenn der richtige Mann kommt.«

Milly seufzte. »Das ist eine Wahl, vor der ich nie stehen werde. Warum sollen Männer Frauen und Karriere haben, während Frauen sich für eins von beiden entscheiden müssen?«

»Wegen der Kinder, nehme ich an.«

»Und wenn du keine Kinder willst oder kriegen kannst?«

»Dann sollten sie die Gesetze ändern, aber ich wette, dass sie das nicht tun werden. Nun, ich bin gar nicht so sicher, ob ich eine gute Lehrerin sein werde. Wenn ich die Liebe meines Lebens kennen lernen sollte, würde ich gern die Schule aufgeben und mein Glück in der Ehe finden.«

»Sei dir da mal nicht so sicher«, rief Milly lachend. »Ich

sehe dich als engagierte Lehrerin, die sich von ihrer Pflicht nicht abbringen lässt.«

Sie neckten sich noch eine Weile, aber je länger der Abend dauerte, desto größer wurde die Schwermut über den nahen Abschied. Caroline erhob sich schließlich, und die beiden Frauen umarmten sich tränenreich.

»Viel Glück für morgen«, flüsterte Milly.

»Danke. Ich erwidere den Wunsch nicht, weil du kein Glück brauchst, während ich alles Glück der Welt nötig habe. Mein Zug fährt um zehn. Kommst du mit mir zum Bahnhof?«

»Natürlich.«

Allein auf ihrem Zimmer, fühlte Milly, dass sie noch nicht schlafen konnte. Sie war nervös, wenn sie an die Examensnoten dachte. Alle erwarteten, dass sie gut abschnitt – und was, wenn nicht? Die Arbeiten waren wahnsinnig anspruchsvoll gewesen, und auf ein oder zwei Fragen war sie nicht vorbereitet gewesen.

Vier Jahre lang hatte sie hart für ihre Studien gearbeitet; nun ja, erinnerte sie sich mit einem Lächeln, sie hatte dazwischen auch noch ihren Spaß gehabt. Aber jetzt kam alles zu einem großen Finale, von dem sie nicht wusste, ob es ihre Zukunft beeinflussen würde. Sie wusste, dass sie privilegiert war, dass sie studieren durfte und ein eigenes Einkommen hatte, und sie war ihrem Vater dankbar, dass er sie so großzügig ausgestattet hatte. Aber plötzlich hatte sie das Gefühl, dass es auch eine Last sein konnte, zu viel Freiheit zu haben.

Sie zog sich aus, stellte sich an den marmornen Waschtisch und säuberte sich, ehe sie sich in das schmale Bett legte. Der Gedanke an das Toben am Nachmittag wärmte ihre Haut, aber ihre Stimmung blieb trist.

Wie konnte ein freier Geist wie sie in einer Welt von engstirnigen Seelen leben, die von dir erwarteten, dass du dich

›linientreu‹ verhältst und ein Leben in ehrbarer Langeweile lebst? Das konnte niemals ihr Ding sein. Wenn sie ins Ausland gehen musste, um frei und nach eigenem Gusto zu leben, dann würde sie das ohne das geringste Bereuen tun.

Kurz bevor sie einschlief, musste Milly wieder an ihre Patentante denken. Sie wusste, dass Emma Longmore England vor zwei Jahren verlassen hatte, um bei einem gut aussehenden Italiener zu leben, der halb so alt war wie sie. Vielleicht sollte sie von der Patentante noch etwas lernen.

Zweites Kapitel

Der sonnige Abend hob Millys Laune, als sie zum Cottage radelte, in dem ihre Lehrerin und Geliebte Evadne in selbst gewählter Abgeschiedenheit lebte. Eine Art Leichtigkeit hatte sie ergriffen, seit sie wusste, dass sie alle Examensarbeiten mit Bravour bestanden hatte. Sie würde jetzt gern am Fluss entlang spazieren, aber das hing davon ab, in welcher Stimmung sie Eva vorfand. In letzter Zeit war sie öfter mal gereizt gewesen. Am Tor stieg Milly vom Rad und ging zu Fuß den schmalen Pfad durch den hübschen Garten hoch. Das Rad lehnte sie an die Veranda an.

Eva öffnete die Tür und trug wieder die für sie typischen Männerklamotten, und im rosa Mund hielt sie eine Zigarre. »Darling! Seit dem Nachmittag warte ich auf dich! Wo bist du nur gewesen?«

Millys Stirn legte sich in Falten. »Ich habe ein paar Fotos abgeholt, die ich dir zeigen möchte. Wir hatten keine genaue Zeit ausgemacht, oder?«

»Nein, natürlich nicht, aber du bist meistens um fünf hier. Ist ja auch egal; wir vergessen den Tee, obwohl ich *scones* gebacken habe.«

Milly ließ sich von der Geliebten in die Arme nehmen, aber sie empfand immer noch ein Unbehagen. Eva war nie eine gewesen, die auf übertriebene Pünktlichkeit Wert legte. Wurde sie nervös, weil das Lehrjahr fast zu Ende war? Sei nett zu ihr, nahm Milly sich vor, während der Zigarrenrauch sie umwölkte. Der Kuss, der folgte, war rau und leidenschaftlich, aber sie wollte umworben werden.

»Nicht, Eva«, klagte sie und löste sich aus der Umklammerung. »Das können wir uns für später aufheben.«

»Du folterst mich, weißt du das?«, sagte die ältere Frau schmollend. Ihre braunen Augen verdunkelten sich. »Ich träume Tag und Nacht von deinem Körper, aber manchmal frage ich mich, ob du jemals an mich denkst, wenn du nicht gerade bei mir bist.«

»Sei nicht albern. Natürlich denke ich an dich. Und ich habe dir was mitgebracht.« Sie betrat das kleine Cottage und nahm ihren Strohhut ab. Aus der Tasche, die sie über die Schulter geschwungen hatte, holte sie ein Paket. »Erinnerst du dich an unsere Diskussion über die Art, wie Frauen in der Kunst dargestellt werden? Meistens als passive nackte Gestalten?«

»Ja?«, sagte Eva knurrend.

»Nun, Caro und ich beschlossen, dagegen was zu unternehmen. Und das ist das Ergebnis.«

Sie reichte Eva das Foto, auf dem sie und Caroline mit den beiden Männern im Wäldchen posierten. »Ist das nicht ein Heuler?«, fragte sie kichernd.

Aber Eva war nicht begeistert. »Wenn das die Dinge sind, mit denen du dich in deiner Freizeit abgibst, dann will ich lieber nichts davon wissen, Milly.«

»Nun sei doch nicht so spießig!« Milly nahm ihr das Foto aus der Hand und steckte es zu den anderen ins Paket. »Es macht keinen Spaß mehr mit dir, Evie. Du nimmst alles so ernst.«

»Ich nehme dich ernst.« Eva nahm sie wieder in die Arme und starrte ihr in die Augen. »Ich kann es nicht ertragen, deinen schönen Körper mit anderen zu teilen, das weißt du. Ich kann dir das Recht nicht bestreiten, aber zeige es mir nicht auch noch.«

Sie begann sie wieder zu küssen, aber Milly wusste, wenn

sie die Freundin nicht zurückhielt, dann würden sie jetzt schon mit der Liebe beginnen, aber der Abend war viel zu schön, um ihn im Haus zu verbringen. Sanft befreite sie sich von Eva.

»Können wir nicht spazieren gehen? Es ist so ein schöner Abend.«

»Ja, gut.« Eva seufzte. »Ich weiß, dass du lieber dem Gezwitscher der Vögel zuhörst als meinem Geplapper.«

»Nein, das stimmt doch nicht. Ich habe unsere Diskussionen immer für sehr wertvoll und stimulierend gehalten.«

Eva grinste und drückte die stark riechende Zigarre aus. »In dem Fall hoffe ich auf bessere Zeiten. Wenn ich dich zuerst mental stimulieren kann, lässt du später vielleicht zu, dass ich dich physisch stimuliere.«

Milly warf ihr einen schelmischen Blick zu, und Eva zog ihre Wanderschuhe an. Milly blieb vor dem Kaminsims stehen und streichelte über die glatte Figur eines nackten Mädchens auf dem Marmor. »Dieses *objet d'art* kannst du nicht passiv nennen«, sagte sie. »Es erinnert mich daran, als ich Isadora Duncan gesehen habe. Meine Patentante hatte mich mitgenommen, als die Duncan mit ihrer Tanztruppe in Paris aufgetreten ist. Ich war hingerissen.«

»Es scheint, dass ich deiner Patentante viel zu verdanken habe«, kommentierte Eva. »Sie hat geholfen, dich zu einer frei denkenden Frau zu erziehen.«

»Ja, das kann man sagen. Und gewiss hat sie mir ein bemerkenswertes Beispiel vorgelebt. Ma wollte nicht, dass ich nach Girton gehe, um hier zu studieren. Sie meinte, aus mir würde keine Lehrerin. Ich fürchte, sie hatte Recht.«

»Unsinn! Du hast einen klugen Kopf, Milly. Es ist eine Schande, dass Oxford jetzt erst Frauen zulässt. Das höhere akademische Leben wäre genau das Richtige für dich gewesen, da bin ich mir sicher.«

»Vielleicht. Aber ich bin viel zu ungeduldig.« Sie hob die Arme über den Kopf und streckte sich ausgiebig. »Ich will alles sehen, was die Welt zu bieten hat, ehe ich sesshaft werde.«

Die beiden Frauen verließen das Cottage und gingen Arm in Arm den Pfad am Fluss entlang. Ein Mann kam ihnen auf seinem Rad entgegen, lüftete den Hut und sagte: »Guten Abend, Lady, guten Abend, Sir.« Milly gluckste. Sie war es gewohnt, dass das Geschlecht ihrer Begleiterin verwechselt wurde. Mit ihren Bürstenhaaren, der weiten Hose und einer Tweedjacke für Männer konnte man Eva leicht für einen Mann halten.

»Was sind deine nächsten Pläne, Liebste?«, fragte Eva, als sie sich dem Wehr näherten. »Da du nun dein Zertifikat hast, schaust du dich gleich nach einer Stellung als Lehrerin um?«

Milly hörte die Anspannung hinter der Frage heraus. Sie wollte lieb sein, aber es war auch ein verlockender Augenblick, böse zu sein. »Oh, ich weiß nicht«, sagte sie vage. »Mutter hat vielleicht Pläne für mich.«

Eva blieb stehen, nahm Millys Hände in ihre und drückte sie. »Bitte, Liebste, sage mir, dass du eine Weile bei mir im Cottage bleiben wirst. Ich werde sterben, wenn du mich wieder so schnell verlässt.«

»Nun, ich kann vielleicht eine Woche ...«

»Eine Woche!«, stöhnte Eva. »Ist das alles?«

»Wenn ich länger bliebe, würde ich mich anfangen zu langweilen. Cambridge ist eine liebliche kleine Stadt, aber ich kenne jede Ecke. Ich sehne mich nach frischen Feldern und neuen Weiden.«

Sie verließ den Pfad und trat auf die angrenzende Wiese, wo sie ein paar Minuten lang ihre eigene Version eines griechischen Tanzes zeigte, während Eva auf dem Pfad stehen blieb und Milly vorwurfsvoll anschaute. Schließlich kam Milly grinsend zu ihr zurück und drückte die Freundin. »Nimm mich nicht so ernst, Evie! Ich bin so ausgelassen, weil die Examen vorüber sind, das ist alles.«

»Ich habe nachgedacht. Was hältst du davon, mit mir nach Italien zu kommen?«

»Italien?« Ihre blauen Augen glänzten bei diesem Vorschlag. »Oh, das wäre wunderbar! Meinst du das ernst, Eva?«

»Nun, ich bin sicher, wir könnten was arrangieren. Ich dachte an Florenz ...«

»Florenz, oh, ja, ja! Da wohnt Emma!«

»Emma?«

»Meine liebe Patentante, der du Dank schuldest, erinnerst du dich? Sie würde glücklich sein, mich zu sehen. Dich natürlich auch. Sie lebt ein wenig außerhalb von Florenz und kann uns vielleicht bei sich unterbringen.«

Ihre Lehrerin runzelte die Stirn. »Ich will die Kunst und Geschichte der Renaissance studieren.«

»Was immer du willst! Wann können wir gehen?«

»Du musst deiner Patentante schreiben, und ich muss mich um die Reiseroute kümmern. Mit etwas Glück könnten wir in ... sagen wir ... zwei Wochen aufbrechen.«

»Wunderbar! Ich werde eine Woche bei dir bleiben, dann gehe ich nach London zu Ma. Wir könnten uns im Victoria Station treffen, denn von dort geht der Zug zur Fähre.«

Eva lächelte breit. Ihr ganzes Gesicht sah verändert aus, was Milly noch glücklicher machte. Sie mochte ihre Geliebte, auch wenn sie sich oft so mürrisch gab, und sie wollte, dass Eva glücklich wurde – nur nicht zu ihren Lasten. Aber der neue Plan versprach, dass beide glücklich damit sein würden.

Ich bin gespannt, was Emma zu ihr sagt, dachte Milly,

während sie zurück zum Cottage schlenderten, begleitet von Fledermäusen, die über ihren Köpfen schwirrten. Die Aussicht, Emma wieder zu sehen, wärmte sie von innen. Das letzte Mal hatten sie sich vor vier Jahren in Paris gesehen, und da war es ihrer Patentante gelungen, Millys Neugierde auf das männliche Geschlecht voll zu befriedigen. Sie hatte all ihre Fragen ausführlich beantwortet. Sie war mit dem Verlangen nach Girton zurückgekehrt, ihr theoretisches Wissen in die Praxis umzusetzen, und das war ihr bis heute gut gelungen. Obwohl sie technisch gesehen noch eine Jungfrau war, wusste sie einen Mann auf vielfältige Weise zu befriedigen.

Sex bot für sie also kaum noch ein Geheimnis, aber die Liebe schon. Milly war noch nie verliebt gewesen, obwohl sie in der Schule immer wieder mal für ein älteres Mädchen geschwärmt hatte. Sie konnte nicht verstehen, was Evadne in ihr sah, und sie konnte auch nichts mit den kitschigen Gedichten anfangen, die sie ihr schrieb, wenn sie getrennt waren. Die Libido einer Frau konnte sie nachempfinden, da sie selbst die Lust eines Orgasmus kannte, ob nun von einem Mann, von Eva oder von ihr selbst herbeigeführt. Aber all diese hehren Gefühle waren ihr so fremd wie eine andere Sprache.

»Zwei frische Forellen warten auf uns«, sagte Eva, als sie das Cottage wieder vor sich sahen. »Wir haben sie schnell gebraten. Aber wenn du lieber zuerst ins Bett …«

»Oh, nein, ich komme um vor Hunger! Und du brauchst später deine Energie, also iss gut, damit du deine Ausdauer erhöhst.«

»Verdorbenes Mädchen.«

»Ja, aber du liebst es, wenn ich so verdorben bin, nicht wahr?«

Die roten Wangen der Freundin sagten Milly, dass sie

erregt und bereit war, alles für Milly zu tun. Manchmal hatte sie ein schlechtes Gewissen, weil sie Eva ausnutzte, aber sie wusste auch, dass Eva es nicht anders haben wollte.

Schon im zweiten Semester des zweiten Jahres auf dem College hatte Milly vermutet, dass ihre Lehrerin eine Schwäche für sie hatte. Die Gespräche nach den Vorlesungen, die Einladungen ins Cottage, auch mal über ein Wochenende, die sie zunächst abgelehnt hatte, weil Milly nicht den Verdacht aufkommen lassen wollte, dass sie von der Lehrerin bevorzugt behandelt wurde. Dann gab es diese zahlreichen ›zufälligen Begegnungen‹ in der Bibliothek oder in einer Buchhandlung, und danach schien oft eine Tasse Tee oder Kaffee unvermeidlich zu sein.

Obwohl Milly ihre Möglichkeiten in Cambridge genutzt hatte, was Begegnungen mit dem männlichen Geschlecht anging, war sie noch ziemlich naiv, was die lesbische Liebe betraf. Sie hatte sich schon in Cheltenham zu anderen Mädchen hingezogen gefühlt, aber deren Experimente waren verstohlen und unsicher gewesen.

Jetzt, während sie im Sessel saß, dem Grammophon lauschte und den Geruch des bratenden Fischs genoss, erinnerte sich Milly daran, wie die Beziehung mit Evadne sich verändert hatte – von der Lehrerin zur Geliebten.

Es war ein feiner Sommerabend gewesen, fast wie heute, und Eva hatte sie ins Cottage eingeladen, um irgendein literarisches Thema zu diskutieren – die Evolution der Romantik, glaubte sich Milly zu erinnern. Evadne hatte sie im Glauben gelassen, dass auch andere Studenten anwesend sein würden. Aber als Milly eingetroffen war, hatte Eva ihr lachend erzählt, dass in der Stadt eine Party stattfand und die anderen hätten die Freuden der Sinne den Freuden des Geistes vorgezogen. Eva hatte Wein aufgefahren, dazu Makronen und Schokolade.

»Ich bin mit Wein, Süßem und Poesie verführt worden«, sagte sich Milly damals, als sie sich im behaglichen Bett der Lehrerin wiederfand.

Aber zuerst hatten sie bis tief in die Nacht hinein geredet; die Gesichter vom Alkohol und von der gegenseitigen Anziehungskraft gerötet, und dann hatte Eva einige ihrer Gedichte vorgetragen. Die überbordende Sentimentalität kam beim lauten Vorlesen noch viel stärker zur Geltung, als wenn man die Lyrik still genießt, aber dann hatte Milly allmählich begriffen, dass die ›süße Nymphe‹ im Gedicht ›Mich dürstet nach dir‹ und ›der Vogel im Paradies‹ in ›An der Himmelstür‹ Metaphern für sie selbst waren.

Eva war ihr sehr sympathisch; sie mochte die sanfte Stimme und die streichelnden Hände, und sie liebte es, wenn Eva ihr sagte, wie lieblich sie war und wie klug. Einige der anderen Lehrer hatten eher versucht, Zweifel an Millys Intelligenz zu wecken, deshalb lechzte sie nach Evas Lob, das ihr Selbstvertrauen stärkte.

Als Milly erkannte, dass es viel zu spät war, um nach Hause zu gehen, war sie auch zu betrunken, um das Angebot der Lehrerin auszuschlagen, ihr Bett zu teilen. Es gab kein Gästezimmer im Cottage, deshalb gab es nur die Wahl zwischen Bett und unbequemem Sofa. Außerdem hatte Milly noch nie Liebe mit einer Frau gemacht, und sie war neugierig.

Sie waren die Treppe hinaufgegangen und hatten das von Kerzen beleuchtete Zimmer betreten. Das Bett quietschte, und an den Wänden bildeten sich immer wieder neue Schatten. Die beiden Frauen kicherten wie Schulmädchen und jagten sich gegenseitig Angst mit Spukgeschichten ein.

Eva legte sie aufs Bett und zog sie langsam aus, während sie still dalag, der Kopf auf dem mit Spitze umsäumten Kissen, und durch ihre Adern lief eine eigenartige Erregung, noch angetrieben vom Wein. Im Schlafzimmer war es ganz still geworden, und das Entkleiden hatte die Atmosphäre eines Rituals angenommen. Milly erinnerte sich gut an ihren fast hypnotischen Zustand, als die ältere Frau sie bis auf die Wäsche ausgezogen hatte.

»Ich habe mir oft vorzustellen versucht, wie dein Körper völlig nackt aussieht«, gestand Eva, ihre Stimme heiser vor Emotionen. »Und jetzt kann ich es kaum erwarten, ihn zu entblößen.«

Ihre Blicke reisten über die hauchdünne Wäsche und hinterließen eine feurige Spur auf der Haut darunter. Milly wollte entkleidet und nackt sein, wollte Evas kosende Hände und Lippen auf sich spüren. So begann sie selbst, ihre modische Hemdhose aufzuknöpfen.

Eva trug noch ihr kariertes Hemd und die weite Hose, aber jetzt zog sie mit zitternden Fingern die Träger von Millys Schultern, bis sie die Spitze der Brüste entblößt hatte.

Der Geruch von Tabak stieg in Millys Nase, als die Lippen ihrer Lehrerin hinunter ins Tal der Brüste tauchten und die warme Strömung der Lust aufweckten. Gleichzeitig fühlte sie, wie zarte Hände über die Innenseiten ihrer Schenkel strichen und immer höher wanderten, wo ihre heimliche Blume mit von Tau bedeckten Blättern auf die forschenden Finger wartete. Sie stöhnte leise, als ihr Hemd geöffnet wurde und die reifen, steifen Nippel sich sehnsüchtig erhoben.

»Exquisit.« Eva hauchte dieses Wort, dann schlossen sich ihre warmen Lippen um eine harte Warze.

Jetzt konnte Milly die raue Hose an ihren Schenkeln spüren, als sich die andere Frau an sie drückte. Ihre Gedanken rasten, und sie fragte sich, wie sie den Akt denn vollziehen konnten. Sie wusste auch nicht, wie geschickt ihre Lehrerin in der Kunst der lesbischen Liebe war.

Dann teilten Evas Finger die feuchten Labien Millys und

fanden die Perle, die oben dazwischen steckte. Milly stöhnte laut auf, als eine nasse Fingerspitze über ihre Klitoris strich, bis sie sich aus ihrem Versteck erhob und die kleine Kapuze abgestreift hatte. Die Säfte schossen nur so aus ihr heraus.

»So eine liebliche kleine Pussy«, schwärmte Eva. »Ich gebe ihr einen dicken Kuss.«

Die betörenden Worte setzten eine Spirale des Verlangens in Milly frei, und sie fühlte so intensiv, dass sie schon in dem Moment kam, in dem sie Evas Lippen das erste Mal auf ihrer Vulva spürte. Ihr Körper wogte auf den rhythmischen Wellen des Glücks, und ihre Geliebte, die gleich erfasst hatte, was Milly gerade erlebte, trank dürstend aus der Quelle.

Danach hatte Milly sich komplett ausgezogen und sich von der Frau verwöhnen lassen. Es dauerte nicht lange, bis Millys Verlangen wieder zu fließen begann, und diesmal unternahm Eva mehr, als sie nur äußerlich zu stimulieren. Die Finger, die so wunderbar mit ihren Brüsten gespielt und die Labien so köstlich gestreichelt hatten, schoben sich nun tief in sie hinein, langsam zuerst, dann aber schneller und tiefer, bis Milly ihre Geliebte stumm bat, sie völlig zu penetrieren.

Bei den ersten Stößen von Evas Finger seufzte Milly ihre Lust heraus und ruckte der Hand entgegen. Eva gluckste. »So eine eifrige kleine Pussy«, murmelte sie. »Wir werden dich streicheln, mein Schatz, bis du vor Wonne schnurrst.«

Es bedurfte nicht vieler ›Streicheleien‹, bevor Milly den zweiten Orgasmus erlebte. Sie wand sich im Bett und schlug in der Ekstase um sich, längst nicht mehr Herrin ihrer Sinne, überwältigt von den Gefühlen. Danach war sie glücklich. In Evas Armen liegen zu können, an den mit Baumwolle bedeckten Busen gedrückt. Sie war nicht neugierig auf den Körper der anderen Frau und ahnte irgendwie, dass Eva auch nicht den Wunsch hatte, ihre Kleider auszuziehen.

So war es die ganze Zeit geblieben. Obwohl ihre Liebe sich im Laufe der Monate verändert hatte, weil Eva immer neue Wege fand, ihre Geliebte zu befriedigen, blieb sie stets bekleidet. Sie sprachen nie darüber, aber Milly ahnte, dass die arme Frau ihre weibliche Form hasste und lieber als Mann geboren worden wäre.

»Hier, mein Schatz. *Truite aux amandes* und einige neue Kartoffeln aus dem Garten«, verkündete Eva und holte Milly aus ihren Erinnerungen in die Gegenwart zurück.

Im *Honeysuckle Cottage* wurde immer gut gegessen, denn Eva kochte gern und ließ sich immer was Neues einfallen. Während des Essens tranken sie Weißwein, und wenn Milly danach auf dem Sofa vor dem Kamin saß und sich in die Polster kuschelte, war sie in einer so sanften, sinnlichen Stimmung, dass sie wusste, sie würde sich klaglos von ihrer Geliebten streicheln lassen.

Wenn es Spannungen zwischen ihnen gab wie in den letzten drei Wochen, schien Eva völlige Passivität von Milly zu erwarten, und wenn sie sich nicht daran hielt, wurde Eva härter. Mehr als einmal hatte die ältere Frau sie mit der flachen Hand gezüchtigt, aber danach war sie so zerknirscht und verheult, dass Milly es nicht aushalten konnte. Nun, heute Abend würde sie alles tun, was Eva wollte. Das Versprechen einer Italienreise hatte sie in eine fröhliche Erwartungshaltung gebracht.

Sie gingen hinauf ins Schlafzimmer, und während Milly die Schuhe abstreifte und sich aufs Bett legte, zündete Eva eine Öllampe an. Behutsam rollte die ältere Frau Millys Strümpfe hinunter, bis beide Beine nackt waren, dann begann sie die Füße zu streicheln. Milly streckte sich wohlig; sie genoss das warme Kribbeln, das über die Knie hinauf zu den Lenden führte und sie wunderbar entspannte. Sie hatte die Augen geschlossen, deshalb bemerkte sie nicht, dass ihre Geliebte einen langen Schal aus Georgette von der Kommode holte.

Milly gewahrte erst, was los war, als sie fühlte, wie ihre Arme über den Kopf gehoben und die Gelenke zusammengebunden wurden. Beunruhigt riss sie die Augen auf. »Was machst du da, Eva?«

»Pst, Darling. Hab keine Angst. Ich binde dich ans Bett, mein Schatz. Vertraue mir, ich weiß schon, was ich tue. Du bist meine kleine Puppe, und ich spiele mit dir.«

Milly sah in die braunen Augen, aber sie waren dunkel und undurchdringlich. Sie spürte einen Stich der Angst, aber den wollte sie nicht zur Kenntnis nehmen. Ihre liebe Freundin Eva würde ihr kein Haar krümmen, oder?

Aber dann erinnerte sich Milly, wie hässlich sie in letzter Zeit zu der Lehrerin gewesen war. Wie oft hatte sie Einladungen ins Cottage abgelehnt. Sie hatte vorgegeben, für ihre Examen arbeiten zu müssen, aber in Wirklichkeit hatte sie sich mit einem jungen Mann verabredet. Hatte Eva ihre Listen durchschaut? Sollte sie jetzt dafür bestraft werden? Die Vorstellung, von Eva körperlich gezüchtigt zu werden, war Milly gar nicht so unangenehm.

»Jetzt bist du ganz und gar mein Spielzeug«, sagte Eva, aber es war unmöglich zu sagen, was sich hinter ihrem geheimnisvollen Lächeln verbarg. »Lege dich zurück, und entspanne dich, liebe Milly, während ich dich ausziehe. Mach dich ganz schlaff – wie eine Stoffpuppe.«

Da sie keine andere Wahl hatte, gehorchte Milly. Zuerst zog Eva ihr den Tweedrock aus, dann den Petticoat. Eva knöpfte die Bluse auf, aber da die Arme zusammengebunden waren, konnte sie die Bluse nicht ganz ausziehen. Sie hing an den Seiten und gab den Blick auf das Hemdchen frei, das Eva nun aufknöpfte, um die nackten Brüste zu sehen. Sanft zog Eva das Höschen der Freundin über die Schenkel.

»Jetzt kann ich alles mit dir anstellen, was ich will«, flüsterte Eva. Im milden Kerzenschein strahlten ihre Augen. Wieder fühlte Milly einen schärferen Stich der Angst, und fast gleichzeitig spürte sie das Pochen der Klitoris.

Es schien eine kleine Ewigkeit zu dauern, dass Eva neben ihr saß und sie anstarrte. Das Spektakel der Hilflosigkeit schien ihr zu gefallen. Dann hielt sie plötzlich Millys Ledertasche in der Hand und begann darin zu suchen. »Du hast doch nichts dagegen? Es ist zu deinem eigenen Besten, mein Schatz.«

Völlig verdutzt sah Milly zu, wie Eva ihre kleine Kosmetiktasche herausholte und öffnete. Sie nahm ein Töpfchen mit Lippenrouge in die Hand, Scarlet Flame. Erst vor kurzem hatte Milly begonnen, ›Kriegsbemalung‹ anzulegen, wie die männlichen Studenten es nannten, und sie beschränkte sie auf besondere Ereignisse. Ihre Mutter würde das bestimmt nicht billigen.

Neugierig sah sie zu, wie Eva den kleinen Porzellantopf öffnete und die hellrote Paste mit einer Fingerkuppe aufnahm.

Mit der linken Hand drückte sie Millys rechte Brust, was die Warze deutlich hervortreten ließ. Dann tupfte sie das helle Rot darüber und verrieb es über den ganzen Nippel, bevor sie sich die andere Warze vornahm. Milly konnte sich im Garderobenspiegel sehen und musste kichern, als sie ihre rosa Nippel als dicke rote Knöpfe sah. »Jetzt kannst du mich die ›scharlachrote Frau‹ nennen, in der jeder die Hure erkennt. Ehrlich, Eva, du hast vielleicht schräge Ideen.«

Aber Eva lächelte nur und wischte die Finger am Schal ab, der Milly gefangen hielt. Dann griff sie wieder in die Kosmetiktasche und holte eine Puderdose heraus.

»Ich habe dich beobachtet, wie du dir die Nase gepudert hast, meine Liebe. Das gefällt dir, nicht wahr? Die Weichheit des Bauschs auf deinem Gesicht und dann der Duft des Puders.« Sie hob den Deckel, und der vertraute Duft füllte das Zimmer. Eva tupfte mit dem Bausch in den Puder mit der blassbeigen Farbe, und eine kleine Wolke stieg in die Luft.

Milly fühlte die leichte Berührung des Bauchs auf ihren Wangen und seufzte. Es war ein schönes Gefühl, sich so verwöhnen zu lassen. Der federleichte Bausch berührte ihren Hals und dann die Schultern, und dann erkannte Milly, dass Eva offenbar beabsichtigte, ihren ganzen Körper einzupudern, als wäre sie ein Baby. Sie nahm neuen Puder auf und trug ihn auf die Brüste auf, wobei sie die glitschigen Spitzen ausließ. Dann hinunter zum Bauch. Der Bausch kitzelte ihre Haut auf eine köstliche, erregende Art, und bald seufzte und stöhnte Milly vor Wonne.

Als Eva sich zu den Beinen bückte, spreizte Milly die Schenkel, damit die empfindlichen Innenseiten von der sanften Stimulierung profitieren konnten. Im Spiegel sah sie, dass sie ziemlich merkwürdig aussah, die Haut blass und gelblich, und nur die Nippel lugten aggressiv hervor.

Es kam ihr so vor, als würde ihr Körper gestimmt wie eine Geigensaite, damit sie für ein neues Stück bereit war. Ihre gespannte Erwartung stieg noch an.

»Und nun, meine süße kleine Puppe, spiele ich Blindekuh mit dir.«

Milly sah den Seidenschal in Evas Hand und wusste, dass nun ihre Augen verbunden wurden. Ein Schütteln lief über ihren Rücken, denn wenn sie nicht mehr sehen konnte, wurde alles noch viel unheimlicher.

Trotzdem wehrte sie sich nicht. Der Schal wurde doppelt oder dreifach geschlagen und fest um ihren Kopf gebunden, dann hörte sie, wie Eva Schubladen öffnete und den Inhalt durchsuchte. Milly kam sich entblößt und verletzlich vor und klammerte sich an die Hoffnung, dass ihre Geliebte ihr keinen wirklichen Schaden zufügen würde.

Jetzt bürstete Eva die Haare der Freundin mit gleichmäßigen, rhythmischen Strichen. Nach einer Weile strich sie mit der Haarbürste über Millys Hals und die Brüste. Das leicht schmirgelnde Gefühl auf der zarten Haut ließ sie erschauern. Eva drückte die Borsten gegen die Unterseiten der Brüste und dann auf den Bauch, wo sie die Bürste langsam kreisen ließ.

Milly wand sich in ihren Fesseln und quietschte. »Oh, Evie! Das kitzelt!«

Es kam keine Antwort, aber bald spürte sie die Bürste auf ihren Fußsohlen, was sie nur noch stärker herumrutschen ließ. Dann hörte sie, wie ein anderer Topf aus ihrer Kosmetiktasche geöffnet wurde.

Die Spannung im Zimmer wuchs an, als Milly einen vertrauten Duft witterte, den sie als nach Rosen duftende Gesichtscreme identifizierte. Was hatte ihre Geliebte damit vor?

Zarte Finger teilten die Labien und bestrichen die inneren Lippen mit der kühlen Creme; sie rieben sie in die Falten, die bereits sehr feucht waren, und dann über die Klitoris, die fest und geschwollen wie ein Wächter am Eingang der Höhle stand. Eva stieß mit einem nassen Finger in sie hinein, und Milly entspannte sich, als sie den Finger der Geliebten spürte, der jetzt noch etwas tiefer in sie eindrang.

»Braves Mädchen«, gurrte Eva und zog schließlich ihren Finger wieder heraus.

Milly lag angespannt da. Sie wusste, dass Eva irgendwas Neues plante, aber was? Es wäre nicht das erste Mal, dass ihre Freundin die wundersamsten Dinge mit ihrem nackten Körper anstellte. Zu Neujahr hatte Eva die Brüste der Freundin mit Pudding eingerieben; am Faschingsdienstag, der als Pfannkuchentag bekannt ist, hatte sie mehrere Pfannkuchen, mit Zitrone beträufelt, auf Millys Bauch gelegt, und am Abend nach dem Maiball hatte sie frische Erdbeeren in Millys Pussy gestopft und anschließend genüsslich herausgelutscht.

Aber diesmal schien sie sich was ganz anderes ausgedacht zu haben. Ihre Beine wurden angehoben, gespreizt und festgebunden. Zum ersten Mal hatte Milly wirklich Angst. »Was hast du vor?«, flüsterte sie.

»Keine Sorge, mein Schatz. Du wirst es genießen, das verspreche ich dir. Und wenn du glücklich bist, kleines Püppchen, dann ist auch Evadne glücklich. Entspanne dich.«

Milly versuchte es, aber es war nicht leicht, mit gefesselten Händen und Beinen und mit verbundenen Augen entspannt zu sein. Sie war ihrer Geliebten ausgeliefert. Als sie eine ölige Hand auf der Pussy fühlte, zuckte sie zusammen.

»So, da bin ich wieder«, sagte sie. »Ganz locker bleiben, mein Schatz.«

Sie trug das Öl auf dem gesamten Bereich auf, von der Pussy bis zur hinteren Öffnung, und dort schob sich ein eingeölter Finger tief in sie hinein. Gleich darauf wurde etwas anderes zwischen ihre Backen gepresst, es war glatt und glitschig. Milly versuchte, sich nicht zu verspannen, aber es fühlte sich seltsam an. Langsam wurde das weiche, fremde Objekt in sie eingeführt, und gleich danach wurde etwas in sie hineingepumpt. Ihr Inneres schien sich aufzufüllen.

Die Empfindungen waren ungewöhnlich, und nach ein paar Sekunden stellte Milly fest, dass sie diese Gefühle mochte. Unwillkürlich drückten ihre Muskeln gegen das, was in sie gepresst worden war.

»Wunderbar«, murmelte Eva. »Jetzt vorne. Wir werden dich bald völlig abgefüllt haben, Liebling.«

Jetzt wurde etwas in ihre Pussy eingeführt, etwas Langes und Hartes. Eva schob es bis zum Anschlag hinein, ließ es ein paar Sekunden unbeachtet, während Milly spürte, wie etwas über ihre Brüste gestülpt wurde. Etwas saugte an ihren Nippeln. Gleichzeitig fühlte sie, wie sich ihre Blase füllte, und was auch immer in ihrer Vagina war, bewegte sich vor und zurück.

Eva manipulierte offenbar die verschiedenen Instrumente, und es dauerte eine Zeit, bis sie den Rhythmus synchronisiert hatte. Als sie das erreichte, begann sich Milly zu entspannen, obwohl diese Vielfalt der Gefühle keine wirkliche Lockerheit zuließ. Die beiden Öffnungen wurden kunstvoll stimuliert.

Die Prozedur, so bizarr sie auch war, rief bald überirdische Lüste in Milly hervor. Ihre Brüste wurden im Takt gesaugt, und bald wurde der ganze Körper von einer Ekstase ergriffen, die ihr die Erlösung bringen würde.

»Was machst du mit mir?«, stöhnte sie, als das schnellere Tempo in ihren Öffnungen kaum noch zu ertragen war. »Womit machst du mich so fertig?«

»Pst«, machte Eva, »deine Sorgen sind überflüssig. Bleib einfach liegen, und gib dich den Gefühlen hin, die dein Körper spürt.«

Es dauerte nicht lange bis zum Höhepunkt. Als der Orgasmus sie überwältigte, wand sich Milly in ihren Fesseln. Ihr Körper wurde geschüttelt, und das Zucken schien den Orgasmus nur noch zu verlängern.

Wie aus weiter Ferne hörte sie das selbstzufriedene Lachen und Glucksen der Freundin. Milly schrie vor lauter Lust noch einmal auf, als wollte sie ihre überladenen Sinne ausschütten.

Als Milly bewusst wurde, dass ihr Schütteln abklang und auch die Zuckungen ihren Körper nicht mehr erfassten, hätte sie sich gern zusammengerollt, um die angestrengten Muskeln und Sehnen zu entspannen.

Erleichtert seufzte sie auf, als sie spürte, dass ihre Geliebte zuerst ihre Fußgelenke befreite und dann die Handgelenke von den Fesseln löste. Sofort legte sie sich auf die Seite und zog die Beine an.

Zu ihrer Verwunderung nahm Eva ihr die Augenbinde nicht ab, dafür aber bestrich sie die Gelenke mit einer Salbe, weil einige Stellen offenbar wund geworden waren. Dann spürte Milly, wie Eva sich neben sie auf die Matratze legte und sie in ihre starken Arme nahm.

In wenigen Sekunden war Milly eingeschlafen. Als sie wach wurde, war es früher Morgen. Eva hatte ihr inzwischen die Augenbinde abgenommen. Sie lag immer noch neben ihr, nach wie vor voll bekleidet. Sie schaute Milly mit einem Lächeln beim Wachwerden zu.

»Guten Morgen, Liebste. Ich schaue dir schon seit über einer Stunde zu. Du siehst so unschuldig und lieblich aus, wenn du schläfst.«

Milly streckte sich und gähnte. Sie wunderte sich, dass sie sich so steif fühlte. Dann erinnerte sie sich an die vielfältigen Stimulierungen, und eine Röte schlich sich in ihre Wangen. Das waren seltsame Dinge gewesen, die Eva gestern benutzt hatte, um sie zum Orgasmus zu bringen!

»Ich sehe, dass du dich daran erinnerst, was du gestern Abend erlebt hast«, sagte ihre Geliebte grinsend und erhob sich vom Bett. »Vielleicht willst du mal sehen, was dir diese Fülle der Gefühle beschert hat. Ich wollte nicht, dass du sie gestern sahst, weil ich nicht wusste, ob sie dich ängstigten. Aber jetzt kannst du dir alles ganz entspannt ansehen.«

Neugierig setzte sich Milly im breiten Bett auf und schaute auf die Dinge, die Eva von der Kommode herüberbrachte. Sie starrte ungläubig auf ein buntes Gemisch von Gummischläuchen und merkwürdigen Apparaten. »Was sind das für Dinge? Und woher kommen sie?«

»Es sind chirurgische Instrumente. Ich habe sie von einem Bekannten aus der medizinischen Fakultät ausgeliehen. Zwei Brustpumpen, eine Klistierspritze und eine gynäkologische Probe. Ich dachte, es würde dich erheitern, wenn du die verschiedensten Sachen siehst.«

Aber Milly wurde eher übel davon. Es behagte ihr nicht, dass Instrumente, die für medizinische Belange gedacht waren, derart missbraucht wurden, dass sie sexuelle Lust aus ihnen ziehen konnte. Sie fragte sich – und nicht das erste Mal –, ob ihre Geliebte mental noch ganz gesund war.

Eva bemerkte ihr Unbehagen und drückte Milly an sich. »Mach dir keine Sorgen, meine Liebe, wir haben nichts Schlimmes getan. Es hat dir doch gefallen, oder?«

»Ja, aber ...«

»Da gibt es kein Aber. Ich würde mir noch viel mehr einfallen lassen, um deinen lieblichen Körper zum Schwingen zu bringen. Das weißt du doch, nicht wahr?«

»Ja, natürlich. Aber mir wäre es lieber, wenn wir auf diese Dinge in Zukunft verzichten könnten, wenn du nichts dagegen hast.«

»Wir müssen darauf verzichten, weil ich sie heute zurückgeben muss. Aber ich bin sicher, es gibt noch tausend andere Dinge, um dich glücklich zu machen.«

»Ja, sicher, und eine Sache haben wir uns gestern Abend schon ausgedacht.« Millys Gesicht blühte auf, als sie daran dachte, was sie gestern bei ihrem Spaziergang am Fluss entlang besprochen hatten. »Wir gehen zusammen nach Italien! Oh, Evie, ich kann dir gar nicht sagen, wie glücklich ich mich fühle! In diesem schönen sonnigen Land zu sein mit den schönen fröhlichen Menschen! Du wirst es da lieben, Eva. Und das Beste ist, dass ich meine Patentante wieder sehe.«

Zu ihrem Entsetzen zeigte Eva ein düsteres Gesicht. »Ich

glaube, du hast vergessen, dass ich nur in Italien bin, um mir historische Monumente und Kunstschätze anzusehen.«

»Ja, das natürlich auch!« Milly wollte sie umarmen, aber der Körper ihrer Lehrerin war steif und unnachgiebig. Zum ersten Mal kam ihr die Idee, dass Evadne eifersüchtig auf Emma sein könnte, auf die Frau, die Milly über das Leben und die Liebe aufgeklärt hatte.

Drittes Kapitel

Es überraschte Milly, wie erleichtert sie war, eine Woche lang von Evadne wegzukommen. Die intensive Leidenschaft der älteren Frau war sehr ermüdend. Sie fragte sich, wie sie das in Italien aushalten würde. Wenigstens würde Tante Emma in der Nähe sein.

Aber zuerst musste sie sich ihrer Mutter stellen. Als Milly sie auf der Paddington Station warten sah, empfand sie wieder die widersprüchlichen Emotionen. Sie war stolz, die Tochter von Kitty Belfort zu sein, eine aus der tapferen Gruppe der Frauenrechtlerinnen, die nach dem großen Krieg das Wahlrecht wenigstens für einige Frauen durchgesetzt hatten. Aber jetzt wünschte sie, dass ihre Mutter sich zur Ruhe begab.

Kittys Leben wurde immer noch von hektischen politischen Aktivitäten bestimmt, und Milly wusste, dass von ihr erwartet wurde, in Mutters Fußstapfen zu treten. Aber sie hätte ihrer Mutter in Temperament und Haltung nicht unähnlicher sein können, und sie hasste es, wenn man sie in diese Richtung drücken wollte. Trotzdem musste sie darauf gefasst sein, dass bald die Befragung über ihre Zukunft beginnen würde.

Vielleicht konnte ihre Patentante dabei helfen, welchen Weg sie beschreiten sollte, das gehörte schließlich zu den feinsten Aufgaben einer Patentante.

Milly vermutete, dass sie ihrem schwachen Vater nachschlagen könnte, obwohl sie nicht mehr viel von ihm gesehen hatte, seit sich ihre Eltern vor Jahren getrennt hatten. Da er Anwalt war, hatte er eine Vereinbarung zwischen den Eheleuten aufgesetzt, die auf eine Abfindung für Kitty hinauslief.

Aber er hatte seine Verantwortung für seine Tochter nicht vernachlässigt, ihr bei der Mutter den Rücken gestärkt, als sie zum College wollte, und sie während der gesamten Collegezeit finanziell unterstützt.

Kitty selbst sah sich als Meisterin der arbeitenden Frauen und hielt nichts von den ›Blaustrümpfen‹. Aber als Milly jetzt aus dem Zug stieg, vergaß sie alles Trennende und lief ihrer Mutter mit einem Lächeln entgegen.

In der Hektik der Begrüßung und der Aufgabe, die zwei Koffer in das wartende Taxi zu verstauen und dann selbst einzusteigen, hatte Milly keine Zeit gehabt, ihre Mutter zu mustern, aber als sie ihr im muffigen Fahrzeug gegenüber saß, fielen ihr der schäbige Mantel und der selbst gestrickte Glockenhut auf. Auch die Schuhe hatten bessere Tage gesehen.

Milly wusste, dass sie ihre Mutter nicht an die Hand nehmen konnte, um ihr eine neue Garderobe zuzulegen, denn Kitty Belfort hielt nichts von so trivialen Dingen wie Mode. Sie war immer noch eine attraktive Frau, obwohl ihre Haut keine Spur von Puder zeigte. Sie war eine realistische Frau, manchmal etwas brummig, und sie bestand darauf, dass Frauen ihre Köpfe nicht mit romantischen Vorstellungen füllen sollten, sondern mit praktischen Dingen.

»Ich habe mich gefreut, dass du bei den Examen gut abgeschnitten hast, Milly«, begann sie; offenbar ein Versuch, ihre Vorurteile gegen eine akademische Laufbahn aufzugeben.

»Danke, Ma. Hoffentlich hat es sich gelohnt.«

»Was wirst du jetzt tun? Ich schätze, du wirst dich nach freien Lehrerstellen erkundigen.«

Milly hatte gehofft, dass ihr mehr Zeit blieb, um ihrer Mutter die Pläne der Italienreise näher zu bringen. Aber es hatte keinen Sinn, jetzt noch auszuweichen. »Meine Lehrerin, die mir eine gute Freundin geworden ist, hat mich eingeladen, mit ihr Florenz zu besuchen.«

Kittys Gesicht verdunkelte sich. »Was soll denn das? Glaubt sie, du hast Zeit, dich auf dem Kontinent herumzutreiben?«

»Nun, ich dachte, ich könnte Tante Emma besuchen. Sie kann mir vielleicht helfen, eine Arbeit zu finden.«

Ihre Mutter schnaufte und verschränkte die Arme über der Brust. Sie schaute aus dem Fenster auf den Londoner Verkehr, der nur schleppend vorankam.

Milly versuchte, ihre Mutter zu besänftigen. »Ich weiß, dass du mich nicht als Lehrerin für geeignet hältst, Ma, deshalb dachte ich, etwas anderes passt besser. Aber ich fürchte, ich weiß immer noch nicht, was das sein könnte.«

»Wir brauchen immer Sekretärinnen«, sagte Kitty kurz angebunden. Ihre Tochter wusste, dass mit ›wir‹ die verschworene Gemeinschaft gemeint war, die sich nicht auf ihren Lorbeeren ausruhte, sondern weiter für die Frauenrechte kämpfte.

Milly hütete sich davor, den Vorschlag sofort abzulehnen. »Ich werde darüber nachdenken, wenn ich aus Florenz zurückkomme. Es könnte mir über die erste Zeit hinweghelfen.«

»Über die erste Zeit hinweghelfen? Was ist das denn für eine Einstellung? Wir brauchen Frauen voller Entschlossenheit, nicht die stümperhaften Dinger, die man heutzutage in den Büros im West End antrifft.«

Milly stieß einen Seufzer aus und wünschte, sie hätten den Fahrer gebeten, das Dach des Taxis zu öffnen. Die Hitze war schwül, und auf so engem Raum ihrer Mutter so nahe zu sein, ließ ihr den Schweiß ausbrechen. Ohne Koffer hätten sie einen der offenen Busse nach Kensington nehmen können. Ihre Mutter lebte zusammen mit zwei gleich gesinnten Frauen in einem Terrassenhaus südlich der Themse, und Milly behagte es überhaupt nicht, in den überladenen dunklen Räumen zu wohnen, die sich so sehr von ihrer Unterkunft in Cambridge unterschieden, umgeben von Rasen und Bäumen.

Nun ja, in einer Woche würde sie ins sonnige Italien aufbrechen, deshalb würde sie es bis dahin bei den ernsthaften Frauenrechtlerinnen aushalten. Milly war entschlossen, sich gut zu benehmen und ihrer Mutter keinen Anlass zu Klagen zu geben, solange sie sich bei ihr aufhielt.

Die anderen Frauen waren nicht da, als sie zu Hause eintrafen, deshalb konnte Milly im kleinen Wohnzimmer ungestört mit ihrer Mutter den Tee trinken. Es stimmte sie traurig, dass eine gewisse Unbeholfenheit zwischen ihnen herrschte.

Seit sie als Zwölfjährige zur Schule nach Cheltenham und dann aufs College nach Girton gegangen war, hatte sie ihre Mutter nur in den Ferien gesehen, und selbst dann war sie oft einem Kindermädchen oder der Patentante übergeben worden, da Kitty immer unterwegs zu sein schien.

Ihre Mutter stellte ihre Tasse ab. »Nun, meine Liebe, du magst zwar als erwachsene Frau betrachtet werden, aber du darfst trotzdem noch nicht wählen. Macht dich das nicht wütend?«

»Eigentlich nicht«, antwortete Milly. »Solange die Frauen nicht Schlange stehen, die ins Parlament gewählt werden wollen, solange wird es keinen Unterschied machen, ob ich eine Stimme habe oder nicht.«

»Aber wir müssen doch irgendwo anfangen«, sagte Kitty empört. »Wirklich, Milly, manchmal schäme ich mich, dass du meine Tochter bist. Wie ich die wunderbare Mrs. Pankhurst bewundere! Alle drei ihrer Mädchen haben sich unserer Sache begeistert verschrieben und kämpfen Seite an Seite mit ihrer Mutter.«

»Ich wünschte, dass ich mich schon dir zuliebe mehr für Politik interessierte, Ma.«

»Nun, wofür interessierst du dich überhaupt?«

Es war wohl kaum möglich, eine ehrliche Antwort zu geben, denn die hätte gelautet: »Hauptsächlich für Männer.« Das wollte ihre Mutter bestimmt nicht hören. »Oh, ich liebe Kunst und Musik und Bücher«, sagte sie vage.

»Alles sehr schön, wenn man die Zeit dafür hat. Aber dein Vater hat dir kein Studium ermöglicht, damit du dich anschließend auf die faule Haut legen kannst, Milly. Er erwartet, dass du entweder eine lohnenswerte Stellung einnimmst oder eine gute Partie machst mit einem Mann, der dich an die Hand nimmt.«

»Ich will nicht an die Hand genommen werden, Mutter. Aber bitte, können wir nicht einen Waffenstillstand halten, solange ich hier bin? Ich habe im letzten Semester hart gearbeitet, und jetzt will ich mich nur ein wenig ausruhen.«

»Du weißt doch nicht, was harte Arbeit ist«, knurrte ihre Mutter, aber sie schenkte ihr mehr Tee ein und reichte ihr einen Teller mit *scones*, und daran erkannte Milly, dass die Mutter nicht allzu böse auf sie war.

Da ihre Mutter auch diesmal den größten Teil der Woche beschäftigt war, besuchte Milly Museen und Kunstgalerien. Sie zog die Blicke mancher junger Männer auf sich, auch einiger nicht mehr so junger, was sie erfreute, auch wenn sie keine Chance hatte, irgendwelche Annäherungen zu ermutigen.

Die Freude auf die Reise steigerte sich von Tag zu Tag, bis

sie sich mit Evadne auf dem Bahnhof treffen sollte. Sie stand mit ihrer Mutter unter der verschnörkelten Bahnhofsuhr und wartete auf Evas Ankunft.

Kitty hatte sich den Morgen freigehalten, um ihre Tochter begleiten zu können, und obwohl Milly dafür dankbar war, sorgte sie sich wegen der Reaktion auf ihre Geliebte.

»Da ist sie!«, rief Milly schließlich und winkte aufgeregt, um Evas Aufmerksamkeit auf sich zu lenken.

Evadne hielt mit langen Schritten auf sie zu. Sie trug eine beigefarbene Alpakajacke und ein weißes Hemd, das am Kragen offen stand, sowie eine schwarze Hose aus Köperstoff. Sie trug einen Strohhut, und auf dem Gepäckwagen, den sie hinter sich her zog, lag ein schäbiger brauner Koffer. Milly schämte sich dafür, dass sie sich ihrer Geliebten schämte, weil sie so kompromisslos maskulin aussah. Sie zwang sich zu einem Lächeln. »Mutter, das ist Evadne Parker, meine Lehrerin.«

Die beiden Frauen reichten sich steif die Hand, und Milly sah sofort, dass sie sich nicht leiden konnten. Sie redete sich ein, dass sie gut miteinander auskämen, wenn sie sich besser kennen würden, da sie beide vehement für Frauenrechte eintraten. Doch die Antipathie zwischen ihnen hatte nichts mit Politik zu tun. Kitty hatte das Bauchgefühl einer Mutter, die ahnte, dass ihr einziges Kind emotional und sexuell gelockt wurde, während Eva den beschützenden Mutterinstinkt ablehnte. Sie sah Milly als so frei an, dass sie selbst entscheiden konnte, wen sie liebte.

»Wir müssen laufen, Milly, sonst verpassen wir den Zug«, sagte Eva nach ein paar höflichen Floskeln.

Milly umarmte die Mutter. »Ich schicke dir eine Karte.«

»Bestell Emma meine besten Wünsche. Ich bin sicher, dass sie dir hilft, wenn du in Schwierigkeiten stecken solltest, ganz egal in welchen. Falls nicht, telegrafierst du mir oder deinem Vater.«

Zu Millys Überraschung glitzerten Tränen in den Augen der Mutter. Kitty zeigte nicht oft ihre Gefühle, und manchmal war es schwer zu glauben, dass sie unter diesem stoischen Äußeren ein Herz hatte. Milly hastete zum dampfenden Zug und fand eine ungeduldige Eva an der Tür zu ihrem Abteil vor.

Die Reise kam ihnen schier endlos vor. Die See auf der Überfahrt blieb ruhig, und in Paris mussten sie in einen anderen Zug steigen. Sie nahmen ein Schlafabteil bis Florenz, und das bot ihnen viel Spaß. Milly hatte das obere Bett durch Münzwerfen gewonnen, und als sie am anderen Morgen aufwachte und eine Ecke des Rollos hob, war sie verdutzt von der Helligkeit des Sonnenlichts.

»Bald sind wir da«, teilte ihr Eva nach einem Blick auf ihre Uhr mit. Sie konnten schon den Schaffner auf dem Flur hören, der mit seinem italienischen Akzent die Reisenden weckte.

Milly war entzückt, als sie Emma beim Einlaufen des Zuges auf dem Bahnsteig sah. Sie warf sich der Patentante in die Arme und drückte sie herzlich.

»Sieh an, du bist eine schöne junge Lady geworden«, sagte Emma lächelnd, aber dann sahen ihre hellen Augen an ihrem Patenkind vorbei und musterten die seltsame Gestalt der Evadne. Aber ihre Reaktion war nicht so wie Kittys. Sie streckte die Hand aus und sagte mit einem offenen Lächeln: »Du musst Eva sein. Ich habe viel von dir in Millys Briefen gelesen.«

Sie fuhren mit einer Kutsche durch die Straßen von Florenz, in denen es auch zu dieser frühen Morgenstunde schon sehr geschäftig zuging. Milly bewunderte die wunderschönen alten Häuser in einem gelblich-rosa Stein, und viele der

Häuser waren mit beeindruckenden Wappen geschmückt. Die Kathedrale war in Grün und Weiß gestreift und lag unweit des großen Platzes della Signoria mit dem Rathaus, seinen Zinnen und dem hohen Glockenturm.

Schließlich erreichten sie den Stadtrand, und langsam kroch die Kutsche über Landstraßen zwischen den anmutigen Hügeln mit ihren Zypressen und Pinien. Immer wieder wurde die Landschaft von Kleinbauernhäusern unterbrochen, auf deren Höfen Hühner und Schweine herumliefen, umgeben von Olivenhainen und kleinen Wiesen, auf denen Ziegen grasten.

Emma plauderte angenehm über das Leben in Italien und hörte höflich zu, als Evadne über das Leben in Cambridge erzählte. Milly atmete erleichtert auf. Sie hatte befürchtet, dass die beiden Frauen sich nicht mögen würden, besonders nachdem sie die Reaktion der Mutter gesehen hatte, aber jetzt sah es so aus, als könnten sie Freundinnen werden.

Milly saß der Patentante gegenüber und konnte sie genauer betrachten. Emma war in den vier Jahren älter geworden, aber sie war anmutig gealtert und hatte ihre fröhliche, aufgeschlossene Art nicht verloren. Heute trug sie einen breitrandigen Hut mit einem blau gerippten Seidenband, unter das sie ein Sträußchen mit wilden Blumen gesteckt hatte. Ihr wadenlanger dunkelblauer Rock und die cremefarbene Spitzenbluse waren ziemlich altmodisch, aber vielleicht passten sie zum Leben auf dem Land, ebenso wie die etwas derben Halbschuhe mit den klobigen Absätzen.

Schließlich ging das Pferd im Passgang durch die Kunstschmiedetore und dann den leichten Anstieg hoch zur alten Villa, von der Milly wusste, dass sie der Familie von Marco Donelli gehörte, Emmas konstantem Begleiter in den letzten zehn Jahren. Er begrüßte sie an der Tür, und auf seinem frischen, leicht geröteten Gesicht lag ein breites Lächeln. Silberfäden durchzogen seine dunklen Haare. Millys Herz schlug aufgeregt; sie hatte ihn immer für äußerst attraktiv gehalten, und sein italienischer Akzent und seine altmodischen Manieren trugen noch zu seinem Charme bei.

Er verbeugte sich tief vor ihr und küsste ihre Hand, was ein Zittern des Entzückens auf Millys Rücken auslöste. Diese vollen, weichen Lippen auf ihrer Haut zu spüren! »Milly! Wie erwachsen du aussiehst! Ich weiß, du brichst schon vielen jungen Männern das Herz, ja? Du brauchst es gar nicht abzustreiten.«

Milly warf einen nervösen Blick auf Evadne, die missbilligend die Lippen schürzte. Bei ihrer Begrüßung legte sich Marco eine größere Zurückhaltung auf. Er nahm ihre Hand, küsste sie aber nicht, und sie sprach ihn kühl an. Milly war entsetzt. Da sie Evadne selten in der Gesellschaft von Männern erlebte, hatte sie verdrängt, was für eine Männerhasserin ihre Geliebte war.

Sie gingen hinein in den kühlen Flur, in dem viele Statuen und Kübelpflanzen standen, dann zeigte man den Gästen ihre Zimmer, die nebeneinander lagen. Eine Verbindungstür erleichterte nächtliche Besuche, stellte Evadne freudig fest.

»Ich hatte schon Angst, dass man uns trennt, du in einem Ende des Hauses und ich im anderen«, gab sie zu, nahm Milly in die Arme und bedeckte sie in der Minute, in der sie allein waren, mit Küssen. »Aber jetzt kann ich wie eine Maus zu dir kriechen und Liebe mit dir machen, ohne dass jemand was davon erfährt.«

Es war eine günstige Gelegenheit. Milly fragte sich, ob Emma die Natur ihrer Beziehung geahnt hatte. Sie wusste, dass ihre Patentante eine sehr freisinnige Frau war.

Sie hatte in Florenz eine Akademie für junge Damen geleitet, deren Lehrplan, nun, sagen wir, höchst fortschrittlich war. Obwohl sie sich nun zurückgezogen hatte, war Emma in bestimmten Florentiner Schichten der Gesellschaft sehr angesehen, und Milly freute sich schon, einige wertvolle Beziehungen während ihres Aufenthalts knüpfen zu können.

Während das Dienstmädchen ihre Koffer auspackte, führte Emma sie durch den alten toskanischen Bauernhof. So anheimelnd die Villa auch war, Milly fühlte sich abgelenkt von einer gewissen Rastlosigkeit bei Evadne. Nach dem Mittagessen, das sie auf einer schattigen Terrasse einnahmen, von der man einen schönen Blick auf den Weinberg hatte, sagte Eva, sie wollte zur Siesta aufs Zimmer gehen, und erwartete offenbar, dass Milly sich ihr anschloss. Aber zur offensichtlichen Verärgerung ihrer Geliebten zog es Milly vor, allein mit ihrer Patentante zu sprechen.

Im ruhigen Salon sprach Emma sie auf ihre Beziehung an. »Ich weiß, dass ihr ein Liebespaar seid, liebe Milly, und ich will nicht darüber urteilen, nur eine Frage stellen: Bist du wirklich glücklich mit Evadne?«

»Ich war es«, sagte Milly seufzend, »aber in letzter Zeit sind die Dinge schwieriger geworden. Sie hasst es, wenn ich andere Beziehungen habe.«

»Männer?«

»Ja. Ich habe ihr gleich zu Beginn gesagt, dass ich meine Freunde nicht aufgebe, aber sie leidet darunter, und ich fühle mich schuldig.«

Emma drückte Millys Hand. »Du bist noch jung, meine Liebe, und so hübsch. Du hast das Recht, dich mit wem auch immer zu amüsieren. Wenn Evadne das nicht akzeptieren kann, dann täuscht sie sich in ihren Möglichkeiten: Sie kann dir deine Jugend nicht stehlen.«

»Tante Em, wenn ich eines der Mädchen in deiner Akademie wäre, welchen Ratschlag hättest du mir gegeben?«

Seufzend ließ sie ihre Hand los. »Ich würde dir vermutlich raten, nichts mehr mit dieser Frau zu tun zu haben. Aber auch bei einem Mann würde das mein Rat sein. Wo es ein Ungleichgewicht in der Liebe gibt, kann es für beide Parteien kein wahres Glück geben. Und ich vermute, dass du sie nicht liebst?«

Milly fühlte sich unbehaglich. Ihre Patentante hatte das Talent, die richtigen Fragen zu stellen, und wenn sie sie wahrheitsgemäß beantwortete, musste sie ihre Seele bloßlegen. »Ich schätze sie sehr«, wich sie aus.

»Und befriedigt sie dich körperlich?«

Milly wusste, dass es ihr nicht peinlich sein musste, offen mit einer Frau wie Emma Longmore zu reden. Trotzdem blieb sie vage: »Meistens ja.«

»Aber du ziehst die Liebe mit jungen Männern vor?«

»Es kommt mir ... gefährlicher vor. Und deshalb auch spannender. Aber ich habe bisher so gut wie keine Zeit mit einem Mann allein verbracht. In Cambridge sind wir oft als zwei Pärchen ausgegangen, meine Freundin Caroline und ich mit zwei jungen Männern.« Plötzlich erinnerte sie sich an die Fotos, die sie noch in der Tasche bei sich hatte. Eins reichte sie Emma. »Wir haben viel Spaß zusammen gehabt. Hier siehst du, was wir so getrieben haben. Dies ist unsere feministische Version vom *Frühstück im Freien* von Manet.«

Emmas Augen blinzelten amüsiert. »Wunderbar. Aber ich schätze mal, dass du dieses Bild nicht deiner Mutter gezeigt hast, dieser standhaften Feministin.«

Milly kicherte. »Oh, nein. Ma glaubt, dass ich in Cambridge nichts als studiert habe.«

Emma lächelte. »Du hast das Recht, deine Bildung auf

allen Gebieten zu erweitern, die du für richtig hältst, Milly. Wie du weißt, habe ich mich auch daran gehalten.«

Sie begannen über die Zukunft zu reden, ein Thema, das Milly gewöhnlich in die Depression führte. Aber Emma hatte eine interessante Idee. »Wenn ich dieses Foto noch eine Weile behalten darf, kann ich dir vielleicht eine Arbeit als Modell besorgen.«

»Als Modell? Vor der Kamera?«

»Ja. Marco hat einige Freunde, die Fotografen sind, und einige von ihnen sind auch mit der Kinematographie beschäftigt. Heutzutage kann man nie wissen, wohin die Karriere eines so hübschen Mädchens führt, wenn es sich auf dieses Feld begibt.«

»Du sprichst auch vom Filmemachen?«

Plötzlich war Milly sehr aufgeregt. Sie ging gern ins Kino, und sie hatte Fotos ihres Lieblingsstars aus Hollywood, Douglas Fairbanks, an die Wände ihres Zimmers in Cambridge gehängt.

»Ich kann nichts versprechen«, warnte Emma, »aber ich versuche mein Bestes.«

Die nächsten paar Tage nutzten sie, um sich einzuleben. Als sie sich einmal an die Hitze gewöhnt hatte, traute sich Milly zu, mit der Kutsche, gezogen vom alternden Pferd, nach Florenz zu fahren und sich mit Evadne die Sehenswürdigkeiten anzusehen. Die Lehrerin hatte sich mit einem Baedeker bewaffnet, der voller Informationen über die Renaissance war. Aber als sie am Abend zurückfuhren, spürte Milly die Unzufriedenheit der Freundin.

»Deine Patentante ist sehr freundlich«, rückte sie schließlich mit der Sprache heraus. »Aber die Reise hin und zurück ist zu beschwerlich, und die Stille auf dem Land regt mich auf. Mir wäre es lieber, wenn wir uns eine kleine *pensione* in der Stadt suchen würden.«

Milly war damit nicht glücklich. Sie liebte die alte Villa und die gemütlichen Abendessen in der Gesellschaft von Emma und Marco. »Evie, warum nimmst du nicht ein Zimmer für dich allein?«, schlug sie vor. »Ich bin sicher, dass du nicht die ganze Zeit mit mir zu tun haben willst. Und du kannst mich zu jeder Tages- und Nachtzeit besuchen. Ich weiß, dass du intensiver als ich die Kunst und Architektur studieren willst, deshalb ist es nur natürlich, dass du im Herzen der Stadt sein willst.«

Die Erleichterung stand in Evadnes Gesicht geschrieben. »Und du hast wirklich nichts dagegen?«

»Überhaupt nicht. Wir ziehen Erkundigungen ein, damit wir ein schönes und günstig gelegenes Zimmer für dich finden.«

Milly vermutete, dass Eva froh war, sich nicht länger mit Marco unterhalten zu müssen. Die Feindseligkeiten zwischen ihnen waren immer größer geworden, und einige Diskussionen während des Essens hatte man schon hitzig nennen können. Mehr Sorgen bereitete ihr der Gedanke, dass Eva auch von ihr genug haben könnte. Die Hitze in der Nacht hatte sie lustlos werden lassen.

Oder war sie es, die genug von Eva hatte? Eins stand jedenfalls fest: Sie genoss Emmas Gesellschaft viel mehr als die ihrer Liebhaberin.

Eva war in der Pensione Buonarroti eingerichtet, und Milly empfand ein tiefes Gefühl der Freiheit. Sie ahnte, dass es Emma und Marco nicht anders erging. Sie luden sie spontan zu einem Abend in die Stadt ein, denn sie waren auf eine ›Baby Party‹ eingeladen.

»Alle kommen mit Babysachen und haben Rasseln und solche Dinge dabei«, erklärte Emma. »Ich habe ein mit Rüschen besetztes Mützchen für dich, kurze Söckchen und ein mit Volants besetztes Kleidchen für dich.«

Die Party fand in einer Villa oberhalb des Arno statt. Es war ein wunderbarer Abend, und die Gäste trieb es hinaus auf die von Weinranken geschmückte Terrasse. Milly fühlte sich in ihrem Kleidchen etwas gehemmt, aber bald stellte sie fest, dass es den anderen kaum anders erging. Einige der Männer sahen in ihren gestrickten Strampelanzügen einfach lächerlich aus, und andere liefen mit Windeln und kurzen Hosen herum.

Der Prosecco floss reichlich, und bald beteiligte sich Milly an den albernsten Spielen. Ihr Gastgeber hatte Babyflaschen, gefüllt mit Prosecco, an die Pfosten der Veranda gehängt, und die Spieler mussten versuchen, den Schnuller auf der Flasche zwischen die Lippen zu nehmen, ohne die Hände zu benutzen.

Milly fand sich plötzlich einem gut aussehenden jungen Mann gegenüber, der sich als Enzo vorstellte, und ihr Herz schlug schneller, als sie begriff, dass er ihr Partner bei diesem Spiel sein sollte.

»Nicht mogeln«, warnte er sie grinsend, und seine dunklen Augen blitzten sie an.

Der Startschuss fiel, und die einzelnen Paare mussten nach den ihnen zugewiesenen Flaschen springen. Milly schnappte mit offenem Mund nach dem Schnuller, aber erst jetzt begriff sie, dass Enzo gegen sie arbeitete, denn auch seine Lippen kämpften um den Schnuller. Im nächsten Moment hatte Enzo aber den Schnuller vergessen und drückte seine Lippen auf ihren Mund. Sie blieb aber auch auf den Schnuller konzentriert und schaffte es endlich – als Belohnung gönnte sie sich ein paar Züge des perlenden Prosecco.

»Oh, du bist ja eine ganz habgierige Frau, Milly«, rief er.

»Es ist doch nur ein Spiel.«

»Und spielst du gern?«

»Das musst du schon selbst herausfinden«, sagte sie kichernd.

»Ich kenne ein Spiel für zwei Mitspieler, aber man muss es im Privaten ausführen. Sollen wir uns eine ruhige Ecke für unser Spiel suchen, Milly?«

Sie sah sich um und bemerkte Emma und Marco, die sich angeregt mit einem anderen Paar unterhielten. Für eine halbe Stunde würde man sie bestimmt nicht vermissen. Milly fühlte einen starken Drang nach männlicher Gesellschaft. Es war fast einen Monat her, dass sie zuletzt mit einem Mann zusammen war, und jetzt hatte der Prosecco ihre Libido aufschäumen lassen. Sie nickte und ließ sich von Enzo in den Garten führen. Seine Schritte näherten sich einem kleinen Sommerhaus am Ende des Gartens, nahe beim Fluss.

»Hoffen wir, dass es nicht schon besetzt ist«, flüsterte er.

Sie hatten Glück. Enzo führte sie hinein und drehte von innen den Schlüssel. Es gab eine Garnitur alter Polstermöbel im kleinen Haus, und sie rückten ein Sofa zurecht, dessen Stoff verblichen, das sonst aber noch voll funktionsfähig war. Milly kicherte.

»Was ist denn?«

»Ich muss daran denken, wie lächerlich wir aussehen, ich mit meinem Kleidchen und du in den Windeln.«

»Sollen wir uns ausziehen? Für das Spiel, das mir vorschwebt, kann das nur von Vorteil sein.«

»Weißt du was? Wir spielen Arzt und Krankenschwester. Du bist zuerst der Arzt und untersuchst mich, dann bin ich die Krankenschwester und wechsle deine Windel.«

Enzos gefälliges Gesicht verzog sich zu einem verschwörerischen Lächeln. »Ausgezeichnet. Ich sehe, du hast neben deinem Appetit auch noch eine schlüpfrige Phantasie. Was für eine bemerkenswerte junge Frau du bist.«

Sie legte sich aufs Sofa und fühlte einen Lustschauer, als sie in seine braunen Augen schaute, die sie voller Geilheit betrachteten. Seine Hände schoben das Röckchen hoch und zogen stirnrunzelnd das Höschen hinunter. »Nun muss ich mal sehen, mit was für einem Tierchen wir es hier zu tun haben ... hm, jedenfalls ein Tierchen mit einem Pelz.«

Milly kicherte, als seine Finger in die heiße, feuchte Spalte ihres Geschlechts griffen. Sie wand sich gegen ihn und fühlte, wie ihre Klitoris sich hart gegen seine Finger streckte. Die Stimulierung ließ ihre Säfte fließen, die ihre Vulva überschwemmten.

»Ah, wir sind schnell erregt, was? Ich sehe, dass jemand schon mal dieses Spiel mit dir durchgezogen hat.« Seine Finger schlüpften leicht in sie hinein. »Oh, ja, ganz bestimmt.«

Ihr Verlangen nach Befriedigung wurde stärker, und sie hob das Becken an, seinen forschenden Fingern entgegen. Enzo grinste, zog ihr Höschen tiefer hinunter, damit sie die Beine weiter spreizen und er die Finger tiefer treiben konnte. Er stieß sie jetzt wuchtig in sie hinein, immer schneller, und ihr Stöhnen wurde lauter. Es fühlte sich gut an, einen Mann auf sich zu spüren, einen Mann mit diesem aggressiven Feuer und einem harten Schwanz, den sie bestimmt unter seiner Windel finden würde.

Milly fragte sich, wie sein Organ aussah, und der Gedanke, gleich damit zu spielen, es zu schmecken und zu reiben, erregte sie ungeheuer. Sie seufzte erleichtert, als ihre Klitoris rhythmisch pochte und diesen Zustand kurz vor dem Orgasmus einläutete, bei dem sie von der sexuellen Hitze zu glühen begann.

Sie fühlte, wie ihre Nippel hervortraten wie chinesische Datteln, und die Tatsache, dass Enzo wegen des engen einschnürenden Kleids nicht an sie herankam, erhöhte paradoxerweise noch ihre Erregung.

»Was für ein listiges kleines Tierchen«, raunte Enzo in seinem verführerischen Akzent. »So unschuldig anzusehen und doch so erfahren.«

Er pflügte mit den Fingern in sie hinein und füllte ihre Furche auf eine sehr befriedigende Weise. Sie spannte die inneren Muskeln an und hielt seine Finger gefangen, sodass ihm einen Moment lang der Atem stockte. Milly fühlte die ersten Zuckungen, die ihr überhitztes Fleisch in Bewegung setzten, und sie stieß wimmernde Töne aus, als sich die Zuckungen zu einem pulsierenden Orgasmus auswuchsen.

»Ah, ein geiles Tierchen«, hörte sie Enzo sagen. Er fuhr fort, sanft ihre Labien zu streicheln, und als sie fast wieder normal atmen konnte, beugte er den Kopf und saugte ihre Säfte auf.

»Ah, das fühlt sich so gut an«, murmelte Milly, um ihn zu ermuntern.

Nicht, dass er die Ermunterung gebraucht hätte. Sein Lecken wurde immer eifriger, und bald schon befand sie sich auf dem Weg zum nächsten Orgasmus. Milly fühlte, wie die harten Spitzen ihrer Brüste gegen den dünnen Stoff des Kleidchens drückten. Sie nahm die harten, steifen Nippel zwischen Daumen und Zeigefinger und quetschte sie, und die vereinten Bemühungen sorgten bald für den gewünschten Effekt.

Enzos Zunge wechselte zwischen der nassen Höhle und der strotzenden Klitoris, wodurch er sich als erfahrener Mann in der Kunst, Frauen zu verwöhnen, zu erkennen gab. Diesmal kamen die ersten Zuckungen kurz und scharf und raubten ihr für ein paar Momente den Atem, denn dann nahmen die Zuckungen an Kraft und Sinnlichkeit zu. Schließlich, ziemlich erschöpft von der Überfütterung ihrer Lust, sank Milly gegen die Rückbank des Sofas zurück.

»Jetzt schlaf mir bloß nicht ein«, mahnte Enzo und schüttelte sie an der Schulter. »Du bist jetzt die Krankenschwester, erinnerst du dich?«

»Lass mich zuerst ein bisschen ausruhen.«

»Nichts dagegen. Aber ich muss zuerst dieses lächerliche Babyzeug ausziehen. Es juckt, und mir ist heiß. Wie ein Baby das aushält, ist mir unbegreiflich. Vielleicht schreien sie deshalb die ganze Zeit.«

Milly setzte sich auf. »Komm, ich helfe dir mit den Nadeln.«

Sie hatte Mühe mit den übergroßen Sicherheitsnadeln, und danach fiel die Windel auseinander. Sein Penis sprang sofort aus der dunklen Haarmatte auf, kräftig erigiert. Er sah hellbraun aus, während die Eichel rosa leuchtete.

»Oh, das ist aber ein schönes Exemplar«, rief Milly bewundernd. Ihre Müdigkeit war verflogen.

»Du darfst ihn aus der Nähe besichtigen«, lud Enzo sie lächelnd ein. »Die Eier auch, wenn du willst. Sie sind jetzt für dich da, Schwester. Du kannst mit ihnen anstellen, was dir gerade einfällt.«

Sie streckte eine Hand aus und streichelte seinen Hodensack. Die schweren Testikel lagen schwer auf ihrer Handfläche. Mit der anderen Hand rieb sie am Schaft entlang. Sie bildete einen Kreis mit Daumen und Zeigefinger und strich auf und ab. Enzo begann zu stöhnen, als das Blut noch stärker in seine Erektion drängte. Milly lächelte, als sie das weinende Auge in der Eichel sah, und erhöhte den Druck auf den Schaft.

Es dauerte nicht lange, da schoss es in einer Serie heißer Schübe aus ihm heraus. Fast alles landete auf dem staubigen Boden. Stöhnend sackte er auf dem Sofa zusammen, und minutenlang brachte er keinen Ton heraus.

»Das Organ scheint wieder gut zu arbeiten«, resümierte die ›Krankenschwester‹. »Es braucht keine weitere Behandlung.«

Sie wischte den abschlaffenden Penis mit einer Ecke der ›Windel‹ sauber, und dann hämmerte es plötzlich gegen die Tür. Eine Stimme, der man die englische Oberschicht anhörte, rief: »Wer ist da? Lasst auch mal andere hinein, ihr Gauner! Ihr glaubt doch wohl nicht, dass ich euch die ganze Nacht da drinnen gewähren lasse!«

Enzo grinste und schlug die Ecken der Windel wieder um sich. »Schnell, die Nadeln!«, flüsterte er.

Da sie keine Erfahrung mit Windeln hatte, wusste Milly nicht, welche Ecken von den Nadeln gehalten werden mussten, aber schließlich gelang es den beiden, und Enzo hatte sein ›Kostüm‹ wiederhergestellt, als sie durch die Tür traten. Zu diesem Zeitpunkt hatte Milly ihr Höschen längst nach oben gezogen.

Draußen standen zwei Männer, worauf Milly nicht gefasst war. Der eine trug einen Strampelanzug, der andere ein Seidenhöschen. Beide Männer trugen Schnuller um den Hals.

»Bitte sehr, das gehört alles euch«, sagte Enzo und winkte den Männern zu, und es schien ihm überhaupt nicht fremd zu sein, dass sich auch zwei Männer vergnügen konnten.

Als sie zur Party zurückkehrten, erfuhr Milly, dass ihre Tante sie gesucht hatte.

Hoffentlich habe ich nichts Schlimmes verbrochen, dachte sie, aber dann sah sie Emma, die lächelnd auf sie zukam. »Ah, da bist du, meine Liebe. Marco und ich haben vor, zurück zur Villa zu fahren, aber wenn du lieber andere Pläne umsetzen willst, soll es mir recht sein.«

Milly schaute fragend auf Enzo.

»Leider wohne ich nicht in Florenz«, sagte er. »Ich bin mit Freunden aus Siena hier, und ich glaube, ich muss jetzt wieder zu ihnen zurück.«

Milly nickte. Sie war nicht unglücklich, dass sie sich trennen musste. Ihr kam das Bild von den zwei Schiffen, die sich nachts auf offenem Meer begegneten, in den Sinn. Sie hatte die halbe Stunde mit ihm genossen, aber jetzt war sie bereit, allein ins Bett zu gehen.

Viertes Kapitel

Gegen Mittag lag Milly im Olivenhain vor der Villa Donelli, neben sich eine kleine mit Wein gefüllte Thermosflasche, ein Stück Brot, ein Stück Käse und eine Hand voll Oliven. Emma und Marco waren früh zum Markt in Florenz aufgebrochen, aber ihr stand nicht der Sinn nach einer so anstrengenden Beschäftigung, deshalb hatte sie sich ihr Mittagessen zusammengeschnorrt und in einem Buch zu lesen begonnen, *Drei Wochen* von Elinor Glyn, das sie in Emmas Bibliothek gefunden hatte. Es ging um eine Affäre in Venedig, und die Protagonisten wälzten sich oft über Tigerfelle.

Plötzlich gewahrte sie, dass sie beobachtet wurde. Ein junger Mann mit zerzausten Haaren, den sie schon mal bei der Arbeit gesehen hatte, stand halb verdeckt hinter einem knorrigen Baumstamm und konnte die Blicke nicht von ihr wenden. Sie lächelte ihm zu. »*Buon giorno*«, rief sie.

Der Mann trat unschlüssig hinter dem Baum hervor, dann bewegte er sich katzenhaft, und Millys Puls beschleunigte sich. Er hatte eine gebräunte Haut und lange wuselige schwarze Haare, von denen einige Strähnen in sein Gesicht fielen. Auf dem Kinn war der Schatten eines Barts zu sehen. Seine Lippen waren voll und sinnlich und sehr rot. Er war sehr stämmig gebaut, und er blickte sie an mit den schmelzenden Blicken eines Spaniels.

»Miss Milly?«

»Oh, du kennst meinen Namen«, rief sie überrascht.

Er trat näher und blieb vor ihr stehen. »Ich habe gehört, dass man Sie so ruft«, sagte er. »Mein Name ist Enrico.«

»Oh, Henry! So heißt dein Name im Englischen. Also, Henry, wie geht es dir?«

Milly streckte ihre Hand aus, und er zögerte kurz, wischte sich dann die rechte Hand an seiner verdreckten Hose ab und drückte ihre Hand. Sie konnte die harten Schwielen an seinen Fingern spüren, aber die Handfläche fühlte sich warm und glatt an. Es erregte sie, in seine dunklen Augen zu schauen, die sie zu verschlingen schienen, als käme sie von einem fremden Stern. Er war ein hart arbeitender Mann und tatsächlich völlig anders als die Menschen, mit denen sie bisher zu tun gehabt hatte.

Milly sah, wie er sehnsüchtig auf ihr selbst zusammengestelltes Mittagsmahl schielte. »Möchtest du was davon?«, fragte sie, und er nickte eifrig. »Setz dich, es ist genug da.«

Sie klopfte auf das Gras neben ihrem Platz, und er hockte sich auf die Fersen. Sie reichte ihm die Thermosflasche und schaute zu, wie er den Kopf in den Nacken legte und einige kräftige Schlucke zu sich nahm. Der Adamsapfel hüpfte aufgeregt. Es faszinierte sie, ihm zuzusehen.

»Brot und Käse?«, fragte sie und brach von beidem ein ordentliches Stück ab.

Er nahm die Stücke und stopfte sie nacheinander in den Mund. »Tu so, als wäre ich gar nicht hier«, sagte sie kichernd. »Fühle dich ganz wie zu Hause.«

»*Co-me?*«

Er sah sie mit verdutzten, naiven Augen an, und sie schämte sich, dass sie sich über ihn lustig gemacht hatte. Sie reichte ihm das Glas mit den Oliven, aber er schüttelte den Kopf und zeigte ihr eine Geste des Werfens. Verdutzt sah sie ihn an, da nahm er eine Olive aus dem Glas, warf sie in die Luft und fing sie mit dem Mund auf. Milly hatte für einen Sekundenbruchteil seine rosa Zunge gesehen. Jetzt zeigte er auf sie und wiederholte die Geste des Werfens.

»Ach so, du willst, dass ich dir die Oliven zuwerfe.«

Sie nahm eine der schwarzen klebrigen Früchte aus dem Glas und hielt sie zwischen Finger und Daumen, dann warf sie die Olive in die Luft. Er öffnete weit den Mund, den Blick auf die fliegende Olive gerichtet, und fing sie sicher auf. Seine Augen glänzten schelmisch, während er übertrieben kaute und schließlich den Kern ausspuckte.

Milly lachte und klatschte in die Hände. Enrico nahm eine weitere Olive und legte sie zwischen seine Zähne. Er näherte sich ihrem Gesicht und zog seine Lippen zurück. Er wies auf die Olive zwischen den Zähnen. Was, um alles in der Welt, wollte er denn diesmal? Sollte sie an der Olive ziehen? Sie hob eine Hand und brachte sie näher, aber er schüttelte den Kopf.

Seine Fingerspitzen berührten kurz ihre Lippen. Sie schmeckten salzig. Aber sie begriff jetzt, dass sie mit dem Mund die Hälfte der Olive abbeißen sollte.

Sie zögerte und musste an die Baby-Party denken und wozu die albernen Spiele dort geführt hatten. Wollte sie sich mit diesem Mann, der nach Heu und Ziegen roch, einlassen? Milly erkannte, dass sie sich stark zu ihm hingezogen fühlte, und wenn sie ehrlich mit sich war, musste sie die Frage mit ja beantworten.

Langsam näherte er sich Millys Gesicht. Sie roch seinen Wein und dann die animalischen Gerüche seines Körpers. Die Wirkung der Sonnenhitze setzte bei ihr ein, und sie fühlte, wie sich in ihrem Kopf alles drehte, als ihre Lippen seine berührten.

Die ölige Frucht steckte zwischen seinen Zähnen und wartete darauf, halbiert zu werden. Sie musste an Eva denken, als ihr der Apfel im Paradies gereicht wurde, und sie erschauerte. Sie legte die Hände auf seine Schultern, um die Balance zu halten, dann öffnete sie den Mund und presste ihn auf seinen – mit der schwarzen Olive dazwischen.

Behutsam tastete sie die Olive mit ihrer Zunge ab, dann schaffte sie es irgendwie, ihm die Frucht abzuluchsen; sie hatte sie in ihrem Mund und lachte triumphierend. Bevor sie sich zurückziehen konnte, küsste er sie mit einer erdrückenden Leidenschaft. Sie stöhnte auf, fiel hilflos gegen ihn und spürte seine rauen Hände, die an ihren Kleidern zerrten.

Oh, Himmel, dachte sie, er wird mich vergewaltigen! So hatte sie sich den Verlust ihrer Jungfernschaft nicht vorgestellt. Entschlossen begann sie sich zu wehren.

Aber dann fummelten seine Finger mit den Knöpfen ihrer Bluse, und in wenigen Sekunden hatte er die Beute freigelegt. Seine Lippen schlossen sich hungrig um ihre Nippel und saugten so heftig daran, als hinge sein Leben davon ab. Die andere Brust quetschte er in seiner Hand. Milly stöhnte, als das Kribbeln immer stärker wurde und das Blut schneller durch ihre Adern zu fließen begann. Sie spürte ein angenehmes Ziehen zwischen den Schenkeln.

Während Enrico ihre blasse Brust mit einer Hand drückte und streichelte, tauchte seine andere Hand nach unten und griff unter ihren Rock. Sie fand den Weg durch das Gewirr der Röcke, öffnete Knöpfe und schob sich höher.

Milly stockte der Atem, als die schwielige Hand über den nackten Schenkel strich und das behaarte V ihres Deltas erreichte. Er rieb sie flott, und sie wurde nass und wund. Obwohl ihre Klitoris geschwollen war und pochte, war sie noch nicht bereit, seine Finger in sich zu spüren.

Plötzlich nahm er den Mund von ihrer Brust und warf sich über Milly. Übermütig klatschte er sie auf den nackten Po und stieß einen dicken Finger in die Kerbe zwischen den Backen.

Während Enrico versuchte, über die rückwärtige Route vorzudringen, keuchte und stöhnte Milly, aber sie wusste, dass es keinen Zweck hatte, sich gegen ihn zur Wehr zu setzen, dadurch würde sie ihre Situation nur noch verschlimmern. Sie fühlte sich unbehaglich und lag mit Mund und Nase im Gras, und auch ihre Brüste wurden auf den harten Boden gedrückt. Aber schlimmer noch war die derbe Art, in der er in ihren Anus eindrang. Er dehnte ihre empfindliche Haut.

»Gefällt dir das?«, fragte er nach einer Weile.

»Überhaupt nicht«, gab sie knurrend zurück.

Seine Hand schob sich weiter, und bald fühlte sie den Finger wieder in ihrer Pussy. Sie begann sich zu entspannen. »Ah, ja, das ist besser.«

Aber dann fing sein Mund an, in ihre Pobacken zu beißen, und sie schrie vor Schmerzen und Überraschung auf. »He, bist du verrückt geworden?«

Es war ihr inzwischen klar geworden, dass Enrico einige seltsame Vorlieben hatte. Ein Teil von ihr erfreute sich an seiner erfrischenden Art, die sich blind von den Instinkten leiten ließ und nichts von der Fürsorge anderer Liebhaber kannte, die sehr wohl ihr Wohlergehen und ihre Befriedigung im Sinn hatten. Aber wenigstens war er bereit aufzuhören, wenn sie ihm ihr Missfallen deutlich genug machte.

Sie spürte seine Zunge plötzlich zwischen ihren Labien, aber in seiner Position kamen die Lippen nicht an ihre Klitoris heran. Sie versuchte, sich umzudrehen, aber er drückte sie wieder flach auf den Boden.

Enrico schien zu spüren, dass seine Bemühungen zunächst unzulänglich waren, deshalb riss er Milly an den Hüften herum, bis sie auf allen vieren im Gras kniete. Er rieb ihre Klitoris und fuhr fort, ihre Labien zu lecken.

So war es schon besser! Milly wackelte mit dem Po und fühlte, dass sie sich ihrem Höhepunkt näherte. Unter den Stimulierungen begannen ihre Säfte zu fließen und vermischten sich im fleischigen Kanal ihrer Pussy mit seinem Speichel. Wenn er ihr wirklich einen Orgasmus bescherte, würde sie sich bei ihm revanchieren, obwohl sie ihn lieber mit der Hand befriedigen wollte.

Als ihr rustikaler Liebhaber zwei Finger bei ihr einführte und mit der freien Hand ihre Brüste drückte, fühlte Milly die Erregung ansteigen, und sie wusste, dass ihr Orgasmus kurz bevorstand. Sie prickelte am ganzen Körper, fühlte sich gespannt wie ein Draht und konzentrierte sich auf die Empfindungen, die sie zum Schmelzen brachten. Sie war so sehr auf ihre Gefühle eingestellt, dass sie die Schritte erst hörte, als es zu spät war.

»Milly! Was, um alles in der Welt, machst du da?«

Die donnernde Stimme war ihr allzu vertraut. Enrico sprang von ihr wie eine erschreckte Katze, und Milly drehte sich um und sah Evadnes wütendes Gesicht, das auf sie hinabstarrte. Unter dem breiten Rand ihres Strohhuts funkelten die Augen voller Entsetzen. Milly kam langsam auf die Füße, zog ihre Unterhose hoch und strich ihre Röcke glatt. Dann erst fiel ihr noch jemand auf, eine junge Frau mit verschmitztem Gesicht, das sie spöttisch angrinste.

Milly sah aus den Augenwinkeln, dass Enrico sich tiefer hinein in den Olivenhain verzogen hatte. Evadne starrte sie immer noch voller Rage an. »So ein widerliches Spektakel habe ich mein ganzes Leben lang nicht sehen müssen. Ich bin hier, um dir eine neue Freundin vorzustellen, aber nun hast du mich bis ins Mark erschüttert. Das werde ich dir nie verzeihen können.«

»Es tut mir leid, Evie. Aber woher sollte ich wissen, dass du so unverhofft hier auftauchst?«

»Meinst du, das entschuldigt dich? Das Dienstmädchen hat mir gesagt, dass du im Olivenhain liegst und ein Buch lesen willst. Was ist, wenn sie oder andere dich so überrascht hätten wie ich? Ich nehme an, dieser Gedanke ist dir gar nicht erst gekommen, weil deine Geilheit, es mit diesem ... eh ... mit dieser Kreatur zu treiben, viel zu groß war.«

Milly sah erstaunt, dass die junge Frau eine besänftigende Hand auf Evas Arm legte. »Sei nicht zu hart mit ihr, liebe Evadne. Ich glaube, uns fällt etwas ein, um sie zur Besserung anzuhalten.«

»Du bist zu weich, Rita«, schnaufte Eva. »Und du kennst sie nicht! Diese Frau ist eine unverbesserliche Schlampe. Sie lässt sich mit jedem Mann ein, der ihr gefällt.«

Trotz Evadnes Beleidigungen war Millys Neugier über die Beziehung mit der neuen Frau geweckt. Wer war diese Rita, und wieso war sie schon so vertraut mit ihrer Geliebten? Rita hatte was Grobes, Schroffes an sich, aber manchmal strahlte das Gesicht auch eine große Sinnlichkeit aus. Sie hatte einen starken Busen und eine schmale Taille. Milly brauchte nicht lange, bevor sie sich festlegte: Rita und Evadne waren ein Paar. Eine seltsame Mischung aus Erleichterung und Eifersucht erfasste sie.

»Wir müssen ihr eine Lektion erteilen, nicht wahr?« Rita zeigte ein wissendes Lächeln.

»Ich glaube, du hast Recht.«

Die beiden Frauen umstellten sie, und noch bevor Milly begriff, was geschah, hatten sie ihre Arme im Griff. »Komm, wir bringen sie in die Scheune«, grunzte Eva.

Sie schleppten sie zur alten Scheune am Rand des Olivenhains. Drinnen war es dunkel; nur wenige Sonnenstrahlen sickerten durch Lücken in Dach und Wänden. Ein Heuballen für die Tiere im Winter lag da, und sie warfen Milly darauf, das Gesicht nach unten. Sie fanden einen Strick und fesselten Millys Hände.

»Was macht ihr?«, fragte Milly, ängstlich, aber auch gespannt.

»Rita und ich werden dich züchtigen«, erwiderte Eva ernst.

»Dann sage mir wenigstens, wer Rita ist.«

»Wir haben uns in Florenz kennen gelernt. Im Gegensatz zu dir teilt sie meine Liebe für Kunst und Geschichte, deshalb haben wir viel Zeit zusammen verbracht.«

»Um über die Verdienste von Michelangelo und Donatelli zu diskutieren? Das glaube ich aber nicht! Du warst schon zwischen ihren Schenkeln!«

»Ah, du bist also doch eifersüchtig!« Eva hörte sich triumphierend an. »Jetzt weißt du, wie es sich anfühlt, du Flittchen, wenn jemand, den du liebst, mit einem anderen ins Bett geht. Kein sehr schönes Gefühl, was?«

»Es ist mir egal. Wie wenig mich das interessiert, kannst du doch an der Szene sehen, die du bei deiner Ankunft erlebt hast. Glaubst du, ich würde um dich weinen?«

»Wie kannst du es wagen ...?«

Sie spürte einen brennenden Schlag quer über ihre Beine. Eva musste einen Dreschflegel mit Lederriemen gefunden haben.

»Komm, Eva, gerate nicht in Wut. Wir müssen Gerechtigkeit walten lassen«, sagte Rita. »Außerdem will ich auch mitmachen. Wenn sie dich beleidigt hat, bin ich genauso beleidigt. Ich war tief geschockt, als ich sie in dieser geilen Situation sah.«

»Dann sollten wir ihre Beine noch festbinden, damit sie uns nicht weglaufen kann.«

Kurz darauf lag Milly wie ein zum Braten dressiertes Hühnchen im Heu. Ihr Herz schlug wie wild vor Angst und Erregung. Was hatten sie mit ihr vor?

»Ich glaube, sechs Schläge von jedem, was meinst du?«, sagte Rita, als wollte sie Millys unausgesprochene Frage beantworten. »Sollen wir ein Instrument benutzen oder unsere nackten Hände?«

»Sie hat einen schönen festen Po. Ich habe das Gefühl, ein Poklatschen mit der flachen Hand kann sehr befriedigend für uns sein. Oder vielleicht eine Mischung von beidem?«

»Hm. Der Flegel ist geeignet. Leder eignet sich perfekt zum Auspeitschen. Vielleicht finden wir sogar noch eine Peitsche.«

Milly konnte kaum glauben, dass sie so gequält werden sollte. Was für ein Mensch war diese Rita? Sie schien noch mehr erpicht auf die Bestrafung zu sein als Evadne, die eigentlich mehr Anlass dazu hatte. Oder war Rita eifersüchtig auf die frühere Favoritin ihrer neuen Geliebten? Wie auch immer, es schien keinen Ausweg aus ihrer Lage zu geben.

Während sie dalag, die Gliedmaßen gebunden und in Erwartung der Züchtigung, schwelte die Glut noch in Millys Körper von Enricos roher Behandlung ihres zarten Gewebes. Erstaunt stellte sie fest, wenn sie ihre Scham gegen das warme Heu rieb, dann machte sich in ihr eine Erregung breit, die sie nicht ignorieren konnte. Enrico hatte sie an den Rand eines Orgasmus gebracht, bevor sie so rüde unterbrochen worden waren, und sie lechzte immer noch nach Befriedigung.

Die beiden Frauen standen in der dunklen Scheue hinter ihr, während die Anspannung kleine Schauer bei Milly auslöste. Dann hörte sie Evadne sagen: »Du wirst den ersten Schlag geben, meine Liebe. Aber warte noch einen Moment, ich werde ihr den Schlüpfer ausziehen.«

Als ihre Geliebte hatte sie das oft getan, aber jetzt zuckte Milly bei der Berührung der Finger zusammen, als sie das

Wäschestück über den festen Po zog. Sie fühlte ein kurzes Streicheln über die Backen, dann richtete sich Evadne auf, damit Rita zum ersten Schlag ausholen konnte. Es gab ein paar kritische Momente, in denen Milly versuchte, sich gegen den Schlag zu wappnen, indem sie ihre Muskeln ganz fest anspannte.

»Oh, was für liebliche und kecke Backen sie hat«, sagte Rita, die Stimme tief und kehlig. Dann schlug sie zu. Das Brennen der Haut brachte Tränen in Millys Augen, und bevor sie sich erholen konnte, folgte schon der zweite Schlag. Diesmal stieß sie ein hörbares Stöhnen aus.

»Jetzt ist sie nicht mehr so keck«, hörte man Evadne glucksen. »Warum versuchst du es nicht mal mit dem hier?«

Milly konnte nicht sehen, welches Instrument Rita nun benutzen würde, um ihr den Hintern zu versohlen, aber nach dem ersten Schlag fühlte sie es noch heftiger brennen, und der ganze Po schmerzte entsetzlich. Und doch – während der hintere Teil brutal bestraft wurde, bemerkte Milly, dass das Prickeln im vorderen Teil immer stärker wurde. Sie spürte, wie die geschwollene Klitoris sich zwischen den glitschigen Labien steif erhob.

»Ich glaube, jetzt bin ich dran«, hörte sie Evadne sagen. Milly bereitete sich auf die nächsten Qualen vor. Aber auch wenn sie sich vor den Schmerzen fürchtete: Sie wusste, dass jeder Schlag sie der Ekstase näher brachte. Es kam ihr pervers vor, solche Bestrafung zu genießen, aber sie konnte nicht leugnen, davon sehr erregt zu sein.

Nach drei weiteren Schlägen wurde Milly in die schwindelnde Sinnlichkeit eines Höhepunkts gebracht. Es hätte nicht viel gefehlt, und sie hätte ihr Bewusstsein verloren. Sie stöhnte laut und hoffte, dass die Frauen glaubten, dass es Laute der Agonie wären und nicht der Ekstase. Sie schämte sich zuzugeben, dass die beabsichtigte Strafe zur Belohnung geraten war.

Die restlichen Schläge nahm sie kaum noch wahr. Sie blieb reglos auf dem Heuballen liegen, bis sie Evadne sagen hörte: »Ich glaube, wir sollten sie hier liegen lassen, dann kann sie im eigenen Saft schmoren. Komm, Rita, es ist Zeit, nach Florenz zurückzukehren. Wir gehen wieder in das feine Restaurant, das wir gestern Abend entdeckt haben, ja? Ich will unbedingt ihr *osso buco* probieren.«

Ein Streifen Sonnenlicht fiel auf den Heuballen, als sie das Scheunentor öffneten. Milly lag erschöpft da und war bald eingeschlafen. Als sie aufwachte, hatte die Dämmerung eingesetzt, und das Scheunentor stand immer noch offen. Milly gelang es unter Schmerzen, sich auf den Rücken zu wälzen, aber sie war noch gefesselt, und die Haut an den Gelenken war von den Stricken abgeschürft.

Sie rief um Hilfe, und schließlich hörte sie Stimmen und dann Schritte. Zwei Gestalten standen im offenen Tor, und eine davon war Marco. Er schickte den Diener weg und trat dann in die Scheune, um Millys Fesseln zu lösen.

»Mein armes Mädchen. Wer hat dir das angetan? Wir sind seit einer Stunde zurück, und seitdem haben wir dich gesucht. Sage mir, wer der Übeltäter ist, dann werde ich ihn auspeitschen.«

Die Ironie ließ sie kichern. Sie rieb sich die steifen Gelenke. »Es war Evadne.«

»Evadne? Deine Lehrerin? Warum nur?«

»Ich glaube, sie ist eifersüchtig.« Milly dachte, dass sie besser nichts von Enrico erzählte. »Sie kam mit einer neuen Geliebten, und gemeinsam haben sie mich gefesselt und geschlagen. Ich glaube, sie wollte sich für meine Untreue in der Vergangenheit rächen.«

»Was für eine gehässige Frau! Ich habe sie sofort nicht

gemocht, Milly, das muss ich zugeben, aber solche Brutalität habe ich ihr nicht zugetraut. Sage mir, wo sie wohnt, dann werde ich ihr die Polizei auf den Hals hetzen.«

»Oh, nein.« Milly ergriff seinen Arm. »Tu das nicht, bitte. Ich nehme an, ich habe es verdient.«

Marcos Gesicht verdunkelte sich. »Sage so etwas nicht, Milly! Du hast nichts außer Zuneigung und Freundlichkeit verdient. Du bist eine liebliche junge Frau und ...«

Sie waren einander sehr nahe, und die Atmosphäre in der dunklen Scheune war plötzlich intim geworden. Milly fühlte den unwiderstehlichen Drang, mit Marco Liebe zu machen, und sie langte hoch und legte einen Arm um seinen Nacken. Ein paar Sekunden lang sah es so aus, als würde er ihr nachgeben. Seine Augen funkelten vor Verlangen, und seine Lippen öffneten sich einladend.

Aber als sie ihren Mund auf seinen drücken wollte, nahm er den Oberkörper zurück und hielt Milly auf Armeslänge. »Nein, Milly«, sagte er leise. »Du hast einen Schock erlebt, und du musst dich zuerst im Bett ausruhen. Ich werde dich zurück ins Haus tragen.«

Sie ließ sich tragen, lehnte sich gegen seinen Brustkorb und schloss die Augen. Emma war überrascht und wieselte wie eine Glucke um Milly herum, als sie hörte, was geschehen war. Sie wusch Millys Arme und Beine und erinnerte sie daran, dass sie das auch schon getan hatte, als Milly noch ein kleines Kind war.

»Oh, Tante Em!«, rief Milly und fiel ihr in die ausgebreiteten Arme.

Es war eine Wohltat, sich an Emmas üppigen Busen zu kuscheln. Jetzt war sie froh, dass Marco ihrer Verführung widerstanden hatte. Der Gedanke, dass er und Emma sich treu waren, hatte was ergreifend Romantisches an sich.

Als Emma sie ins Bett gebracht hatte, fragte sie, was am

Nachmittag geschehen war. Milly erwähnte Enrico zwar, sagte aber nur, dass sie sich unterhalten hätten, als Evadne und ihre neue Geliebte plötzlich dastanden und in eifersüchtiger Rage reagiert hätten. Emma schüttelte den Kopf und umarmte ihr Patenkind noch einmal voller Fürsorge.

»Es tut mir leid, dass sich die Dinge zwischen euch so entwickelt haben«, sagte sie seufzend. »Was du jetzt brauchst, meine Liebe, ist eine neue Ablenkung, und ich glaube, die wird schon eher geschehen, als du glaubst. Aber ich werde dir morgen mehr darüber erzählen, wenn dich der Schlaf gestärkt hat. Soll ich Maria mit dem Abendessen zu dir schicken, oder willst du schlafen?«

Als Milly am anderen Morgen aufwachte, fiel ihr sofort ein, dass Emma von einer ›Ablenkung‹ gesprochen hatte, und beim Frühstück fragte sie danach. Sie sah, dass ihre Patentante zu Marco schaute, und der begann zu erklären.

»Ich habe einen Freund, der Fotograf ist, Milly, und er ist immer auf der Suche nach Modellen. Ich dachte, du würdest ihn gern kennen lernen. Wir könnten heute Nachmittag nach Florenz fahren.«

»Oh, das würde ich sehr gern«, rief sie lächelnd und glücklich.

Die Demütigungen des vergangenen Tages verblassten schon. Den Morgen verbrachte sie lesend im Weinberg, der in Sichtweite der Villa lag, denn sie wollte keine neue Begegnung mit Enrico riskieren. Auf eine Art war es aufregend mit ihm gewesen, aber seine Grobheiten hatten ihr neue Seiten bei einem Mann gezeigt. Vielleicht musste sie erfahrener sein, ehe sie mit einem wie Enrico fertig wurde.

Nach einer kurzen Siesta gesellten sich Milly und Emma zu Marco, der die Kutsche fuhr. Im Schaufenster des Fotogeschäfts waren Porträts ausgestellt, rauschende Hochzeitsbilder und die Fotos von süßen Kommunionkindern. Ein freundlicher junger Assistent begrüßte sie herzlich und gestattete ihnen, das Hinterzimmer zu betreten, das der ›Signore‹ als Studio betrieb. Der Mann trat durch eine Tür, und Milly war angetan von seinen dunklen, leidenschaftlichen Augen und seinen glänzenden schwarzen Locken.

»Milly, das ist mein alter Freund Leo Venuti«, sagte Marco lächelnd. »Er hat sich das Foto angeschaut, das du Emma gezeigt hast.«

»Oh.« Milly fühlte die Röte in ihre Wangen steigen. Sie hatte nicht damit gerechnet, so verlegen zu sein, weil ein Fremder das gewagte Foto betrachtet hatte.

Er lächelte sie sehr freundlich an und streckte seine Hand aus. »Miss Belfort – oder darf ich Sie Milly nennen? Ihr Foto war sehr charmant und auch sehr witzig. Möchten Sie sich einige meiner Arbeiten ansehen?«

Milly nickte eifrig und rutschte auf dem Sofa, damit er sich neben sie setzen konnte, ein großes Album auf den Knien. Während Emma und Marco ihnen über die Schultern schauten, blätterten sie sich durchs Album. Zuerst war Milly entsetzt, so viele Bilder halb nackter Mädchen zu sehen, einige im Wald oder auf dem Sofa, auf dem sie gerade saß. Manchmal waren auch mehrere Mädchen zusammen auf einem Bild, etwa bei Badeszenen oder bei ihrer Toilette. Evadne würde diese Fotos lieben, dachte Milly und empfand einen Stich des Bedauerns.

»Ich hoffe, Sie finden die Fotos geschmackvoll«, sagte Leo vorsichtig, um das Terrain zu sondieren.

»Oh, ja, sehr«, versicherte Milly ihm.

»Sie sind nicht viel anders als das Foto von Ihnen, das Marco mir gezeigt hat, glaube ich.«

Milly musste an die Fotos denken, die sie noch in der Tasche hatte; sie waren sexuell expliziter. Was würde er von diesen Fotos halten? Die Vorstellung, solche Bilder kommerziell herzustellen und dass unbekannte Männer sie heimlich betrachten konnten, gefiel ihr.

»Ich wäre sehr erfreut, wenn Sie zustimmen, für mich zu posieren, Milly«, sagte er. »Ich bin sicher, dass Emma Sie begleiten wird, wenn Sie es wünschen. Denken Sie darüber nach. Sie brauchen sich nicht sofort zu entscheiden.«

»Danke, aber ich habe mich schon entschieden. Ich stehe Ihnen sehr gern Modell.« Sie drehte sich zu ihrer Patentante um, die sie ermutigend anlächelte. »Und ich glaube, ich werde bei Ihnen sehr sicher sein, Signor Venuti.«

»Großartig!« Er klappte das Album zu und erhob sich. »Ich muss gestehen, dass ich schon über Posen nachgedacht habe für den Fall, dass Sie zustimmen, und mir sind ein paar aufregende Ideen gekommen. Sie erhalten natürlich eine Vergütung.«

Er nannte eine Summe in Lire. Als Milly sie in Pfund umrechnete, war sie angenehm überrascht. »Was geschieht mit den Fotos?«, fragte sie ihn.

»Sie werden durch verschiedene Kanäle verkauft. Einige gehen zu Gentlemen's Clubs, andere werden von Individuen erworben. Auch in Adelskreisen kursieren Bilder dieser Art; man zeigt sie, wenn die Damen und Herren sich nach dem Essen in verschiedenen Räumen aufhalten. Sie wären überrascht, wie groß der Markt für Erotika ist.«

Die Gedanken in Millys Kopf überschlugen sich. In diesem Gewerbe konnte sie vielleicht ihre Karriere beginnen, wenn sie ihre Karten richtig spielte. Das brachte mit Sicherheit mehr Spaß als das Unterrichten.

Sie verließ das Fotogeschäft in bester Stimmung. Sie hatte sich für den morgigen Nachmittag mit dem Fotografen verabredet. Später, als Emma sie fragte, ob sie die Freundin vermisste, wurde Milly bewusst, dass das Gegenteil zutraf –

sie fühlte sich herrlich frei. Auf eine Art war sie froh, dass es so böse geendet hatte, denn dadurch würde es unmöglich sein, dass Evadne sich wieder in ihr Leben schleichen konnte.

Caroline hatte Recht gehabt, musste sie sich eingestehen, ihre Beziehung war ungesund gewesen und hatte bei Evadne auf Eifersucht und Besitzanspruch basiert. Sie schwor sich, niemals mehr eine so destruktive Beziehung zuzulassen, egal, ob mit Mann oder Frau.

Als Milly sich am nächsten Tag im Fotogeschäft präsentierte, erregte sie die Aussicht, bald nackt zu posieren. Marco hatte ihr erzählt, dass Leo Beziehungen zu irgendwelchen Filmemachern unterhielt, die immer auf der Suche nach jungen Talenten waren. Also hielt sie die Hoffnung wach, eines Tages für den Film entdeckt zu werden.
Leos Assistent begrüßte sie freundlich und bat sie, im Studio auf den Meister zu warten. Sie trat ein und blieb vor Staunen wie angewurzelt stehen.

Eine Ecke des Raums war so arrangiert worden, dass sie wie ein Badezimmer aussah, komplett mit Wanne, Handtuchhalter, Bademattte und sogar einer Gummiente! Sie hörte ein Glucksen hinter sich und sah Leo lächelnd eintreten.

»Milly! Fein, dass Sie so pünktlich sind. Was halten Sie von meiner Szenerie?«

»Ich soll ein Bad nehmen?«

»Nicht genau. Es soll so aussehen, als nähmen Sie ein Bad. Wir kommen ohne Wasser aus, und Sie sind nur nackt bis zu den Hüften. Wenn Sie sich jetzt hinter dem Schirm ausziehen wollen, während ich mich um die Beleuchtung kümmere. Wir haben nicht endlos Zeit, denn um vier Uhr habe ich einen anderen Termin annehmen müssen.«

Erstaunt folgte Milly seinen Anweisungen und zog sich bis auf den Schlüpfer aus. Sie warf sich einen Umhang über die Schultern, denn es war ziemlich kühl im Zimmer.

Als sie hinter dem Schirm heraustrat, sah sie, dass Leo die Szene mit zwei großen, hellen Stehlampen anstrahlte. Er lächelte sie an und zeigte auf die Badewanne, die auf vier Löwentatzen stand.

»Gehen Sie schon mal hinein, und machen Sie es sich bequem. Ich brauche noch ein paar Minuten.«

Milly legte den Umhang auf den Boden der Wanne, damit sie bequemer liegen konnte. Zuerst fühlte sie sich gehemmt, aber Leo schien sich so sehr auf die Beleuchtung zu konzentrieren, dass er offenbar gar keine Zeit hatte, sie anzustarren.

»Jetzt würde ich Ihnen gern sagen, wie ich Sie aufnehmen möchte«, sagte er schließlich. »Zuerst schieße ich ein paar Aufnahmen, wie Sie sich die Arme waschen. Sie heben den Schwamm und ... ja, genau so. Heben Sie den Arm hoch über den Kopf, und fangen Sie an, den Unterarm mit dem Schwamm zu reiben ... nicht zu tief, sonst verstecken Sie Ihre Brüste! Ja, so ist es besser. Halten Sie diese Pose!«

Milly hielt die Arme noch über dem Kopf und zeigte der Kamera die Umrisse ihrer Brüste. Sie wusste, dass die Wanne den Unterkörper verdeckte. Leo ließ sie die Position einige Male verändern, damit er unterschiedliche Blicke auf ihre Brüste hatte. Ihre Nippel hatten sich versteift, seit sie der Luft ausgesetzt waren, und das schien Leo zu gefallen.

»Ausgezeichnet«, rief er nach einer Weile. »Ich denke an einige Gentlemen, die einen solchen Anblick genießen werden, Milly. Aber jetzt möchte ich gern eine ganz neue Position versuchen. Können Sie sich über den Wannenrand strecken, der Kamera entgegen? Als wollten Sie nach der Quietschente auf der Matte greifen. Und dabei hätte ich gern ein breites Lächeln, und Ihre Augen müssen in die Kamera schauen.«

Es dauerte eine Weile, ehe die zweite Pose saß, denn er wollte, dass ihre Brüste über den Wannenrand quollen, und dafür musste sie sich knien. Wenn sie sich kniete, wurde der obere Teil ihres Schlüpfers sichtbar.

»Würde es Ihnen was ausmachen, wenn Sie die Unterwäsche ein bisschen nach unten schieben?«, fragte Leo schließlich. »Es ist nur, damit die Kamera nicht den Stoff einfängt.«

»Ich kann sie ganz ausziehen, wenn Sie möchten«, bot Milly kühn an. Je länger die Sitzung dauerte, desto mehr vertraute sie Leo, und für sie wurde er langsam zu einer Herausforderung. Es schien nicht natürlich zu sein, dass ein Mann Fotos einer halb nackten Frau schoss und keinen Versuch unternahm, sie zu verführen.

»Das wird nicht nötig sein«, kommentierte er trocken zu Millys Bedauern.

Schließlich hatte Leo alle Bilder im Kasten, die er sich vorgenommen hatte, und während er aufräumte, schickte er Milly zurück hinter den Schirm. Sie empfand Freude und Stolz und wollte wissen, wie lange es dauerte, bis sie das Ergebnis sehen konnte.

»Die Abzüge sollten morgen Nachmittag fertig sein. Würden Sie mir auch weiter Modell stehen, wenn diese Fotos gut geworden sind?«

»Aber sehr gern!«

Er reichte ihr die Hand. »Es war ein Vergnügen, mit Ihnen zu arbeiten, Milly. Bitte empfehlen Sie mich Ihrer Patentante und Marco.«

Was für ein seltsamer Mann er ist, dachte sie, als sie im Geschäft auf die Ankunft Emmas wartete. Die Sitzung bei Leo war so nüchtern abgelaufen, so geschäftlich und sachlich und ganz anders, als sie erwartet hatte. Sie musste sich selbst gegenüber zugeben, dass sie ein wenig enttäuscht darüber war. Der gut aussehende Leo Venuti hatte ihr keine Möglichkeiten zum Flirten gegeben.

Eine Mutter und ihr junger Sohn kamen Punkt vier Uhr herein, und der Assistent führte sie ins Studio, nachdem er Milly einen Stuhl angeboten hatte, damit sie nicht im Stehen auf Emma warten musste.

Er beäugte sie neugierig, während er irgendwas sortierte, und sie reagierte mit scheuen Blicken und einem sanften Lächeln. Ob er wusste, dass sie fast nackt posiert hatte? Egal, wie kühl Leo sich gab, sein Assistent verhielt sich ganz anders.

Vielleicht hilft er Leo, die Negative zu entwickeln, dachte sie. Würde er sie das nächste Mal mit anderen Augen anschauen, wenn sie *Il Photografo Venuti* betrat? Sie gluckste bei diesem Gedanken.

Fünftes Kapitel

Leo berichtete Marco, dass die Fotos, die er von Milly aufgenommen hatte, seine bisher besten Aufnahmen waren. Es gab drei Serien, ›Die Bade-Schönheit‹, dann ›Intime Momente‹, die Milly am Toilettentisch, nur mit einem weiten, sexy Schlüpfer bekleidet, zeigen und schließlich ›Evas Aufwachen‹, das sie nur mit einem Feigenblatt zeigt. Als Emma die Fotos sah, strahlte sie vor Entzücken.

»Milly, du hast ein echtes Talent zum Modellstehen. Möchtest du auf diesem Weg fortfahren?«

»Wie meinst du das?«

»Nun, Leo ist nicht der einzige Fotograf in Marcos Bekanntenkreis. Er kennt noch einige andere, die sich auf bestimmte Gebiete spezialisiert haben. Einige der Arbeiten sind freilich etwas gewagt . . .«

Sie führte das nicht weiter aus, weil sie offenbar nicht einschätzen konnte, wie ihr Patenkind darauf reagieren würde. Milly fand, dass es an der Zeit war, ihr die Fotos zu zeigen, die sie noch in der Tasche aufbewahrte. Mit einem schelmischen Lachen fragte sie: »Etwas in der Art?«

Als Emma die Fotos von Emma und ihren Freunden in den sexuell provozierenden Posen sah, musste sie glucksen. »Nun, wie ich sehe, bist du mir bei diesem Spiel schon um einige Sprünge voraus, du kleiner Frechdachs! Weißt du, wir kennen den einen oder anderen Gentleman, der sich den Besitz dieser Fotos eine Menge kosten lassen würde.«

»Glaubst du? An so etwas habe ich nie gedacht. Wir vier haben es nur aus Spaß gemacht.«

»Nun, auch viele andere Leute hätten ihren Spaß dabei gehabt. Aber dieses Gewerbe ist alles andere als ehrbar, deshalb musst du gut auf dich aufpassen. Ich kann dir nur dringend raten, dich bei deinen Kontakten ausschließlich an jene zu halten, die Marco dir empfiehlt. Das sage ich nur für den Fall, dass du diese Karriere weiter verfolgen willst.« Emma seufzte. »Deine liebe Mamma würde das aus vollem Herzen missbilligen.«

Milly runzelte die Stirn. »Sie würde alles missbilligen, was ich tue, es sei denn, ich werde eine stramme Unterstützerin der Frauenbewegung, aber selbst dann würden wir Dinge finden, über die wir uns streiten könnten.«

»Nun, du musst diese Entscheidung selbst treffen. Ich sehe keinen Grund, warum du nicht ein bisschen Geld verdienen sollst, während du in Florenz bist. Was du danach machst, bleibt dir überlassen.«

»Du hältst es nicht für unmoralisch?«

»Meine persönliche Meinung ist, dass ein Posieren für solche Fotos absolut nicht unmoralisch ist. Männer entwickeln eine große Neugier über den Körper einer Frau – umgekehrt auch, aber Frauen würden eher sterben, als das zuzugeben. Mein verstorbener Mann besaß eine der besten Sammlungen erotischer Zeichnungen, und Fotos sind die moderne Entsprechung.«

Emmas Worte erinnerten Milly daran, dass die Tante einmal mit Sir Henry Longmore verheiratet gewesen war, aber weil sie ihm keinen Erben gebären konnte, hatte er sich von ihr getrennt. Danach hatte sie einige Jahre mit Daniel Forbes verbracht, der Lord Merton war. Aber diese Beziehung hatte nicht gehalten, und für Milly stand fest, dass ihre Patentante mit dem treuen, rücksichtsvollen Marco viel glücklicher war.

Das Geld, das sie für ihre Arbeit mit Leo erhielt, deponierte sie in Marcos Florentiner Bank. Milly begriff, dass ihre Ersparnisse rasch wachsen würden, wenn sie weitere Aufträge annahm. Ihre Mutter war nicht müde geworden, ihr den Wert der finanziellen Unabhängigkeit einzutrichtern. Nach Kittys Ansicht konnte man eine Karrierefrau oder eine Ehefrau und Mutter sein, und sie ließ keinen Zweifel, dass die erste Option vorzuziehen war.

Als er hörte, dass Milly auch mit anderen Fotografen arbeiten würde, lud Marco einen alten Freund zum Essen in die Villa ein. George Barker war ein ehemaliger Engländer, der nach Italien ausgewandert war, um dem ›puritanischen Fluch‹, wie er es nannte, zu entkommen.

Er hatte eine frische Gesichtsfarbe, war in den Fünfzigern und trug extravagante Westen und Krawatten. Er hinkte; die Erinnerung an eine Kriegsverletzung. Als er hörte, dass Milly für Leo Modell gestanden hatte, stieß er ein Schnaufen aus. »Ich dachte, der alte Feger stünde nur auf Männerärsche.«

Da wusste Milly, warum Leo nicht auf ihr Flirten reagiert hatte, und sie kam sich ein bisschen naiv vor, weil sie nichts von Leos Präferenzen geahnt hatte.

Als George nach dem Essen sein Album herausholte und Milly einlud, es durchzublättern, war sie sofort fasziniert. Sie bemerkte auf Anhieb, wie sehr sich diese Fotos von Leos ›künstlerischen‹ Aufnahmen unterschieden. Die Bilder zeigten mehrere Modelle zugleich, und sie berührten sich gegenseitig auf eine intime Weise. Es gab gemischte Paare, Männer- und Frauenpaare, aber auch Vierer. Kein Zweifel, dass ›Frivole Fotos‹, wie Georges Firma hieß, sich auf genau das spezialisiert hatte.

Obwohl auf keinem der Fotos ein Geschlechtsverkehr gezeigt wurde, gab es viele Andeutungen, und Milly verstand sehr gut, dass diese Bilder sich besser verkaufen ließen.

»Wir verkaufen sie auch sehr gut in Amerika«, sagte Georgie stolz. »Und bald wollen wir auch in den Fernen Osten liefern, obwohl wir diesen Markt erst erschließen müssen.«

Er redete, als wäre dies ein ganz normales Geschäft – was es für ihn sicherlich auch war. Milly sperrte die Ohren weit auf, als sie hörte, dass seine Modelle dreimal mehr erhielten, als Leo ihr gezahlt hatte. Als sie am Ende des Abends gefragt wurde, ob sie seinen ›Stall‹ junger Modelle vergrößern wollte, stimmte sie ohne Bedenken zu.

»Ausgezeichnet! Ich sehe, dass du sehr fotogen bist, Milly. Die Kamera wird dich lieben, und meine Kunden auch.«

George benutzte einen Raum in seinem Haus als Studio, und er schlug vor, dass Milly am folgenden Nachmittag zu ihrer ersten Sitzung kam. Sie war entzückt, als er versprach, auch die anderen jungen Modelle einzuladen, um anschließend mit ihnen allen essen zu gehen. Das wäre eine günstige Gelegenheit, die anderen kennen zu lernen. Die Vorstellung, mit fremden Leuten nackt zu posieren, war einschüchternd, aber zugleich auch verlockend.

Georgie wohnte in einem feinen alten Haus in der Via del Corso. Einen Teil des Hauses hatte er von einer berühmten, aber inzwischen verarmten Familie gemietet. Hinter der schweren Eichentür war ein bezaubernder Innenhof mit getöntem Glasdach und einem Springbrunnen angelegt.

Marco und Emma zogen weiter und versprachen, Milly um elf Uhr abzuholen. Ein Dienstmädchen führte Milly eine Treppe hinauf in Georgies Wohnung, eingerichtet mit Antiquitäten aus der Renaissancezeit und mit persischen Teppichen.

Sie wurde einem jungen Italiener namens Bruno vorgestellt und einem deutschen Mädchen mit dem Namen Lotte. Beide sahen gut aus. Sie lächelten, gaben Milly die Hand und hießen sie willkommen.

»Bruno und Lotte sind es gewöhnt, zusammen zu arbeiten; sie werden dir und Carlo helfen, in die Szenen hineinzufinden«, sagte Georgie und schaute auf die Uhr. »Wo steckt der Junge denn? Ich habe ihm gesagt, er soll Punkt vier hier sein.«

Der leise Klang einer Türglocke verriet ihnen, dass Carlo auch eingetroffen war. Milly wartete mit angehaltenem Atem, denn sie war gespannt auf ihren Partner. Als er den Raum betrat, entwich ihr ein ungewolltes Keuchen.

»Kennt ihr euch schon?«, fragte Georgie vergnügt.

»Ja, er ist Leos Assistent«, platzte Milly heraus.

Der junge Mann lächelte sie scheu an. »Hallo, Milly. Ich dachte, dass du überrascht sein wirst, mich zu sehen. Ich arbeite für Georgie an meinen freien Nachmittagen und an den Abenden.«

»Weiß Leo das?«, fragte sie neugierig.

»Nein. Aber was ich in meiner Freizeit mache, entscheide ich. Es ist kein großes Geheimnis, und wenn er mich fragt, werde ich es ihm sagen.«

»Nun, es ist immer schön, ein vertrautes Gesicht zu sehen«, sagte Milly. Es stimmte, und ein Teil ihrer Nervosität war schon verflogen.

»Also, ran an die Arbeit, die Damen und Herren!« Georgie drehte sich um. »Folgt mir, wenn ich bitten darf.«

Er ging voraus vom Salon in das sich anschließende Studio. Milly fiel sofort auf, dass es keine Schirme gab, hinter denen man sich ausziehen konnte, aber dann sah sie ein, dass sie überflüssig wären, da sie sich bei den Aufnahmen alle nackt sehen würden. Ihre Unsicherheit kam zurück. Was war, wenn ihr Körper nicht attraktiv genug war? Was war, wenn sie es nicht ertragen konnte, von den anderen angefasst zu werden, oder wenn sie Skrupel entwickelte?

Aber bald war es die Mischung aus Georgies trockenen Anweisungen und den flapsigen Kommentaren der anderen Modelle, die Milly entspannen ließ. Sie zogen sich alle aus und ließen ihre Kleider auf Stühlen zurück, dann stiegen sie auf ein Podium, auf dem einige Stühle in lockerer Reihe standen. Milly fühlte sich sehr gehemmt, als sie nackt dastand, und irgendwie versuchte sie, ihre Scham zu bedecken.

»Jetzt möchte ich, dass ihr euch alle gegenseitig wärmt«, sagte Georgie ihnen. »Nehmt euren Partner in die Arme, und drückt ihn kräftig. Reibt den Rücken und den Bauch, damit die Blutzirkulation in Gang kommt.«

Milly ließ sich auf Carlos muskulöse Arme ein. Er musste aus einer Bauernfamilie stammen, dachte Milly, weil er trotz seiner leichten Arbeit so muskelbepackt war. »Keine Bange, Milly«, wisperte er in ihr Ohr, »du brauchst nicht verlegen zu sein. Du bist unter Freunden.«

Sie kicherte, als er ihren Rücken zu reiben begann, und sie rieb ihn. Dann attackierte sie seinen behaarten Brustkorb, während er eine Hand über ihre Brust und die andere Hand auf ihren Bauch legte. Er ließ die Hände entgegengesetzt kreisen.

»Gefällt dir das?«

»Es ist sehr ... anregend.«

Es war seltsam, aber das gegenseitige Reiben schien tatsächlich das Eis zu brechen, und als sich die Pärchen lösten, glühte Milly und war total entspannt. Die Modelle setzten sich auf die Stühle und warteten auf Georgies Anweisungen.

»Mir schwebt eine römische Orgie vor«, begann er.

»Oh, wunderbar«, rief Lotte. »Trinken wir viel Wein? Und wer sind die Eunuchen?«

»Lotte, du bist so unromantisch«, gluckste Bruno.

»Kinder, hört auf zu quatschen. Schaut mal, welche Requisiten ich für euch habe.«

Er hielt einige Togen hoch, dann gab es Weintrauben, Lorbeerkränze und Becher aus Gold und Silber.

»Ich habe mir diese Becher von unten ausgeliehen, deshalb geht bitte vorsichtig mit ihnen um. Sie stammen aus dem siebzehnten Jahrhundert und kosten ein kleines Vermögen.« Er hielt zwei Lorbeerkränze hoch. »Nun, wer will als Maikönig und Maikönigin gekrönt werden?«

Als ihre Köpfe mit dem Lorbeer verziert waren, begannen sie die Togen anzulegen. Lotte zeigte Milly, wie man die Halsöffnung so weit hinunterziehen konnte, dass eine Schulter und eine Brust entblößt waren.

»So ein hübscher Busen«, sagte das deutsche Mädchen lächelnd und streichelte zart darüber.

Sie selbst hatte sehr schöne Brüste, groß und rosig und mit rosa Nippeln gekrönt. Lotte legte sich auf das lange, niedrige Sofa, das die Männer in die Mitte des Podiums gezogen hatten, und hielt ihre Toga auseinander, sodass ihr goldener Busch sichtbar wurde. »Ist das gut so?«, fragte sie grinsend, aber Georgie ließ sich nicht provozieren.

»Ja, das ist fein. Bruno, ich möchte, dass du dich ans Ende setzt und deinen Schweif blicken lässt. Ja, so ist es schön. Jetzt hältst du die Traube über Lottes Mund. Öffne deinen Mund, Lotte. Himmel, muss ich dir alles zweimal sagen? Du vergeudest unsere Zeit. Bruno, mit deiner freien Hand fasst du sie da unten an. Ja, so habe ich mir das vorgestellt.«

»Wo ist der *vino?*«, fragte Lotte. »Den hätte ich lieber in der Kehle als die Traube.«

Die Atmosphäre in Georgies Studio unterschied sich so sehr von Leos, dass Milly eine Weile brauchte, um sich daran zu gewöhnen. Sie hielt sich zurück und wusste nicht, wie sie sich verhalten sollte, aber dann sprach Georgie sie an. »Komm schon, Milly, jetzt bist du dran. Ich möchte, dass du dich vor dem Sofa auf den Boden legst. Du schaust voller Neid auf die beiden. Du hebst dein linkes Knie und lässt die Toga auseinanderfallen, ganz lässig. Ja, so ist es gut.«

Georgie schoss mehrere Bilder dieser Szene. Es wurde deutlich, dass er durch die Fotos eine Geschichte erzählen wollte. Milly sollte zuerst wie ein fünftes Rad am Wagen wirken, aber später würde sie beim Spaß dabei sein. Bei der zweiten Szene sah sie überrascht auf, als Carlo über sie grätschte und ihr eine Traube hinhielt.

»Ja, gut, und jetzt drückt ihr die Beeren über den Brüsten der Mädchen aus«, wies Georgie die Jungs an.

Milly rutschte und wand sich auf dem Boden, als der Saft in ihren Ausschnitt tropfte, aber als Carlo die Anweisung erhielt, nun den Saft aufzulecken, warf sie den Kopf in den Nacken und vergaß die Kamera. Ihr Partner leckte und saugte an den steifen Nippeln.

»Wunderbar! Jetzt läuft es doch ausgezeichnet! Zeit für ein Glas Wein, glaube ich.«

Georgie ließ sie aus den kostbaren Bechern trinken und bat dann die Mädchen, ihre Brüste in den Wein zu halten und die tropfenden Nippel den Männern anzubieten. Milly begann sich zu fragen, wie weit sie gehen würden, und war enttäuscht, als Georgie eine Unterbrechung verkündete.

Als sie den Blick hob, sah sie in Carlos erhitztes Gesicht. Seine gewaltige Erektion lugte aus den Falten der Toga. Milly wurde von einem Schauer der Erregung geschüttelt und seufzte leise vor sich hin: Wie sollte sie den Abend in ihrem frustrierten Stadium durchstehen?

Die jungen Frauen wurden ins Bad am Ende des Korridors geführt. Ein heißes dampfendes Bad war schon vorbereitet.

Die Seife duftete süß, und die flauschigen Badetücher lagen ebenfalls bereit. Lotte und Milly stiegen gemeinsam in die Wanne, und Lotte bot an, Millys Rücken zu waschen.

»Dreh dich zuerst mal um, Milly«, sagte sie, als die Seife in ihrer Hand lag.

Milly gehorchte und schloss die Augen, als die neue Freundin den cremigen Schaum auf ihren Rücken massierte. Sie ließ sich reichlich Zeit dabei. Die glitschigen Hände verließen den Rücken und massierten die Brüste, was Milly entzückt aufstöhnen ließ. Das deutsche Mädchen stimulierte Millys Nippel zwischen Fingern und Daumen.

»Gefällt dir das?«, murmelte Lotte, den Mund dicht an Millys Ohr, dann knabberte sie an Millys Nacken.

»Oh, ja! Eben nach der Sitzung war ich noch ganz frustriert«, seufzte Milly.

»Ich auch. Georgie lässt uns nie bis zum Ende mit den Männern gehen, jedenfalls nicht vor der Kamera. Aber manchmal bringen wir es unter uns zu Ende.«

Lottes rechte Hand befand sich jetzt unter dem Wasser und spielte mit den Löckchen von Millys Schamhaaren. »Komm«, flüsterte sie und hob Millys Po mit kräftigen Händen an. »Setz dich auf meinen Schoß.«

Milly lag bald über den Schenkeln des anderen Mädchens. Lotte schäumte wieder ihre Hände ein und forschte zwischen Millys geschwollenen Labien. Jetzt wusste Milly, dass sie doch noch einen Orgasmus erleben würde, und glücklich seufzte sie auf. Bereitwillig spreizte sie ihre Beine.

Da sie schon heftig erregt gewesen war, dauerte es nicht lange, bis sie die Befriedigung fand, nach der sie gelechzt hatte. Gleich nachdem Lottes lange Finger in ihre hungrige Muschi gedrungen waren, intensivierte sich das Pochen in der Klitoris, und ein paar Striche mit dem glitschigen Finger brachten ihr einen überwältigenden Orgasmus. Sie warf sich herum und setzte das Bad unter Wasser, aber Lotte lachte nur. »Du hast eine heftige Leidenschaft in dir, Milly.«

Als sie sich erholt hatte, stieg Milly aus der Wanne, rieb sich trocken und warf sich die Toga wieder über, aber Lotte streckte sich im noch warmen Wasser aus. »Wenn du raus gehst, schickst du Bruno zu mir, ja? Sage ihm, dass er mir den Rücken waschen soll.«

Es war zwar irrational, aber Milly gefiel es überhaupt nicht, dass Lotte es mit ihrem Filmpartner treiben würde. Sie hätte auch nichts dagegen gehabt, mit Bruno oder Carlo in der Badewanne zu sitzen, denn in letzter Zeit hatte sie genug Liebe mit Frauen gehabt. Sie war dankbar, dass Lotte ihr die Frustration genommen hatte, aber sie hatte schon viel zu lange keinen Penis mehr in der Hand gehabt – Enricos wollte sie nicht zählen.

Während Bruno dem Ruf ins Bad bereitwillig folgte, blieb Milly in der Gesellschaft von Carlo und Georgie zurück. Sie betrieben eine Weile höfliche Konversation, was seltsam schien nach den voraufgegangenen Aktivitäten, aber dann trafen weitere Gäste ein, und Milly fand sich bald von jungen Menschen umgeben, Jungen und Mädchen mit unterschiedlichen Nationalitäten. Eine kosmopolitische Atmosphäre verbreitete sich, als sie ›Jacques aus Frankreich‹, ›Hilda aus Holland‹, ›Nico aus Griechenland‹ und so weiter vorgestellt wurde, bis sich Namen und Länder in ihrem Kopf drehten.

Neun neue Gäste waren eingetroffen; alle sahen gut aus, und alle waren freundliche Typen. Sie fühlten sich durch ein geheimes Band verbunden, wodurch sofort eine stärkere Vertrautheit eintrat. Milly fiel auf, wie bereitwillig sie sich anfassten, küssten und umarmten. Ihr war, als gehörte sie zu einer großen glücklichen Familie, und das war ein sehr schönes Gefühl.

Um Punkt acht Uhr gingen sie alle ins große Esszimmer, in dem der Tisch für vierzehn Personen gedeckt war. Es war eine fröhliche Gesellschaft. Witze wurden erzählt, die dann in andere Sprachen übersetzt wurden. Am Kopf des Tisches saß Georgie, der ein gefragter Mann war, und als das Dessert serviert worden war, erhob er sich, das Glas in der Hand, und sprach einen Toast aus, »auf unser neues Mitglied unserer kleinen Gesellschaft – Milly aus England«.

»Milly aus England«, kam es aus vielen Mündern gleichzeitig.

»Wir erwarten von den Neulingen keine Rede«, sagte Georgie, »aber wir verlangen, dass sie an einer besonderen Initiationsfeier teilnehmen. Eigentlich ist es kaum mehr als ein normales Partyspiel. Es soll helfen, die einzelnen Leute kennen zu lernen.« Als er das sagte, kicherten die meisten am Tisch, das Georgie mit einem Stirnrunzeln zum Schweigen brachte. »Ich glaube, es wird dir gefallen. Carlo, die Augenbinde.«

Milly zuckte zusammen, als ein dicker schwarzer Schal über ihre Augen gelegt und am Hinterkopf verknotet wurde. Das Kichern war jetzt noch lauter als eben. Sie wurde zu einem Stuhl geführt. Milly hörte, wie Teller und Besteck weggeräumt wurden, dann wurde ihr geholfen, auf den Tisch zu klettern.

»Knie dich hin«, hörte sie Georgie sagen. Er musste direkt neben ihr stehen. »Keine Sorge, um dich herum sind genug Leute, du kannst also nicht fallen. Namen in den Hut, Freunde.«

Wieder Kichern, dann viele Schritte hin und her. Millys Hand wurde in den Hut geführt, in dem kleine Papierschnipsel lagen. Sie nahm einen heraus, wie angewiesen. Eine kurze Pause, dann aufgeregtes Flüstern. »Der Bursche hat Glück«, hörte sie eine Mädchenstimme. »Er wird ihre Zunge spüren, bevor sie müde wird.«

Jetzt war Millys Phantasie geweckt, und als sie bemerkte, dass jemand zu ihr auf den Tisch kletterte, spürte sie in sich eine neue Lüsternheit.

Georgie erklärte in seiner tiefen, befehlsgewohnten Stimme: »Nun, meine Liebe, musst du die Identität des jungen Mannes erraten, dessen Namen du aus dem Hut gezogen hast. Ich fürchte, du hast nur einen einzigen Anhaltspunkt – seinen Penis. Wenn du seinen Namen nicht errätst, nachdem du ihn mit der Zunge geschmeckt hast, geben wir dir vielleicht eine Hilfe. Oh, das hätte ich beinahe vergessen: Die Hände auf den Rücken. Wenn du sie doch benutzt, werden wir sie festbinden.«

Die Erregung machte sich in Milly vom Kopf bis in die Zehen bemerkbar, denn sie hatte schon den ganzen Abend nach einem Penis gelechzt. Sie schreckte nicht davor zurück, vor anderen eine Fellatio auszuführen, vielleicht auch deshalb, weil sie das häufig mit ihren Freunden in Cambridge geübt hatte, und außerdem würde sie früher oder später mit den Zuschauern arbeiten. Eine gute Methode, das Eis zu brechen. Sie legte die Arme auf den Rücken und öffnete den Mund.

Der Penis klatschte gegen ihre Wange. Leichter Beifall war zu hören, als der Junge beim zweiten Versuch die Öffnung traf und die Eichel zwischen die Lippen schob. Ihre Zunge schob die Vorhaut nach unten, dann öffnete sie den Mund weiter und verschluckte mehr von dem langen, dicken Schaft. Er stieß gegen ihren Gaumen, während sie die Unterseite mit der Zunge leckte.

Ein lautes Stöhnen verriet ihr, dass der anonyme Mann es nicht weniger genoss als sie. Ermutigt fuhr sie mit dem Kopf vor und zurück. Sie hatte fast schon vergessen, dass sie Zuschauer hatte, ihre Gedanken waren total bei diesem geilen Schwanz und bei dem Mann, der zu ihm gehörte. Sie hatte den Sinn des Spiels längst vergessen, weil sie sich darauf konzentrierte, den Mann zu einem Höhepunkt zu bringen.

Deshalb war sie entsetzt, als sie Georgies Stimme hörte, die in ihr Ohr raunte: »Hast du den Namen des Mannes erraten, dem du so gekonnt Vergnügen bereitest, meine Liebe?«

Aber weil sie einen soliden Fleischstab im Mund hatte, konnte sie nicht antworten.

Jemand, der dicht neben ihr stand, begann leise zu pfeifen. Es war eine Melodie, die Milly kannte, obwohl sie zuerst nicht auf den Titel kam. Dann fiel der Penny: Natürlich, die Marseillaise! Sie ließ den Penis aus dem Mund gleiten. »Kann es Jacques sein?«

Dröhnendes Gelächter quoll rund um den Tisch auf, begleitet von anerkennendem Klatschen. Georgie gratulierte, aber bevor sie Zeit hatte, in ihrem Erfolg zu baden, wurde ein neuer Name gezogen, und ein neuer Phallus meldete sich zum Lippentest. Dieser hier war lang und dünn und duftete süß mit einem leicht seifigen Geschmack.

Milly begann sofort, über die Identität nachzudenken. Ihr Gefühl war, dass es ein italienischer Penis sein musste. Konnte es Carlo sein? Nein, seiner war nicht so lang und deutlich dicker, erinnerte sie sich. Es gab nur noch einen anderen Italiener, und das war Bruno. Ja, sein Glied könnte diese Dimensionen haben. Und vielleicht hatte es diesen besonderen Geschmack, weil er mit Lotte im Bad gewesen war.

Milly nahm den Kopf zurück, und der Penis fiel von der Unterlippe. »Ich glaube, das ist Bruno.«

Das Gelächter am Tisch gab ihr schon Hinweis genug. Milly wusste, dass alle glaubten, sie hätte Brunos Glied erkannt, weil sie es schon vorher intim behandelt hatte. Sie errötete und wünschte, sie hätte länger mit der Identifizierung gewartet. Aus dem enttäuschten Stöhnen, das über Brunos Lippen kam, schloss sie, dass Bruno sich das auch gewünscht hätte.

Milly rechnete durch, dass es noch drei weitere zu identifizieren gab, und als der dritte auf ihren Lippen lag, ging sie die Kandidaten im Geiste durch. Hans, Nico oder Carlo? Irgendwie meinte sie eine gewisse Vertrautheit wahrzunehmen. Ja, sie war sicher, diesem Organ schon mal sehr nahe gewesen zu sein.

»Carlo«, rief sie.

»Drei von dreien richtig erkannt«, hörte sie Georgie sagen. »Das ist bemerkenswert.«

Aber ihr Glück war nicht von Dauer, und auch ein Ausschlussverfahren half nicht, den vierten richtig zu raten. Sie schrieb das knorrige, beschnittene Glied Hans zu, aber es gehörte zu Nico.

»Trotzdem sehr gut, Milly, Jetzt werden wir dir die Augenbinde abnehmen«, sagte Georgie.

Sie blinzelte, als der schwarze Schal entfernt wurde, und die erste Person, die sie sah, war Georgie, der neben dem Tisch stand, eine Kamera auf dem Archiv.

»Oh, nein!«, rief sie. »Ich bin dabei fotografiert worden? Das darf nicht wahr sein.«

Alle lachten, denn man sah Milly an, dass sie mit einer solchen Situation nicht gerechnet hatte. Georgie hatte sie hereingelegt. Aber sie sah den Witz und lachte schließlich mit.

Als Emma und Marco eintrafen, um sie mit nach Hause zu nehmen, fühlte sich Milly in bester Stimmung und freute sich darauf, eines von ›Georgies geilen Girls‹ zu sein, wie er sie liebevoll nannte. Sie freute sich auch auf weitere Arbeiten mit den anderen Modellen, und jetzt plante sie, länger in

Florenz zu bleiben als die zwei Wochen, die sie mit Evadne abgesprochen hatte. An die Vereinbarung brauchte sie sich nicht mehr zu halten, und sie konnte ganz allein entscheiden, wann sie nach England zurückkehrte.

Während sie im Mondschein zur Villa zurückfuhren, während Eulen schrien und Fledermäuse um sie herum schwirrten, teilte Emma ihr mit, dass sie am Nachmittag ein Telegramm von Millys Mutter erhalten hatte.

»Sie will kommen und ein paar Tage bleiben, denn sie befindet sich auf dem Weg nach Rom. Offenbar findet dort ein internationales Frauentreffen statt, und sie ist als englische Delegierte dazu eingeladen.«

»Oh.« Milly verstummte ein paar Sekunden lang. Der Gedanke, dass ihre Mutter in ihr neues Leben einbrach, war zwar beunruhigend, aber sie versuchte, ihre Gefühle zu verbergen, und sagte mit erzwungener Heiterkeit: »Sehr schön. Wann kommt meine Ma?«

»Freitag.« Emma drückte Millys Hand. »Keine Sorge, meine Liebe. Niemand wird etwas über deine Arbeit sagen, und Georgie unternimmt keine Sitzungen am Wochenende. Also kein Grund zur Beunruhigung.«

Milly lächelte versonnen. Es hatte keinen Sinn, Tante Emma täuschen zu wollen. Sie konnte sie lesen wie ein Buch. Aber die nächsten zwei Tage blieb Milly in der Villa. Sie ging mit Emma spazieren, doch der bevorstehende Besuch ihrer Mutter beschäftigte sie mehr, als sie wahrhaben wollte.

Was würde sie antworten, wenn ihre Mutter sie fragte, wie lange sie noch in Italien bleiben wollte? Eine ausweichende Antwort würde ihrer Mutter nicht genügen, aber sie konnte ihr unmöglich sagen, womit sie in der Zwischenzeit ihr Geld verdiente.

Schließlich fragte sie Emma um Rat. Ihre Patentante überlegte eine Weile, während sie im Schatten einer Pinie auf einer Bank saßen. »Ich schätze, ich könnte eine vorübergehende Beschäftigung für dich als Englischlehrerin finden. Das würde deine Mutter für den Moment beruhigen.«

»Ja, wunderbar!« Milly strahlte. »Ich könnte ihr sagen, dass ich praktische Erfahrungen für später sammle. Das wird ihr bestimmt gefallen.«

Emma sagte stirnrunzelnd: »Normalerweise würde ich bei einer solchen Täuschung nicht mitmachen, Milly. Aber mir fällt sonst nichts ein. Seit ich hier wohne, hat Kitty mich nie besucht. Sie kommt jetzt aus Sorge um dich. Sie will sehen, wie du dich bisher entwickelt hast.«

Sie klang niedergeschlagen. Milly fragte: »Wann ist zwischen euch irgendwas zerbrochen, Tante Em? Ma hörte mal zu deinem Personal, nicht wahr?«

»Ja, aber das ist lange her. Nachdem sie deinen Vater geheiratet hatte, haben wir uns nur noch selten gesehen. Erst als sie ihn verlassen hatte, kamt ihr beide zu mir. Erinnerst du dich an das Haus am Brunswick Square?«

Sie schwelgten in Erinnerungen, und Milly ahnte, dass der Streit zwischen den Schwestern ausgebrochen war, als Kitty ihre Aktivitäten als Suffragette aufgenommen hatte. Obwohl Emma darauf achtete, die Schwester nicht zu kritisieren, hörte Milly doch heraus, dass Kitty ihre Tochter oft genug bei Emma deponiert hatte, damit sie an einer spontanen Demonstration teilnehmen konnte.

Als sich die Zeit näherte, dass Kitty in Florenz eintraf, freute sich Milly auf ein Wiedersehen mit ihrer Mutter. Trotz ihrer Streitigkeiten liebte sie ihre Mutter und war stolz auf alles, was sie erreicht hatte. Als sie aus dem Zug stieg, lief Milly ihr entgegen und nahm sie in die Arme.

»Mutter! Es ist so seltsam, dich außerhalb Englands zu sehen! Hast du eine angenehme Reise gehabt?«

Kitty lächelte müde, als sie Emma auf die Wange küsste. »Nicht schlecht, aber es war trotzdem eine Strapaze. Ich hatte keine Ahnung, dass Italien so weit weg ist.«

Alle lachten darüber, und bald war das Eis gebrochen. Sie fuhren mit einer Taxikutsche zur Villa, und Kitty entspannte sich und genoss die Sonne. Milly plauderte über das schöne Wetter und über die wunderbaren alten Gebäude in Florenz, und natürlich auch über die aufregenden Italiener, während Emma und Marco kaum ein Wort einbringen konnten.

Der Abend war fröhlich, und alle tauschten Neuigkeiten aus. Man merkte nichts von einem angespannten Verhältnis zwischen Kitty und Emma, was wohl auch daran lag, dass alle Themen, die Probleme verursachen könnten, ausgeklammert wurden. Als sie ihrer Mutter eine gute Nacht wünschte, hatte Milly das Gefühl, sich unnötig Sorgen gemacht zu haben.

Aber am folgenden Tag nahmen die drei Frauen auf der Terrasse hinter der Villa ihren Tee, und plötzlich hörten sie die Ankunft einer Kutsche. Maria kam aus dem Haus und sagte aufgeregt: »Die Lady hat mir ihre Karte gegeben, Signora. Sind Sie zu Hause?«

Emma las die Karte und reagierte mit einem Stirnrunzeln. Sie warf einen raschen Blick auf Milly, dann hatte sie einen Entschluss gefasst. »Ich glaube nicht, Maria. Es passt gerade nicht ...«

Aber dann hörten sie laute Stimmen aus dem Haus dringen. Emma erhob sich und wollte nachsehen, was der Lärm zu besagen hatte, doch Maria kam ihr schon entgegen. »*Mi dispiace, Signora,* aber sie gibt keine Ruhe.«

»Was? Wie kann sie es wagen ...?«

Die Frau, um die es ging, tauchte plötzlich auf der Terrasse auf, und Milly begriff sofort, warum Emma sich gegen den Besuch ausgesprochen hatte. Ihr Herz sank, als sie das vertraute Gesicht von Evadne Parker sah, jetzt allerdings in blinder Wut verzerrt. »Das Mädchen hat mir ausgerichtet, dass ich Sie nicht sehen kann, aber ich wusste, dass Sie hier sind«, fauchte sie und warf Milly einen Blick tiefster Verachtung zu.

Emma sagte scharf: »Ich fürchte, Sie begreifen nicht, dass Sie hier nicht willkommen sind, Miss Parker. Bitte, gehen Sie.«

»Nicht, bevor Sie gehört haben, was ich sagen will! Oh, ich sehe, Sie haben Gesellschaft. Guten Tag, Mrs. Belfort. Was ich zu sagen habe, wird Sie zweifellos auch interessieren. Es trifft sich gut, dass Sie hier sind.«

»Millys Mutter ist gerade aus England eingetroffen. Ich finde, Ihr Verhalten ist entsetzlich unangemessen, Miss Parker.«

»Oh, es ist genau ein unangemessenes Verhalten, über das ich reden will!«

Emma wiederholte kühl: »Wenn Sie jetzt nicht mein Haus verlassen, werde ich einen Diener rufen.«

»Ich werde nicht gehen, bevor ich nicht gesagt habe, was ich zu sagen habe.«

Milly saß da, halb gelähmt vor Angst. Inzwischen war klar, dass Evadne auf einem Rachefeldzug war und Gift versprühen wollte. Emma griff Evadnes Arm und wollte sie von der Terrasse ziehen, aber sie bewegte sich nicht von der Stelle.

»Maria, rufe Antonio«, wies Emma sie ruhig an. Ihr Ziel war offenbar, die unerwünschte Besucherin loszuwerden, bevor sie etwas ausplaudern konnte, aber bevor der Diener zur Stelle war, ergriff Evadne ihre Chance. Sie stemmte sich mit beiden Fäusten auf dem Tisch ab, beugte sich vor, und ihre Augen spuckten Feuer.

In einer hässlich hämischen Stimme sagte sie: »Da Sie die

Patentante und daher die moralische Hüterin dieser Schlampe sind, sollten Sie wissen, dass sie sich prostituiert, indem sie sich gegen Bezahlung nackt auszieht und fotografieren lässt.«

»Was?« Kitty stieß diese Frage keuchend hervor und starrte ungläubig von Emma zu Milly und wieder zu Evadne.

»Mit wem hast du gesprochen?«, fragte Milly entsetzt.

»Mit deiner neuen Freundin Lotte. Sie hat mir alles erzählt, als ich sie gestern Abend auf einer Party getroffen habe. Ich wusste, dass du eine Schlampe bist, Milly, aber ich habe nicht geahnt, dass du so tief sinkst, dass du deinen Körper verkaufst.«

»Wie können Sie es wagen, so mit meiner Patentochter zu reden?«, rief Emma. »Ah, Antonio! Würdest du diese Frau zur Tür begleiten, bitte? Sie ist nichts als ein Ärgernis.«

Milly war erleichtert, dass die Frau endlich weg war, nachdem sie ihre Bombe hatte platzen lassen. Aber es graute ihr vor der Auseinandersetzung mit ihrer Mutter. Am Tisch entstand ein längeres Schweigen. Dann fragte Kitty: »Hat diese schreckliche Frau die Wahrheit gesagt, Milly?«

»Ein Körnchen Wahrheit ist dabei. Ich habe Modell für einen Fotografen gestanden, der mit Emma befreundet ist.«

Kitty wandte sich entsetzt an Emma. »Wie konntest du das zulassen? Deine eigene Patentochter! Ich wusste, ich hätte auf Vincent hören sollen, als er sagte, du wärst vielleicht nicht die geeignete Person, um unsere Milly zu führen.«

»Da war nichts Unanständiges bei, Ma. Es gibt keinen Grund, dich aufzuregen«, beschwor Milly die Mutter, um den Schaden zu begrenzen.

»Aber du stecktest nicht in deinen Kleidern?«

»Teils, teils. Aber die Fotos sind sehr künstlerisch.«

»Künstlerisch!«, schnaufte Kitty. »Ich habe schon mal gehört, dass man Schund zu Kunst ernennen wollte, aber das kann man mir nicht beibringen. Dass du bei einem solchen Gewerbe dabei bist, Milly, heißt nichts anderes, als die Ausbeutung der Frauen weiter zu treiben. Ich kann dir nicht sagen, wie sehr ich solche Sachen verabscheue. Wenn dies alles ist, was deine teure Bildung in Cambridge bewirkt hat, dann ist das Geld deines Vaters total vergeudet. Und wenn du die Frechheit besitzen solltest, mit dieser entwürdigenden Beschäftigung fortzufahren, dann solltest du dir die Mühe sparen, zu mir zu kommen, wenn du mal in Schwierigkeiten stecken solltest.«

Sie setzte diese Predigt noch ein paar Minuten fort, dann erhob sie sich und ging auf ihr Zimmer. Emma und Milly sahen sich verlegen an. Selbst mitten in dieser chaotischen Szene musste Milly ihre Patentante bewundern, die in keiner Situation die Würde verlor.

»Das ist höchst unglücklich gelaufen«, sagte Emma seufzend. »Ich will versuchen, sie zu besänftigen, aber ich kann nichts versprechen.«

Milly seufzte auch und legte den Kopf in die Hände. »Ich habe Ma nicht verletzen wollen. Aber ich verstehe nicht, warum ich mit dieser Arbeit aufhören soll, denn sie gefällt mir. Ich bin alt genug, um das selbst zu entscheiden. Was sagst du, Tante Em?«

Emma nahm sie in die Arme und drückte sie. »Ich muss gestehen, dass ich nicht weiß, wie ich dich zu führen habe. Wie du sagst, du bist alt genug, aber ich hoffe, du wirst mich auch weiter um Rat fragen.«

Kitty blieb dem Abendessen fern, und Emma ließ ihr das Essen aufs Zimmer bringen. Am Morgen fuhr Antonio sie mit der Kutsche zum Bahnhof. Emma fand zwei Briefe in der Eingangshalle, einer war an sie adressiert, der andere an

Milly. In beiden Briefen ließ sie sich über die Enttäuschung aus und hoffte, dass Milly rechtzeitig ›zu Verstand kam‹ und eine ehrbare Laufbahn einschlug.

»Tut mir leid, Mutter«, murmelte Milly und zerriss den Brief. »Wir finden nicht zusammen.«

Sechstes Kapitel

Als Milly das nächste Mal zu Georgies Haus ging, geschah das mit gemischten Gefühlen. Obwohl sie glaubte, dass Lotte in aller Unschuld von ihr erzählt hatte, ohne für möglich zu halten, welches Kapital Evadne daraus schlagen würde, war ihr eine Begegnung mit dem deutschen Mädchen unangenehm. Deshalb war sie erleichtert, als sie feststellte, dass sie sich nur in Georgies Gesellschaft befand.

Doch nach ein paar Minuten wurde ihr klar, dass etwas nicht stimmte. Er war aufgewühlt, und als er zwei Gläser Marsala einschenkte, zitterte seine Hand.

»Als wir diesen Termin vereinbart haben, Milly, hatte ich gehofft, dass wir wieder miteinander arbeiten könnten. Aber ich fürchte, die Dinge haben sich verschlechtert.«

Milly nahm ihr Glas und trank einen kräftigen Schluck des süßen Weins. »Wie meinen Sie das?«

»Im Morgengrauen hat die Polizei mein Haus gestürmt und den größten Teil der Ausrüstung sowie viele Fotos beschlagnahmt. Ich fürchte, ich werde vor ein Gericht gestellt, deshalb kann ich dir nur empfehlen, dass du dich von mir fernhältst, Milly.«

»Aber das ist ja entsetzlich!« Milly kam sofort ein schrecklicher Verdacht. Sie musste an Evadnes vor Wut verzerrtes Gesicht denken, als sie die Villa heimgesucht hatte. Konnte sie der Polizei einen Tipp über Georgies Geschäfte gegeben haben?

»Weißt du, ich habe der Polizei ihr Wegsehen immer ein wenig versüßt – das machen alle, und gewöhnlich gibt es auch keine Probleme. Aber jetzt muss sich jemand aufgeregt haben, und wenn das geschieht, müssen sie aktiv werden.«

»Aber wer hat sich aufgeregt? Und was hat diese Person der Polizei erzählt?«

Er hob die Schultern. »Ich verlasse mich auf die Diskretion meiner Modelle, aber jemand muss indiskret gewesen sein. Ich weiß nicht, wer es war, und ich will es auch gar nicht wissen. Die Polizei hat mir gesagt, ich sollte die Stadt innerhalb von vierundzwanzig Stunden verlassen, sonst werfen sie mich ins Gefängnis.«

»Armer Georgie! Wohin werden Sie gehen?«

»Ich schätze, ich reise nach Paris. Die Gesetze dort sind ein bisschen freizügiger. Die Pariser lieben ihr *laissez-faire,* deshalb glaube ich, dass ich da mit meinem Beruf keine Schwierigkeiten haben werde.«

»Aber was ist mit den Modellen, mit der ganzen Ausrüstung? Müssen Sie jetzt wieder ganz von vorn anfangen?«

Georgie lachte sie schelmisch an, und seine Augen blitzten auf. »Nicht ganz, meine Liebe. Zum Glück habe ich meine Ersparnisse auf ein Schweizer Konto deponiert. Nein, die Sache ist ein Ärgernis, aber nicht das Ende der Welt. Ich bedauere nur, dass ich so viele nette Menschen im Stich lassen muss – dich zum Beispiel. Ich hätte mich gefreut, weiter mit dir arbeiten zu können.«

»Ja, ich auch. Ich weiß nicht, was ich jetzt tun soll.«

Es war Ironie des Schicksals. Nachdem sie gesehen hatte, wie entsetzt ihre Mutter auf ihren Job reagiert hatte, stand sie nun vor der Tatsache, dass sie gar keinen Job mehr hatte. Sie trank ihren Wein aus und stand auf. »Sie müssen noch packen und alles organisieren. Ich wünsche Ihnen alles Gute, Georgie.«

Sie streckte die Hand aus. Er drückte sie und sagte: »Du

könntest mit mir kommen. Nico will auch nach Paris, und Hilda wahrscheinlich auch. Es könnte in der ersten Zeit hart werden, aber in Paris gibt es viele Jobs für so ein hübsches Mädchen.«

Millys Gedanken überschlugen sich. Das war ein einmaliges Angebot, aber sie würde erst gern mit Emma darüber reden. »Muss ich das jetzt entscheiden?«

»Natürlich nicht. Wenn du mit uns fahren möchtest, dann sei morgen früh auf dem Bahnhof. Um halb elf geht der Zug nach Paris.«

Milly hastete zu Emma und Marco zurück. Sie waren in der Straße mit den Ledergeschäften unterwegs, weil Emma hoffte, eine neue Tasche zu finden. Ihre Patentante drehte sich erschrocken um, als sie Milly sah. »Milly! Was ist denn los?«

»Oh, Tante Em, ich muss mit dir reden. Können wir an einen ruhigen Ort gehen?«

»Natürlich.« Mit einem Lächeln teilte sie dem Geschäftsinhaber mit, dass sie später zurückkommen wollte. Sie und Milly verließen den Laden, und Marco folgte ihnen ergeben. Sie fanden Platz in einem Café am Rathausmarkt.

»Also, Milly, warum bist du nicht bei Georgie?«, fragte Emma voller Sorge, und ihr Ausdruck sagte: ›Wehe ihm, wenn er mein Patenkind belästigt hat.‹

»Der arme Mann hat die Polizei im Haus gehabt«, flüsterte Milly aufgeregt.

Emma sah sie erschrocken an. »Das ist ja unglaublich.«

Milly nickte. »Sie haben ihm vierundzwanzig Stunden Zeit gegeben, die Stadt zu verlassen. Er geht nach Paris, Tante Em, und er möchte, dass ich mit ihm gehe und dort mit ihm arbeite. Ich habe ihm gesagt, ich würde darüber nachdenken.«

»Oh.« Emma stieß einen Seufzer der Erleichterung aus, und Milly erinnerte sich, wie sehr Emma diese Stadt liebte.

»Du musst das tun, was du für richtig hältst, Liebste. Folge deinem Schicksalsstern, egal, wohin er dich führt. Davon habe ich mich in deinem Alter auch leiten lassen.«

»Du glaubst also, ich sollte mit ihm gehen?«

»Vielleicht. Wenn ich nicht bei Marco wäre, würde ich dir anbieten, dich zu begleiten, aber er hasst die Franzosen. Ich kannte ein paar Leute in Paris, aber erst vor kurzem habe ich gehört, dass meine liebste Beziehung gestorben ist.«

Milly drückte ihre Hand, weil sie merkte, dass Emma traurig geworden war. Aber dann ging ein Ruck durch Emma. »Die Frage ist, ob du Georgie traust. Magst du ihn, und willst du für ihn arbeiten? Nur du kannst diese Fragen beantworten, meine Liebe. Ich halte ihn für vertrauenswürdig, aber man kann nie wissen.«

Marco, der vorgetäuscht hatte, dem Gespräch nicht zu lauschen, schaltete sich jetzt ein. »Georgie ist ein englischer Gentleman.«

Emma lachte. »Das war Daniel auch, aber ihm würde ich selbst dann nicht trauen, wenn wir einen Kartoffelsack zwischen uns hätten.«

Sie kicherten alle, und Milly fühlte sich etwas besser. Es war gut, das Jobangebot in Paris zu haben, aber es war auch ein befriedigendes Gefühl, dass sie bei Emma und Marco bleiben konnte, wenn sie wollte.

Doch als Milly an diesem Abend im Bett lag und in Gedanken alles auflistete, was für Florenz und für Paris sprach, überkam sie eine tiefe Melancholie. Mit der Freiheit kam die Verantwortung, wie ihre Mutter festgestellt hatte. Wenn sie nach Paris ging, war sie für ihr Leben ganz allein verantwortlich. Mit dem Betrag, den ihr Vater überwies, war sie in Florenz – bei freier Kost und Logis – so gerade über die Runden gekommen, und es stand zu befürchten, dass Paris ein teures Pflaster war, das ihre Finanzen sprengte.

Marco hatte ihr gesagt, dass er sie noch anderen Fotografen in Florenz vorstellen könnte, wenn sie bleiben wollte, aber was war, wenn die Polizei nun auch andere Fotografen mit Hausdurchsuchungen behelligte? Es war durchaus möglich, dass die Aktion gegen Georgie kein Einzelfall war, sondern der Beginn einer Kampagne.

Am anderen Morgen hatte Milly ihren Entschluss gefasst. Sie setzte auf Georgie. Der Gedanke an Paris weckte ihre Lebensgeister. Paris war das Synonym für Freude und Liebe, und ihr Herz sagte ihr, dass sie dort nicht nur Wohlstand, Ruhm und Freiheit fand, sondern auch etwas Neues, das sie noch nie erfahren hatte – eine romantische Liebe.

Milly verabschiedete sich in der Villa von Marco, aber ihre Patentante bestand darauf, sie zum Bahnhof zu begleiten. Georgie, Nico und Hilda waren schon da und hießen sie begeistert willkommen. Dann, als Milly und Emma sich gerade zum Abschied umarmten, hörten sie einen lauten Schrei, und jemand rannte auf sie zu.

Es war Carlo. Milly freute sich, ihn zu sehen. »Ich danke dir sehr, Tante Em, danke, dass du mich aufgenommen und ausgehalten hast.«

Sie lachten gemeinsam, aber da war auch eine gewisse Traurigkeit. Milly fragte sich, wann sie ihre Patentante wieder sehen würde, und Emma sorgte sich um das Leben ihres Patenkinds in Paris.

»Ich beneide dich, meine Liebe«, murmelte sie nach dem letzten Kuss. »Paris war immer gut zu mir. Ich hoffe, es wird auch gut zu dir sein.«

Als sie im dampfenden Zug saß, lächelte Milly ihren Reisegefährten zu und wischte sich die letzten Tränen fort. Sie hatten ein Abteil für sich, und wieder empfand sie, einer glücklichen Familie anzugehören.

Georgie war es gelungen, in der Nähe von Montparnasse

ein Künstleratelier zu mieten, das er zu seinem Studio umgestalten wollte. In der Etage darunter fanden sie alle eine Unterkunft; Milly teilte sich ein Zimmer mit Hilda, und die beiden männlichen Modelle zogen ebenfalls zusammen. Es war alles ein wenig beengt, aber niemand nörgelte. Georgie hatte sie gewarnt, dass es eine Zeitlang dauern würde, ehe er sein Geschäft aufgebaut hatte, und die vier waren bereit, das mit ihm durchzustehen. Milly war die Einzige, die vom Vater unterstützt wurde; die anderen drei wurden von Georgie beköstigt, bis sie in der Lage waren, eigenes Geld zu verdienen.

Ihnen blieb also Zeit, die herrliche Stadt der Liebe zu erkunden. Morgens halfen sie, das Studio herzurichten und das Apartment bewohnbar zu machen, aber nachmittags ließ Georgie sie ziehen, damit sie Paris kennen lernten. Milly berauschte sich an der Eleganz der Häuser und Brücken, der Statuen und Brunnen. Sie fand die Höhe des Eiffelturms schier unglaublich und war fasziniert von der Pracht des Triumphbogens. Es war ganz anders als Florenz, aber nicht weniger beeindruckend.

Bei Nacht jedoch stellte Paris alles in den Schatten. Georgie begleitete sie in die Folies Bergère und ins Moulin Rouge. Nachdem sie die Shows erlebt hatten, zeigte er ihnen weniger bekannte Nachtklubs, in denen die Unterhaltung noch ein bisschen frivoler war. Die Mädchen posierten nicht nur nackt, sie tanzten auch provozierend, flirteten mit Männern im Zuschauerraum und wackelten mit ihren nackten Pos.

»Sehr ihr, hier geht alles«, erklärte Georgie ihnen.

Es dauerte noch eine Woche, bis Georgies Studio sich in dem Zustand befand, dass er darin arbeiten konnte. Er hatte neue Ideen für einzelne Szenen und war ganz versessen darauf, sie auszuprobieren. Eines Nachmittags rief er sie alle vier und erläuterte ihnen, was ihm durch den Kopf ging.

»Ich dachte, wir könnten eine Originalversion des Cancan aufführen. Für euch Mädchen habe ich diese mit Volants besetzten Röcke leihen können, und dazu könnt ihr schwarze Strümpfe mit Strapsen und hochhackige Schuhe tragen. Aber im Gegensatz zu den Cancan-Bildern, die ihr bisher gesehen habt, wird es zwei Unterschiede geben: Erstens tanzt ihr barbusig, und zweitens sieht man, wenn ihr eure Beine in die Luft werft, dass ihr überhaupt keine Wäsche tragt.«

»Was, keine Schlüpfer?«, fragte Hilda kichernd und tat so, als wäre sie schockiert.

»Und was ist mit uns?«, fragte Nico. »Zeigen wir gar nichts?«

»Nein, aber dafür kriegt ihr was zu sehen. Ihr liegt auf dem Bühnenboden und schaut den Frauen unter die Röcke.«

Die Mädchen zogen ihre Kostüme an und begannen zu üben, während Georgie die Kamera feststellte. Es war harte Arbeit, die Beine in die Luft zu werfen und für Momente da zu lassen. Sie umfassten sich gegenseitig an den Taillen und kicherten mädchenhaft, während sie auf einem Bein hüpften, und dann gelang es ihnen, kurze Zeit in der Luft zu bleiben, während die Männer von unten glotzten.

Georgie war sehr zufrieden mit dem, was er durch den Sucher sah, und Milly konnte sich gut vorstellen, dass die Wirkung der Szene für Lust sorgte. Er hatte einen Hintergrund ausgewählt, der das große phallische Symbol des Eiffelturmes zeigte, und davor bewegten sich die Tänzerinnen und schwenkten die roten Röcke und die weißen Petticoats. Sie ließen ihre schwarzen Strümpfe und die Strapse mit rosa Rosetten sehen. Hilda mit ihrem blonden Bubikopf und den schmelzenden braunen Augen bildete einen auffälligen Kontrast zu Millys dunklen Locken und den blauen Augen.

Ihre Körper waren auch verschieden. Millys Brüste waren rund und voll und saßen hoch, während Hildas Brüste mehr länglich als rund waren und eine Tendenz nach unten hatten. Wenn sie ihre Beine schwangen, konnte man einen hellen und einen dunklen Busch sehen, der die fleischigen Lippen dazwischen umrahmte. Die beiden Männer waren fasziniert von ihrer ungewöhnlichen Aussicht, sie starrten mit weit aufgerissenen Augen hoch, hatten gerötete Gesichter und konnten in den dünnen Hosen ihre Erektionen nicht verbergen.

»Wunderbar! Haltet mal diese Stellung!«, rief Georgie.

»Ich hoffe, er findet auch für die Männer so eine akrobatische Nummer«, murmelte Hilda zwischen aufeinandergepressten Lippen.

Sie brachen kichernd und erschöpft auf dem kleinen Podium im Studio zusammen, als Georgie genug Fotos im Kasten hatte. »Ich komme mir wie die Frau ohne Knochen im Zirkus vor«, sagte Hilda lachend.

Georgie war angetan von dem, was die Mädchen gezeigt hatten. Er verkündete, dass er einen noch ehrgeizigeren Plan umsetzen wollte. »Ich würde das Projekt ›Die sieben Stationen des Freiens‹ nennen.«

»Hört sich interessant an«, meinte Carlo und grinste breit. »Was schwebt Ihnen vor?«

»Eine Bilderfolge, die du mit Milly darstellen sollst«, sagte Georgie. »Hilda ist vielleicht ein wenig zu erfahren für dieses spezielle Szenario. Ich glaube, Milly kann die Unschuldige mit großer Überzeugung spielen.«

Er ließ Milly Unterwäsche anziehen sowie ein dezentes, hoch geschlossenes Kleid, dann platzierte er sie auf einen Stuhl und stellte eine Aspidistra in einer *jardinière* neben sie. Auch Carlo musste sich züchtig und fein anziehen und sich vor Milly knien und ihre Hand küssen. Georgie hielt die

Szene fest, dann musste Carlo seine Angebetete auf den Mund küssen, die Hände auf ihren Brüsten.

Für das dritte Foto musste er ihr Kleid bis zur Taille aufknöpfen und eine Brust entblößen. Er nahm den Nippel zwischen die Lippen. Die nächste Station bestand darin, dass er unter ihren Rock glitt und eine Hand in ihren Schlüpfer steckte. In der fünften Szene gelang es ihm, sie des Schlüpfers zu berauben und einen Finger bei ihr einzuführen, und bei der folgenden Station zeigte er ihr den Cunnilingus.

»Und schließlich«, tuschelte Hilda, »wird er sie zweifellos kräftig in die Mangel nehmen.«

Milly schreckte zurück. Sie hatte nichts dagegen, dass ein Mann sie vor der Kamera küsste und streichelte, aber sie hatte nicht vor, bei diesem Spektakel ihre Jungfernschaft zu verlieren. Georgie schien ihre Anspannung zu ahnen. Er trat auf sie zu und legte eine Hand auf ihre Schulter.

»Keine Sorge, meine Liebe. Ich bestehe immer darauf, dass meine Modelle den Akt nur simulieren.« Er drehte sich um und bedachte Hilda mit einem kritischen Blick. »Außerhalb des Studios könnt ihr machen, was ihr wollt, aber während ich hier das Sagen habe, wird es keinen Geschlechtsverkehr geben. Ich leite ein Fotostudio und kein Bordell. Ich habe keine Lust, dass schwangere Frauen mir das Studio belagern. Jedes Mädchen, das als Jungfrau zu mir kommt, geht auch wieder als Jungfrau, soweit ich das entscheiden kann.«

Er hatte wie ein strenger Vater gesprochen, und Hilda fühlte sich ernüchtert. Aber Milly war beruhigt. Es wäre ihr peinlich gewesen, die letzte Szene abzulehnen, aber da sie nun wusste, dass die Penetration nur simuliert wurde, hatte sie keine Bedenken mehr gegen das Thema. Georgie wies sie an, dass sie sich beide auf den Boden legten, und während

Carlo zwischen ihre Beine stieß und sie einen Blick voller Hingabe vortäuschte, raunte er in ihr Ohr.

»Vielleicht können wir das mal richtig machen, eh, Milly?«

Sie wusste nicht, was sie sagen sollte, deshalb blieb sie still. Obwohl sie Carlo schätzte, behagte ihr nicht die Vorstellung, irgendwann mit ihm Liebe zu machen. Zum ersten Mal, seit sie Florenz verlassen hatte, vermisste sie Emma. Ohne den Rat ihrer Patentante geriet sie in die Bredouille.

Als die Sitzung vorbei war, entschuldigte sich Milly und ging auf ihr Zimmer. Aber auch da konnte sie nicht lange allein sein, denn Hilda folgte ihr kurz danach und warf sich mit einem Seufzen aufs Bett.

»Puh! Ich weiß ja nicht, wie es dir ergangen ist, Milly, aber der Cancan hat mich wirklich geschafft. Hat dir gefallen, was du mit Carlo gemacht hast? Er sieht gut aus, nicht wahr?«

»Ja«, murmelte Milly.

Hilda setzte nach. »Er ist scharf auf dich, das ist nicht zu übersehen. Wirst du ihm geben, was er will, oder willst du ihn nur auf hundert bringen und klemmst dann wieder die Beine zusammen?«

»Hilda, ich möchte nicht darüber reden. Er ist jemand, mit dem ich arbeite, das ist alles.«

»Aber du kannst doch nicht so tun, als wäre das, was wir tun, normale Arbeit. Willst du nicht wissen, wie es sich anfühlt, wenn dieser wunderbare Schwanz in dir steckt? Ich kann nicht glauben, dass du immer noch eine Jungfrau bist. Mich haben sie geknackt, als ich sechzehn war, und ich habe jede Minute seither genossen.«

»Das freut mich für dich«, fauchte Milly, verärgert über die ganze Unterhaltung.

»Ja, Sex ist gut für dich. Das glaube ich wenigstens.« Sie legte sich auf den Rücken, die Arme hinter dem Kopf verschränkt. »Ich habe Carlo schon gehabt, und ich kann ihn nur empfehlen. Er hat einen schönen dicken Pfahl und weiß, wie man ihn benutzt. Und zu schnell ist er auch nicht.«

»Hilda, bitte rede nicht weiter. Ich will es wirklich nicht wissen.«

Milly fühlte sich unbehaglich, solche Enthüllungen über den Mann zu hören, mit dem sie arbeitete. Obwohl sie und Caroline oft über ihre Freunde gelacht und gescherzt hatten, waren sie beide Jungfrauen geblieben. Ihre Gespräche waren wegen der mangelnden Erfahrungen limitiert geblieben. Zwischen ihr und Hilda befand sich noch eine weite Kluft, und die würde auch nicht so schnell zu schließen sein.

»Was ist denn los mit dir?«, fragte Hilda spöttisch. »Ich meine, wenn du prüde bist, dann hast du dir das falsche Gewerbe ausgesucht.«

»Nein, damit hat das nichts zu tun. Was wir vor der Kamera tun, damit habe ich keine Probleme. Aber ich will ganz allein entscheiden, wann ich das erste Mal mit einem Mann schlafe – und es muss ein Mann sein, in den ich verliebt bin. Und in Carlo bin ich eben nicht verliebt.«

Hilda schüttelte verständnislos den Kopf. »Wer hat dir denn solche Flausen in den Kopf gesetzt? Wenn du auf den Märchenprinzen wartest, bleibst du dein ganzes Leben lang Jungfrau. Ich kann dir nur raten, schon mal den einen oder anderen Frosch zu küssen.«

Dann stieß sie ein heiseres Lachen aus, und Milly wünschte, das Thema wäre nie erörtert worden. Es war hart genug, an ihren Prinzipien festzuhalten, da konnte man auf solche Häme gut verzichten. Dann erinnerte sie sich an das, was Georgie gesagt hatte, und das tröstete sie.

Später in der Nacht musste Milly wieder darüber nachdenken, was Hilda ihr vorgehalten hatte. Sie fragte sich, ob sie wirklich prüde war. In der verstaubten Welt von Cambridge war es leicht gewesen, sich als befreite, liberale Frau zu sehen, die ihre Sinnlichkeit voll ausleben wollte. Die Dinge, die Caroline und sie mit ihren verschiedenen Freunden getrieben hatten, waren ihnen gewagt genug vorgekommen, und ihre Affäre mit Evadne hatte ihre Erfahrungswelt um eine weitere erotische Komponente erweitert.

Wenn man dagegen Hilda reden hörte, musste sich Milly als grünes Schulmädchen fühlen, das zwar von der Liebe träumte, sie aber nie erlebt hatte. Natürlich wusste sie, wie ein Orgasmus ablief. Sie hatte gelernt, sich selbst zu vergnügen. Die Mädchen in der Schule hatten sich das zugeflüstert, und nach dem Löschen des Lichts im Schlafsaal hatte es unter den Bettdecken viele Aktivitäten gegeben.

Es musste ein köstliches Gefühl sein, den Körper des Mannes auf dir zu spüren, wenn er in deine geheime Stelle eindringt, dachte Milly erschauernd. Aber wenn es so eine besondere Sache war, dann wollte sie diesen Moment nicht mit irgendeinem teilen, sondern mit jemandem, der ihr viel bedeutete. Seufzend drehte sie sich auf die andere Seite.

Am anderen Tag wurden nur Nico und Hilda für die Arbeit gebraucht. Es war ein schöner Sommertag, und Carlo lud Milly in den Bois de Boulogne ein. Zuerst zögerte sie, weil sie glaubte, er könnte ihre Zustimmung als Aufforderung für weitere Intimitäten auffassen, aber die Verlockung des Waldes und der Seen war zu stark. Sie vermisste das Land, das sie sowohl rund um Cambridge wie auch in Florenz gehabt hatte.

Eine Kutsche brachte sie zum Stadtrand, und zusammen mit vielen Fußgängern, Radfahrern und Reitern genossen sie die ländliche Abgeschiedenheit direkt vor der City.

»Oh, Carlo, das ist wunderschön.« Milly lächelte ihn an und hakte sich bei ihm ein, während sie über die mit Laub bedeckten Pfade gingen. »Ich war traurig, dass ich Florenz verlassen musste, aber jetzt stört es mich nicht mehr so sehr. Wie ist es für dich?«

»Für mich ist alles bestens«, antwortete Carlo in seinem attraktiven italienischen Akzent, und Milly begann sich für ihn zu erwärmen. Er sah gut aus, was ja auch Hilda bestätigt hatte, und es gefiel ihr, wie er sie mit seinen sanften braunen Augen anhimmelte. Sie hatte ihn schon als attraktiv empfunden, als sie ihn in Leos Fotogeschäft kennen gelernt hatte. Und doch sagte ihr irgendwas, dass sie ihn nie lieben können würde, nicht mit Herz und Seele. Sie hoffte nur, dass sie trotzdem gute Freunde bleiben konnten.

»Du vermisst also nicht, bei Leo zu arbeiten?«

»Nein. Ich habe nur bei ihm gearbeitet, weil ich sonst keine Beschäftigung fand, von der ich leben konnte. Ich träume davon, irgendwann ein Star zu sein, Milly. Ich will in ganz Europa vor den Kameras stehen, vielleicht sogar in Amerika. Ich liebe die Kamera! Sie gibt mir Unsterblichkeit. Ich bleibe auf ewig so jung wie auf meinen Fotos.«

Milly sah ihn von der Seite an und glaubte, er hätte einen Scherz gemacht. Aber nein, er meinte es total ernst.

»Du kannst nicht dein ganzes Leben als Modell arbeiten«, wandte sie ein.

»Warum nicht? Ich habe Fotografien älterer Männer mit jungen Mädchen gesehen. Für dich als Frau ist das vielleicht nicht so. Entschuldige, Milly, aber wenn dein Aussehen den Bach runter geht, musst du dir schleunigst einen Ehemann suchen, während ich immer noch vor der Kamera stehen kann. Es ist unfair, aber so ist nun mal das Leben.«

Sie hatten eine dunkle Ecke des Waldes erreicht, und sie schienen weit und breit die einzigen Menschen zu sein. Plötzlich zog er sie an sich und begann sie leidenschaftlich zu küssen. Milly wehrte sich, aber er stieß sie gegen einen Baum und zurrte an ihren Kleidern.

»Oh, Milly!«, ächzte er. »Ich war von Anfang an heiß auf dich. Ich bin nur nach Paris gegangen, weil ich hörte, dass du auch nach Paris gehst.«

Sie stieß ihn gegen die Brust und schaffte etwas Luft zwischen ihnen. »Carlo, warte. Das geht so nicht.«

Zerknirscht küsste er ihre Hand. »Ja, ich verstehe. Du willst wie eine Lady umworben werden. Okay, buchen wir ein Zimmer im Hotel. Ich kenne eins in der Nähe ...«

»Nein, Carlo, du verstehst mich nicht. Ich will nicht mit dir schlafen. Ich mag dich, aber ...«

»... aber ich bin dir nicht gut genug, was?«, beendete er den Satz schmollend. »Ich weiß, dass du noch Jungfrau bist; Hilda hat es mir gesagt. Aber es gibt nur einen Grund für ein Mädchen, in diesem Gewerbe unschuldig zu bleiben – einen reichen Ehemann zu finden. Du wartest darauf, dass du dich an den Meistbietenden versteigern kannst.«

Milly war schockiert. Nichts lag ihr ferner. Sie kam sich billig vor. Leise sagte sie: »Du irrst dich, Carlo.«

»Das kannst du mir beweisen, indem du mir deine Unschuld gibst.« Zu ihrem Entsetzen zwang er sie auf den Boden und hob ihren Rock an. »Hier geht es genauso gut wie sonst irgendwo. Es ist am besten, wenn wir es so schnell wie möglich hinter uns bringen. Mädchen haben beim ersten Mal sowieso keinen Spaß daran, aber ich garantiere dir, dass es dir später gefallen wird, Milly, genau, wie es Hilda immer wieder gefällt.«

Milly war entsetzt und wehrte sich gegen seine mächtigen Schenkel, die sie umklammert hielten. Mit einer Hand hielt er ihre Armgelenke über ihrem Kopf zusammen, während er mit der anderen Hand seinen Penis aus der Hose holte. Sie starrte auf die Erektion, die ungeduldig auf und ab ruckte. Die Spitze sah rot und giftig aus, mehr eine Waffe als ein Objekt der Begierde.

»Wirst du mich hier vergewaltigen?«, jammerte sie.

»Ich erweise dir einen Gefallen«, antwortete er, das Gesicht entschlossen, während er versuchte, ihren Schlüpfer zu zerreißen.

Milly spürte ihr Herz rasen. Sie wusste, dass sie keine Chance hatte, sich körperlich gegen ihn durchzusetzen. In ihrer Verzweiflung spuckte sie ihm ins Gesicht, aber er reagierte mit einer Ohrfeige darauf. Schluchzend wandte sie ihr Gesicht ab. Doch dann überkam sie die Wut. Warum sollte sie das klaglos hinnehmen? Okay, er war ihr Kollege, aber kein Mann durfte eine Frau so behandeln.

Sie sammelte ihre ganze Kraft und schrie so laut sie konnte: »Hilfe! *Au secours!*«

Das bringt zwar nichts, dachte sie verzweifelt, weil wir eben erst gesehen haben, dass niemand in der Nähe ist, aber trotzdem rief sie immer wieder um Hilfe, während Carlo sich zwischen ihren Schenkeln ausstreckte.

Tränen der Hoffnungslosigkeit rannen ihr über die Wangen. Es war ihre eigene Schuld, dass sie sich in diese Gefahr begeben hatte. Sie hatte es nicht anders verdient.

Dann hörte sie plötzlich Schritte, gerade, als Carlo ihre Schenkel noch mehr spreizte. »Hallo?«, rief ein Mann. »Wer ist da? Ist jemand verletzt?«

»Hilfe, bitte, helfen Sie mir«, rief Milly.

Ein junger Mann lief in ihr Blickfeld. Er rannte zu Carlo und packte ihn am Kragen.

»Lassen Sie die Dame in Ruhe, Monsieur, sonst rufe ich die Polizei. »*La police, vous comprenez?*«

Carlo kam aus seiner wollüstigen Raserei und versuchte, den Mann in seinem Rücken abzuschütteln. Aber der reagierte mit einem Tritt in den Hintern. Die Ablenkung genügte Milly, um sich unter ihm zur Seite zu wälzen und aufzuspringen. Sie hob ihren Schlüpfer hoch und wollte sich bei ihrem Retter bedanken, aber er packte ihre Hand und sagte: »Wir müssen wegrennen, sonst bringt er uns beide in seine Gewalt!«

Die beiden rannten, während Carlo noch auf dem Boden knien blieb, offenbar einen Moment lang verdutzt. Als sie wieder unter die Leute kamen, gingen sie langsamer. Milly keuchte und spürte Seitenstiche, und ihr Retter führte sie zu einer Bank.

»Oh, wie kann ich Ihnen nur danken?«, fragte sie und lächelte ihn an.

Dies war die erste Chance, dass sie ihn genau ansehen konnte. Haselnussbraune klare Augen betrachteten sie. Sein Mund war voll, und die Lippen waren schön geschwungen. Er hatte braune Haare, die sich in Wellen um seinen Kopf legten. Auch wenn er sie nicht gerettet hätte, wäre Milly froh gewesen, seine Bekanntschaft zu machen.

»Das ist doch überhaupt nicht nötig. Jeder anständige Mann hätte das getan«, antwortete er. Man hörte nicht die Spur eines französischen Akzents.

Millys Neugier war geweckt. »Ich kann nicht heraushören, ob Sie Brite oder Franzose sind«, sagte sie lächelnd.

»Ich heiße Robin Dupont. Mein Vater ist Franzose, und meine Mutter Engländerin. Ich bin in Berkshire aufgewachsen.«

»Ich heiße Milly Belfort. Ich freue mich sehr, dich kennen zu lernen, Robin.«

Sie reichten sich die Hand, dann sagte Robin: »Ich wünschte, wir hätten uns auf eine andere Weise kennen gelernt, Milly. Aber einen Rat will ich dir geben: Wenn du das nächste Mal im Bois bist, dann halte dich auf den breiten Wegen.«

»Natürlich. Es war dumm von mir, ihm zu trauen. Aber ...« Sie war drauf und dran, die Natur ihrer Beziehung preiszugeben, deshalb brach sie den Satz plötzlich ab. Der

Schreck über das, was ihr beinahe widerfahren wäre, kehrte zurück, und sie begann unkontrolliert zu zittern.

Starke Arme umfassten sie. »Milly, du stehst unter Schock. Ich halte ein Taxi an, dann kann es dich nach Hause bringen. Wo wohnst du?«

Aber sie wollte nicht, dass Robin ihre Adresse erfuhr, sonst bestand die Gefahr, dass er auch herausfand, welches Leben sie dort führte. Er hielt sie für rein und unschuldig, und sie hätte es nicht ertragen, seine Illusionen zu zerstören. Sie bemühte sich um Fassung.

»Mir geht es schon besser. Aber eine Tasse Tee wäre wunderbar. Ich glaube, ganz in der Nähe habe ich ein Café gesehen. Ich bin eben daran vorbeigegangen, es liegt an einem See.«

Bald saßen sie draußen an einem Tisch und labten sich am Tee mit Zitrone. Milly spürte, wie sie in der Gesellschaft des sympathischen jungen Mannes entspannte. Sie erfuhr, dass er sein Studium an der Sorbonne beendet hatte und eine Doktorarbeit über französische Dichter schrieb.

Milly hatte von Verlaine und Rimbaud gelesen, und so waren sie bald in tiefe Gespräche versunken. Er schien begeistert zu sein, dass er durch Zufall einer studierten Frau begegnet war.

Doch als er sie fragte, was sie nach Paris geführt hätte, fühlte sie sich zu einer kleinen Notlüge gezwungen. Sie erzählte ihm, dass sie ihre Patentante besuchte, und dann gelang es ihr, das Gespräch wieder auf literarische Themen zu bringen.

»Wir müssen bald wieder zusammen reden«, sagte er eifrig, als Milly nach ihrer dritten Tasse Tee fand, dass sie das Gespräch nicht länger ausdehnen durfte. »Ich gebe dir meine Karte. Ich lebe in einer der Uni angeschlossenen Herberge, und die *concierge* verfügt über ein Telefon. Du kannst bei ihr eine Nachricht hinterlassen, wenn ich nicht da bin. Sage mir bitte, dass wir uns wieder sehen, Milly.«

Sie nickte. »Ja. Bitte, halt mir jetzt eine Kutsche an, Robin. Ich muss zurück.«

»Ich würde dich gern bis zu deiner Haustür begleiten«, sagte er. »Du hast einen schrecklichen Schock erlebt, deshalb möchte ich mich überzeugen, dass du sicher nach Hause findest.«

»Das ist nicht nötig, aber vielen Dank. Ich verspreche dir, ich werde mich melden.«

Sie winkte ihm aus der schaukelnden Kutsche zu, bis er aus ihrem Blickfeld verschwunden war, dann setzte sie sich seufzend zurück.

Was für ein Nachmittag! Aber jetzt musste sie sich der Frage stellen, wie sie auf Carlo reagieren sollte. Sollte sie Georgie davon erzählen oder das Geschehen auf sich beruhen lassen? Sie würde das von seinem Verhalten abhängig machen, nahm sie sich vor. Wenn er aufrichtig bereute, würde sie ihm vielleicht verzeihen; schließlich hatte sie durch den Zwischenfall Robin Dupont kennen gelernt.

Als Milly die Wohnung am Montparnasse betrat, war Carlo schon da. Er trank Tee mit den anderen und starrte Milly nur kühl an, was sie sehr enttäuschte.

Sie vermied es, allein mit ihm im Raum zu sein, aber als sie aufstand, um auf ihr Zimmer zu gehen, folgte er ihr und drückte sie mit seinem schweren Körper gegen die Wand, als sie gerade nach der Türklinke greifen wollte.

»Tut mir leid wegen heute Nachmittag«, begann er, aber seine Stimme klang nicht zerknirscht. »Ich hätte dich in der Öffentlichkeit nicht so zwingen dürfen, aber ich will dich trotzdem besitzen. Hilda und ich sind uns einig. Sie tauscht diese Nacht das Bett mit mir, denn sie will sowieso mit Nico schlafen. Ich komme dann zu dir. Freu dich schon mal.«

»Nein!«, rief Milly protestierend, aber er drückte eine Hand auf ihren Mund.

»Es hat keinen Sinn, dass du dich wehrst, meine Liebe. Am Ende setze ich immer meinen Willen durch. Warum gibst du also nicht gleich nach?«

Er lachte über ihr Unbehagen, dann löste er sich von ihr. Milly war plötzlich bewusst, dass sie dieses selbstherrliche Verhalten ohne jede Rücksicht auf ihre Gefühle nicht ertragen konnte. Und dass Hilda auch involviert war, machte die Situation nur noch schlimmer. Es war Zeit, Georgies Versprechen zu testen, sich für sie einzusetzen.

Später fand Milly ihren Boss allein in seinem Büro vor, und als sie sagte, dass sie mit ihm sprechen wollte, winkte er sie herein und bat sie, die Tür zu schließen.

Georgie hörte ihr aufmerksam zu, dann sagte er ohne zu zögern: »Der Junge wird sofort entlassen. Ich kann nicht glauben, dass er sich so schlecht benommen hat. Er hat Glück, dass du ihn nicht der Polizei gemeldet hast.«

Sie fühlte sich elend, als sie auf ihr Zimmer ging. Hilda saß im Sessel und las in einem Buch. Sie blickte hoch und grinste breit. »Hallo, Miss halbe Jungfrau. Ich schätze, deine Stunden als Jungfrau sind gezählt. Hat Carlo dir schon gesagt, was wir für heute Abend geplant haben?«

»Ja, und ich bin gleich zu Georgie gegangen. Er wird Carlo entlassen. Das hat er jetzt von seinem gemeinen Versuch, mich zu vergewaltigen. Ich an deiner Stelle würde Georgie also lieber nicht erzählen, dass du in Carlos Plänen drinhängst. Ich glaube nämlich, dass du ihn angestachelt hast.«

Hildas Gesicht wurde puterrot, dann verzog sie wütend das Gesicht. »Du kleine Schlampe«, giftete sie. »Wie kannst du es wagen, ihn zu beschuldigen, wenn du ihn die ganze Zeit aufgegeilt hast? Ich würde dir am liebsten ...«

»Was denn? Einfach zuschlagen? Überlege es dir gut.«

Hilda ballte die Fäuste, und für einen Moment sah es so aus, als wollte sie Milly einen Kinnhaken verpassen. Dann warf sie ihr Buch aufs Bett und rannte aus dem Zimmer. Milly legte sich hin und starrte an die Decke. Alles schien sich gegen sie verschworen zu haben.

Aber dann dachte sie an Robin, und gleich sahen die Dinge nicht mehr so düster aus. Sie hatte wenigstens da draußen im Quartier Latin einen neuen Freund.

Ja, sie würde sich mit ihm verabreden. Es durchflutete sie warm, als sie daran dachte. Seit sie Cambridge verlassen hatte, vermisste sie ihre Vorlesungen, die Studien und sogar die Essays, die sie schreiben mussten. Da Evadne nicht mehr zu ihrem Lebenskreis gehörte, war Milly für einen neuen intellektuellen Mentor bereit.

Aber was war mit dem anderen Aspekt, den Evadne in ihrem Leben erfüllt hatte? Konnte Robin auch diesen Part übernehmen? Sie sah sein freundliches Gesicht vor sich, seine große männliche Gestalt, und mochte nicht ausschließen, dass sie ein Paar wurden. Der Griff seiner Hand war beruhigend gewesen, und seine Umarmung ein starker Trost. Und als er ihr zum Abschied die Wange geküsst hatte, war sie richtig erregt worden.

Aber der Gedanke, dass er herausfand, wo sie wohnte, ließ sie erschauern. Dies war der Moment, in dem ihr klar wurde, dass sie ausziehen musste. Die Beziehung zu Hilda würde nie wieder normal werden, und sie wollte sich auch nicht länger ein Zimmer mit ihr teilen.

Weil sie immer noch vom Vater unterstützt wurde, konnte sie sich ein Zimmer erlauben; aber dann musste sie von dem leben, was sie verdiente. Sobald sie zu einer Entscheidung gelangte, ging sie zu Georgie.

»Ist schon erledigt«, informierte er sie. »Ich habe den Kerl fristlos rausgeworfen und ihn gewarnt, falls er dich noch mal belästigt.«

»Danke. Aber wo werden Sie Ersatz finden? Es tut mir leid, dass ich Ihnen diesen Ärger bereite.«

»Nein, überhaupt nicht.« Georgie lachte. »Ich habe schon ein französisches Pärchen im Auge, Gaston und Louise. Sie wurden mir von einem guten Freund empfohlen. Im Moment arbeiten sie als Künstlermodelle, aber ich bin sicher, dass sie sich über mein Angebot freuen werden, da ich ihnen erheblich mehr Geld bieten kann.«

Milly war erleichtert. »Noch eine Sache. Ich möchte zwar weiter für Sie arbeiten, aber ich möchte schnell eine eigene kleine Wohnung haben. Wissen Sie, wo ich eine in der Nähe finden kann, Georgie?«

Zur Schlafenszeit fühlte sie sich gelassener. Hilda teilte ihr hochnäsig ihre Absicht mit, die Nacht bei Nico zu verbringen, sodass Milly das Zimmer für sich hatte. Sie lag da und dachte an Robin Dupont. Ihr Herz schrie nach dem Mann, der sie gerettet hatte.

Siebtes Kapitel

Den nächsten Morgen verbrachte Milly mit der Suche nach kleinen Wohnungen. Georgie hatte ihr einige Adressen genannt, aber sie waren zu teuer, deshalb kaufte sie sich eine Zeitung und fand schließlich ein kleines Apartment in der Nähe des Jardin du Luxembourg. Es lag auch nicht weit von der Sorbonne entfernt, stellte Milly erfreut fest.

Die bisherigen Bewohner hatten ihr Semester vorzeitig beendet, und die Vermieterin war froh, nun auch im Sommer Mieteinnahmen zu haben, mit denen sie gar nicht gerechnet hatte. Aus Freude senkte sie sogar für Milly die Miete. Sie reichte ihr eine Anzahlung und würde im Laufe des Tages ihre Habe in die neue Wohnung bringen.

Aber bevor sie das tun konnte, musste sie für Georgie arbeiten, deshalb hastete sie zurück zum Montparnasse. Sie fand heraus, dass sie mit Hilda für ein paar lesbische Fotos posieren sollte. Hilda starrte sie wütend an, und die Vorstellung, mit ihr Intimitäten auszutauschen, war eine arge Herausforderung für sie. Aber Milly zwang sich zu einer professionellen Haltung, auch wenn sie schwerfiel.

Georgie wollte sie nackt vor der Kamera haben, ausgestreckt auf dem breiten Himmelbett, das er ins Studio hatte schaffen lassen. Während sie darauf warteten, dass er die Kamera aufstellte, zischte Hilda ihr zu: »Ich nehme an, du bist auch noch stolz darauf, dass du für Carlos Rauswurf gesorgt hast. Du bist eine egoistische Kuh.«

Lass dich von ihr nicht reizen, sagte sich Milly. Aber Hilda gab keine Ruhe. »Du solltest das Amateurpärchen sehen, das Georgie für Carlo angeheuert hat. Sie können ihren Arsch nicht vom Ellbogen unterscheiden.«

»Ich bin sicher, dass sie lernen werden, genau wie ich auch erst lernen musste«, gab Milly zurück.

»Fertig, Mädchen?«, rief Georgie, und sie fielen fast automatisch in den Clinch.

»Ich möchte, dass ihr euch gegenseitig die Brüste streichelt. Ja, so ist es gut. Und lächelt dabei.«

Durch zusammengebissene Zähne sagte Hilda: »Du hältst dich für was Besseres, weil du nicht vögelst. Dabei bist du nur eine arrogante Kuh.«

Dann quetschte sie Millys Nippel so heftig, dass ihre Augen wässrig wurden, aber sie schaffte es, nicht aufzuschreien. »Mach das noch einmal, dann sage ich Georgie Bescheid.«

»Ja, das glaube ich gern, du kleine Petze. Ich werde ihm vorschlagen, dass wir was mit Peitschen machen. Und rate mal, wer die Peitsche in der Hand halten wird.«

»Mal sehen.«

»Ja, mal sehen. Vergiss nicht, kleine spröde Miss, dass ich viel länger für Georgie arbeite als du. Er hört auf das, was ich sage.«

»Ja, das gefällt mir«, sagte Georgie. »Geh du jetzt mal mit dem Kopf zwischen Millys Schenkel, Hilda.«

»Jetzt hörst du zunächst mal auf das, was er sagt«, grinste Milly triumphierend. Aber im nächsten Moment schrie sie auf, als Hilda mit den Zähnen auf Millys Labien biss. Diesmal konnte Milly ihren Aufschrei nicht unterdrücken.

»Was ist denn los?«, rief Georgie.

»Hilda hat zugebissen, das ist alles.«

Er trat ans Bett, Falten auf der Stirn. »Hilda, pass bitte besser auf. Ich muss mich über dich wundern.«

Sie hob den Kopf und sah zu Milly hoch, ihre Augen

zu boshaften Schlitzen verengt. »Entschuldige, Georgie, das war ein Fehler, ich werde in Zukunft vorsichtiger sein.«

Auch ihr Tonfall steckte voller Bosheit und ließ durchklingen, dass es Milly war, die in Zukunft vorsichtiger sein sollte, und nicht sie. Ich habe mir eine Feindin gemacht, dachte sie, dabei bereute sie nicht, Carlo bei ihrem Boss angeschwärzt zu haben.

Sobald sie sich in ihrer kleinen Wohnung eingerichtet hatte, schrieb Milly an Robin. Sie fühlte sich dabei sicherer, als sich am Telefon in einer fremden Sprache zu unterhalten. Es war ein Dankesbrief, aber sie schlug auch vor, dass sie sich in ein paar Tagen in einem Café auf dem *Boul' Mich* trafen.

Vorher musste sie aber noch das erste Mal mit Gaston und Louise arbeiten. Sie war sehr nervös. Die familiäre Atmosphäre, die nach ihrer Ankunft in Paris geherrscht hatte, war seit Carlos Rauswurf abrupt verflogen. Hilda und Nico waren ein Paar, und Milly wurde geschnitten. Das lag zum Teil auch an ihrem Auszug, aber sie hatte wenigstens die Genugtuung, dass sie nicht Tag und Nacht in die mürrischen Gesichter sehen musste.

Georgie war immer noch freundlich zu ihr. Er stellte ihr das französische Paar vor und erklärte seine neue Idee für eine Serie von sechs Fotografien.

»Die Serie heißt ›Nicht heute Abend, ich habe Kopfschmerzen‹, sagte er mit einem Grinsen. »Bild eins zeigt Gaston im Bett mit Louise. Er hat eine Hand auf ihrer Brust, und sie hält eine Hand auf ihre Stirn und macht ein gequältes Gesicht. Das zweite Bild zeigt, wie er in einer Bar mit einem Mädchen plaudert. Eine Hand liegt schon auf dem Knie des Mädchens – das bist du, Milly! Foto Nummer drei zeigt, wie er das Mädchen in sein Schlafzimmer bringt und es auszieht, während seine Ehefrau zuschaut. Das nächste Bild zeigt die drei zusammen im Bett. Gaston streichelt Milly, und Louise schaut neidisch zu. Bild fünf zeigt, wie die Frau mit eingreift, und auf dem letzten Foto sind alle Beteiligten miteinander verbunden.«

»*C'est compliqué*«, klagte Louise.

»Oh, ich bin sicher, dass du das schaffst. Sollen wir jetzt die Plätze für das erste Bild einnehmen?«

Milly ahnte einen Mangel an Selbstvertrauen beim Ehepaar. Vielleicht hatte Hilda Recht, als sie die Neuen Amateure genannt hatte. Trotzdem, sie würde ihr Bestes versuchen, um Gaston und Louise zu entspannen.

Es brauchte mehrere Einstellungen, bis Georgie mit dem ersten Foto zufrieden war. Entweder stimmte der Winkel nicht, oder Gaston verdeckte Louises Brust mit seinem Arm, oder sie sah nicht nach Kopfschmerzen aus.

Gaston näherte sich dem Barhocker, auf den Milly sich schon gesetzt hatte. Milly sollte eine Menge Bein zeigen und einen Drink kippen, während Gaston sie umarmte und eine Hand auf ihr Knie legte, während seine Lippen an ihrem Ohr knabberten.

Es schien eine einfache Szene zu sein, aber plötzlich traten Probleme auf. Louise war wegen des Wartens sichtlich verärgert. Irgendwie gelang es Gaston nicht, sein Buhlen um Milly überzeugend darzustellen.

»Du musst mehr Wärme ausdrücken! Du bist richtig scharf auf das Mädchen«, feuerte Georgie ihn an.

»Wenn ich das nur wäre«, hörte Milly ihn raunen.

Milly war wie vor den Kopf gestoßen. Das Paar war von Anfang an sehr kalt und abweisend zu ihr gewesen, und jetzt fiel ihr ein, dass Hilda schon mit ihnen gearbeitet hatte, und sie hatte offenbar die Köpfe der beiden vergiftet. Milly wusste, dass sie den ganzen Tag gegen die Voreingenommenheit des Paares ankämpfen musste.

Die Barszene war schließlich im Kasten, dann folgte die Entkleidungsszene im Schlafzimmer. Milly zog sich aus bis auf Schlüpfer und Strümpfe, die Gaston nach unten rollen sollte. Im Hintergrund musste Louise so tun, als wäre sie eingeschlafen, aber in Wirklichkeit sollte sie durch gespreizte Finger schauen. Aber dies überstieg ihr schauspielerisches Potenzial. Immer wieder musste Milly auf einem Bein stehen, damit Gaston ihr den Strumpf nach unten rollen konnte. Es war nicht leicht, das Gleichgewicht zu halten, und einige Male fiel sie um, was Gaston zu heftigen Flüchen veranlasste.

Schließlich konnten sie mit der Bettszene beginnen. Milly musste sich auf das Laken legen, Gaston an ihren Brüsten saugen und mit den Fingern zwischen ihren Beinen spielen. Louise schaute zu.

Die Szene schien einfach genug, und Milly hatte ähnliche Szenen schon öfter gespielt, aber diesmal lag eine Kälte über der Prozedur, die sie innerlich gefrieren ließ. Die alte lässige, freundschaftliche Atmosphäre war verschwunden, und statt Kichern und Scherzen, wenn etwas schieflief, hörte man jetzt verächtliches Schnaufen und lautes Fluchen.

Milly fühlte sich unbehaglich. Sie erinnerte sich, wie hart Carlo sie angefasst hatte, und jetzt hasste sie Gastons Hände und Lippen auf den intimen Regionen ihres Körpers. Georgie riet ihr, sich zu entspannen, aber das funktionierte nicht. Es ist schwer, einen Riesenspaß vorzutäuschen, wenn es einem mies geht.

»Lächeln, Milly, lächeln«, rief Georgie. »Denk dran, du bist Schauspielerin.«

Seine Worte halfen, ihre Moral aufzubauen. Milly sagte sich, dass sie als Schauspielerin persönliche Dinge ignorieren musste. Professionalität war das Stichwort. Sie musste lernen, mit allen Typen zu arbeiten und unter allen Umständen.

Danach wurde es viel besser. Als Louise in die Szene eingriff, konnte Milly sich darauf konzentrieren, die Brüste der anderen Frau zu streicheln und zu küssen, während Gaston ihre Pussy leckte.

Georgie war mit den letzten Aufnahmen sehr zufrieden, aber nachdem er auch Milly gelobt hatte, redete das französische Ehepaar mit wütenden Sätzen aufeinander ein. Obwohl Millys Französisch nicht so gut war, ahnte sie instinktiv, dass sie sich über sie beklagten. Sie war verärgert – nicht so sehr über das Ehepaar, sondern über Hilda, die den Vortag genutzt hatte, um schlecht über Milly zu reden.

Aber sie nahm sich vor, die Situation nicht zu kommentieren und auch nicht zu jammern. Während sie sich anzog, kam Georgie zu ihr, nahm sie zur Seite und sagte: »Du hast gut gearbeitet, Milly. Ich fürchte, die beiden sind recht temperamentvoll. Aber wir werden sehen, wie sich die Dinge entwickeln, ja? Ich möchte, dass du jemanden kennen lernst. Hast du morgen Nachmittag Zeit? Es könnte sich für dich lohnen, meine Liebe.«

Milly war neugierig, aber Georgie verriet nicht mehr, also stimmte sie zu, ihn und den geheimnisvollen Unbekannten in einem Café auf dem Boulevard St. Germain zu treffen.

Als sie am anderen Nachmittag zum Treffpunkt unterwegs war, hoffte sie, dass Robin ihr nicht über den Weg lief. Er hatte auf ihren Brief noch nicht reagiert. Sie traf im *Café du Jour* ein, und Georgie fragte sie, ob sie lieber drinnen oder draußen sitzen wollte. Wegen Robin entschied sie sich für drinnen. Kaum hatten sie sich niedergelassen, traf der Fremde ein, der ihr als Serge Latour vorgestellt wurde.

Milly musterte ihn ungeniert. Jeder Zoll verriet den feinen, charmanten Franzosen, von den mit Silberfäden durchzogenen Haaren bis zu den glänzenden schwarzen Schuhen. Braune Augen blickten sie vergnügt an, und sein Mund bog sich zu einem Lächeln. Als sie einen Händedruck tauschten, hielt er ihre Hand eine Idee zu lange fest.

»Miss Belfort, Sie sind so schön wie Ihr Bild«, sagte er ihr.

Milly warf Georgie einen fragenden Blick zu. »Ja, Serge hat einige meiner Fotos von dir gesehen«, erklärte er hastig. »Er ist immer auf der Suche nach Mädchen, die vor der Kamera nicht zu scheu sind.«

Schließlich wollte Serge die Situation selbst erklären. Er kam direkt zum Punkt. »Ich mache Filme, Milly. Meistens sind es zehn oder zwanzig Minuten lange Szenen, die wir meist für den privaten Gebrauch herstellen. Sie sind sehr beliebt bei Gastgebern, wenn sie ihren Gästen etwas Besonderes zeigen wollen. Oder bei den Betreibern von Herrenklubs. Meine Kunden sind immer hungrig nach neuen Gesichtern, und als ich sah, wie die Kamera dich liebt, musste ich Georgie bitten, uns zusammen zu bringen. Ich hoffe, das ist in deinem Sinne.«

Milly war verblüfft. Sie hätte sich nicht träumen lassen, in einem Film mitzuspielen. »Ich weiß gar nicht, was ich dazu sagen soll«, murmelte sie.

»Du brauchst gar nichts zu sagen.« Serge lächelte sie an. »Ich bitte dich nur, morgen zu einem Kameratest zu mir zu kommen, und danach kannst du ja oder nein sagen.«

Sie saßen da und nippten an ihrem Tee, während sich die Männer unterhielten und sie so gut wie ignorierten. Aber Milly hörte aufmerksam zu. Es ging um Geschäfte. Serge hatte mit den kurzen erotischen Filmen viel Geld verdient und wollte nun in längere Streifen investieren.

Nachdem Serge gegangen war, plauderten Georgie und Milly noch eine Weile. »Du brauchst dir keine Sorgen zu machen, wenn du für Serge arbeitest«, sagte Georgie. »Wenn er dich unter seine Fittiche nimmt, kümmert er sich wie ein Vater um dich.«

»Genau wie Sie«, sagte Milly lächelnd. »Ich fühle mich immer noch schlecht, weil Carlo gehen musste.«

»Ja, das verstehe ich, aber eine Frau zu zwingen ist verachtenswert. Ich weiß, dass Hilda und Nico ab und zu zusammen schlafen, aber das wollen sie beide. Ich bemerke auch, dass Hilda nicht sehr freundlich ist zu dir. Hat das auch was mit Carlo zu tun?«

Milly nickte. »Ja, ganz sicher. Und nun muss sie auch noch Gaston und Louise aufgehetzt haben.«

Georgie seufzte. »Ich verstehe das nicht – warum können die Menschen nicht lieb zueinander sein? Das ist alles nicht deine Schuld, Milly, und ich kann gut nachvollziehen, dass du ausziehen wolltest. Wenn Serge dir eine Chance für den Film gibt, musst du sie mit beiden Händen ergreifen. Und mach dir keine Sorgen um mich. Ich werde irgendeinen Ersatz finden.« Er strich ihr über die Wange und sagte mit einem traurigen Lächeln: »Obwohl ich dich vermissen werde.«

»Das ist sehr freundlich von Ihnen.«

»Ich bewundere jedes Talent, das ich sehe, und du hast viele Talente. Du verdienst auch, von einem größeren Kreis gesehen zu werden. Wer weiß? Eines Tages landest du in Hollywood.«

Milly lachte, aber so weit hergeholt war seine Bemerkung gar nicht. Sie wusste nicht, ob sie wirklich ein Talent war. Sie hätte gern gewusst, was Robin davon hielt, dass sie ihren Körper auf silbernen Leinwänden ausstreckte und zeigte. Nun, eins nach dem anderen. Vielleicht hörte sie ja gar nichts mehr von dem jungen Mann.

Aber als sie in ihre Wohnung zurückkehrte, reichte die *concierge* ihr einen Briefumschlag. »Von einem jungen Mann, Mademoiselle«, sagte sie argwöhnisch. »Ich hoffe, Sie erinnern sich daran, dass ich keine Männer auf die Zimmer der jungen Damen lasse.«

»Natürlich.« Milly lächelte, nahm den Brief und las ihn in ihrer Wohnung. Robin war einverstanden, sie in zwei Tagen im Café zu treffen. Milly war überglücklich.

Am anderen Nachmittag fuhr sie mit der Métro zur Opéra. Ganz in der Nähe lag die Adresse, die Serge ihr gegeben hatte. Ein Dienstmädchen öffnete ihr die Tür und führte sie in einen Empfangsraum, in dem Serge sie begrüßte.

»Meine liebe Milly, wie pünktlich du bist! Das ist ein gutes Zeichen. Ich muss dich warnen: Ich toleriere kein Primadonna-Verhalten. Das Team darf auf niemanden warten müssen. Komm bitte mit.«

Er öffnete ein paar Türen, bis Milly einen riesengroßen Raum vor sich sah, dessen Wände mit schwarzem Tuch ausgeschlagen waren. Überall standen oder lagen Requisiten und Lampen herum. Eine große Version von Georgies Studio, aber die Kamera sah viel größer, schwerer und komplizierter aus. Sie stand auf einer Art Karre, damit man sie schnell und geräuschlos bewegen konnte.

Eine Ecke des Zimmers war als Schlafzimmer eingerichtet, einschließlich Doppelbett, Kommode, Stuhl und Vorhang, der so aussah, als bedeckte er ein Fenster, aber hinter dem Vorhang befand sich nur eine nackte Wand.

»Ich möchte, dass du so tust, als wolltest du zu Bett gehen«, sagte Serge. »Aber in zwei verschiedenen Stimmungen. Beim ersten Mal siehst du ganz elend aus, als ob das Ende der Welt bevorstünde. Vielleicht ist es das Ende einer Liebesaffäre. Ich möchte, dass du deine Schuhe und die Oberkleider langsam ausziehst, dann faltest du die Sachen und legst sie da auf den Stuhl. Alles verstanden?«

»Ja, das scheint einfach genug.«

»Aber wenn du in deiner Wäsche dastehst, will ich, dass deine Stimmung sich um hundertachtzig Grad dreht. Jetzt bist du voller Lust und Freude. Vielleicht hat ein Mann dir gerade einen Heiratsantrag unterbreitet – vielleicht waren es sogar zwei Männer! Du steigst hastig aus deiner Unterwäsche und wirfst sie achtlos auf den Boden. Vielleicht tanzt du nackt durchs Zimmer und erfreust dich deiner weiblichen Macht. Ich überlasse das deiner Phantasie. Aber schau nicht direkt in die Kamera. Tu so, als wärst du ganz allein. Alles okay?«

Milly nickte. Das konnte so schwierig nicht sein. Sie ging zum Stuhl und wartete auf die Anweisung anzufangen. Endlich rief Serge: *»Action!«* Genau wie ein richtiger Filmregisseur in Hollywood! Das Wort löste Schauer aus, die Milly über den Rücken liefen. Aber sie musste traurig aussehen, niedergeschlagen und deprimiert. Was wäre das schlimmste Ereignis, das sie sich vorstellen konnte? Der Tod ihrer Mutter, fiel ihr ein. Und Tante Em. Die beiden gleichzeitig tot, von einem Auto beim Überqueren der Straße erfasst …

Milly setzte sich teilnahmslos auf den Stuhl, öffnete die Lederschnallen ihrer Schuhe und zog sie aus. Sie stellte sich und streifte ihren Rock über die Hüften. Sie faltete ihn und legte ihn über den Stuhlrücken. Dann zog sie die Bluse aus, faltete sie und legte sie ordentlich auf die Sitzfläche des Stuhls. Die ganze Zeit konnte sie das Surren der Kamera hören, aber sie hielt den Blick nach unten gerichtet, bis auf den gelegentlichen Stoßseufzer, wenn sie hinauf zum Himmel schaute.

»Sehr gut«, hörte sie Serge murmeln.

Er will, dass ich mir selbst etwas einfallen lasse, dachte Milly. Kühner geworden, setzte sie sich ein paar Sekunden lang aufs Bett und stützte den Kopf in beide Hände, als ob sie weinte. Es schien ein vernünftiger Übergang von einer Stimmung in die andere zu sein: Sie nahm die Hände weg und zeigte ein strahlendes, lachendes Gesicht. Sie sprang vom Bett auf und begann am Petticoat zu ziehen, und als sie ihn abgestreift hatte, schwang sie ihn fröhlich kreisend über den Kopf, bevor sie ihn ausgelassen auf den Boden warf.

Sie führte einen kleinen Tanz in ihrer Wäsche auf, dann zog sie die Strümpfe aus und warf sie auch achtlos auf den Boden.

Völlig unbefangen zog sie ihr Hemdchen aus und fuhr mit einer Hand kurz und mit einem verträumten Lächeln über ihre Brüste, als stellte sie sich gerade vor, dass die Hand des Geliebten sie streichelte. Sie hörte Serge zustimmend schnalzen.

Sie wandte der Kamera den Rücken zu, als sie ihr Höschen auszog. Sie streckte ihren Po heraus, bevor sie sich umdrehte und der Kamera ihre nackte Vorderseite zeigte. Sie tänzelte wieder vor dem Bett herum, erfüllt von einer Erregung, die sie in einen rauschähnlichen Zustand versetzte.

Milly führte etwas vor, was ihre Mutter eine ›unanständige Zurschaustellung‹ genannt hätte, und tatsächlich fühlte sich Milly auch entzückend unanständig. Sie setzte ihren Tanz nach der Musik fort, die sich in ihrem Kopf abspielte, und dann wusste sie nicht mehr, wo sie war und warum sie tanzte. Sie betrat eine andere Dimension, wo sie ihren Körper nach Belieben genießen konnte. Erst als Serge laut in die Hände klatschte und »Schnitt« rief, kam sie ins Jetzt zurück, und ihre Augen blinzelten.

»Das war sehr gut«, sagte er lächelnd. »Du hast ein natürliches Talent, Milly. Mehr noch, als ich gehofft habe. Zieh dich jetzt an, dann sage ich Alice, sie soll dir eine Tasse Kaffe zum Empfang bringen.«

»Kann ich den Film sehen?«

»Ja, wenn du morgen etwa zu dieser Zeit vorbeischaust. Bis dahin wird er fertig sein.«

Milly runzelte die Stirn. Sie hatte sich für morgen Nachmittag mit Robin verabredet. Aber sie konnte diese Chance nicht verstreichen lassen. Sie musste Robin wieder einen Brief schreiben, um ihr Treffen zu verschieben. Aber welche Entschuldigung sollte sie vorbringen? Wie lange konnte sie ihn noch hintergehen? Vielleicht wäre es besser, sich einen Freund unter den Schauspielern zu suchen; die wussten dann wenigstens Bescheid, und sie brauchte nicht zu heucheln.

Doch als Milly mit der Métro nach Hause fuhr, überkam sie die Ahnung, dass das Schicksal ihn für sie ausgesucht hatte. Sie wusste, dass ihre Gefühle nicht nur von der Dankbarkeit herrührten, weil er sie aus den Klauen Carlos gerettet hatte. Niemals zuvor hatte sie sich so sehr zu einem jungen Mann hingezogen gefühlt, und nun musste sie einfach erleben, wohin dieses Hingezogensein sie führte.

Sie schickte ihm eine Nachricht, dass sie sich um fünf statt um drei Uhr treffen sollten. Dann blieb ihr genug Zeit für beide Termine.

Als sie am nächsten Tag zu Serges Studio zurückkehrte, war sie überrascht, drei Männer und eine Frau da zu sehen. Serge begrüßte sie mit einem breiten Lächeln. »Da ich schon entschieden habe, mit dir zu arbeiten, Milly, habe ich gedacht, du würdest gern einige deiner Kollegen kennen lernen.«

Sie war viel zu aufgeregt, um sich die Namen zu merken, nur Chloe, die Frau, blieb ihr haften. Sie sah besonders gut aus. Zusammen gingen sie durchs Studio in einen Raum, der wie ein kleines Kino eingerichtet war. Sie setzten sich alle hin, Milly neben Serge, der in die Hände klatschte, um dem Filmvorführer ein Zeichen zu geben, den Film abzufahren.

Als die kurze Szene begann, konnte sich Milly kaum erkennen. Die Kamera fuhr näher heran – sie erinnerte sich daran, dass die Karre sich bewegt hatte –, und Milly begann mit ihrer Vorführung. Sie erkannte sich auch kaum als das scheue, melancholische Wesen, das allein im Schlafzimmer saß, aber als sie sich auszog und die Stimmung fröhlich wurde, konnte sie sehen, wie sie vor der Kamera zu glänzen begann, wie anmutig sie tanzte und sich bewegte – und wie hübsch sie aussah.

»Sehr reizend«, rief der Mann, der Stefan hieß.

Bald gratulierten ihr die anderen herzlich, und Milly fühlte sich bei ihnen wie zu Hause. Sie war zuversichtlich, dass sie hier wieder das Familiengefühl haben würde wie anfangs bei Georgie, ehe Hilda es so brutal zerstört hatte.

»Jetzt werden wir uns den jüngsten Film anschauen«, sagte Serge, und die Lichter wurden wieder hinabgefahren.

Der Kurzfilm hieß schlicht ›Verführung‹, und die Darsteller waren Chloe und Stefan. Zu Millys Überraschung begann der Film damit, dass Chloe eine lange, sich langsam bewegende Schlange aufnahm und an sich drückte. Sie trug einen weißen, fast durchsichtigen Umhang mit einer goldenen Kette als Gürtel. Die dunklen Punkte ihrer Nippel waren deutlich zu sehen.

Stefan stand daneben und trug nur einen Lendenschurz, der seine Erektion aber nicht ganz verhüllen konnte. Er sah gebannt zu, wie die Schlange zwischen Chloes Brüsten nach oben kroch, über Schulter und Hüfte und dann hinunter, bis sie sich um einen Schenkel wand.

Milly erschauerte. »Wie konnte sie das nur alles aushalten?«, murmelte sie leise.

Chloe hatte sie gehört. »Oh, Willy ist ganz zahm. Total harmlos. Und er fühlt sich nicht kalt und schleimig an, wie die Leute meinen, sondern warm und glatt.«

Aber Milly hoffte trotzdem, dass ihr eine Rolle nie vorschrieb, eine Schlange anzufassen. Selbst dann nicht, wenn es sich um den zahmen Willy handelte.

Als Nächstes war Chloe mit einem Apfel zusammen – offenbar eine weitere Anspielung auf Eva. Sie schnitt den Apfel in Portionen, dann streifte sie den Umhang ab und legte sich nackt auf ein begrüntes Flussufer. Sie hatte eine sehr gute Figur; perfekte kleine Brüste und eine sehr schlanke Taille. Chloe versteckte ein paar Apfelstücke in ihrer Pussy und winkte Stefan heran. Sie lud ihn zum Apfelessen ein.

Zuerst schien er zu zögern, aber dann gab er nach, was Chloe mit großer schauspielerischer Lust zur Kenntnis nahm. Dankbar kniete sie sich vor ihn hin, zog den Lendenschurz zur Seite und bediente sein Glied mit einer beeindruckenden Fellatio. Der Film endete, wie das junge Paar Hand in Hand im Sonnenuntergang entschwand.

Applaus belohnte die Schauspieler und den Regisseur. Milly schloss sich an. Aber die Qualität des Films hatte sie nicht überzeugt. Sie glaubte, eine fast kindliche Amateurarbeit gesehen zu haben, die weit hinter dem lag, was sie von ähnlichen Filmen aus Hollywood gehört hatte.

»Was hältst du davon?«, fragte Serge sie, und nun steckte sie in der Bredouille.

»Ganz reizend«, sagte sie nach einer Weile. »Auf eine allegorische Art, meine ich.«

»Das hört sich nicht begeistert an, Milly. Sage uns, was du zu kritisieren hast. Wir sind immer darauf aus, unsere Arbeit zu verbessern.«

Zu ihrem Entsetzen stellte sie fest, dass alle auf ihre Antwort warteten. Es stand ihr als Neuling nicht zu, dem Regisseur zu sagen, wo er zu einfallslos gewesen war. Auf der anderen Seite gab es einige Dinge, die sie ihm sagen musste.

»Ich finde den Einfall mit der Schlange gut, und Schlange und Apfel zusammenzubringen, darauf muss man erst mal kommen. Aber danach habe ich das Interesse an der Geschichte verloren. Ich meine, danach sahen wir nur noch Chloes Hinterkopf.«

Serge lächelte, und einer der Männer knurrte irgendwas. »Wie können wir es verbessern?«, fragte Serge.

»Ich würde die Schlange noch einmal auftreten lassen«, sagte Milly spontan. »Nachdem Chloe und Stefan sich abreagiert haben, soll die Schlange noch mal über ihren verführerischen Körper kriechen.«

»Ich glaube, sie hat Recht«, sagte Serge und strahlte die anderen an. »Ich würde die letzte Szene am liebsten noch mal neu aufnehmen, okay?«

Stefan, ein Mann weniger Worte, nickte nur, aber Chloe war begeistert. »Mir hat der Schluss bisher nicht gefallen, und ich freue mich darauf, mit Willy wieder zu kuscheln.«

»Also gut. Stellen wir die Szene nach. Zum Schluss werde ich die Szene im Nebel versinken lassen, okay? Oh, Milly, ich glaube, du hast uns einen guten Rat erteilt. Eigentlich wollte ich heute mit der ›Erotischen Geschichte der Bibel in zwanzig Episoden‹ beginnen, aber wenn ich jetzt so eine strenge Kritikerin habe, schaue ich vorher lieber noch mal ins Alte Testament.«

»Wirklich?« Milly freute sich über die Zustimmung des

Filmemachers und auch Chloes, die sie lange an sich drückte.

»Es ist gut, dich an Bord zu haben«, sagte sie lächelnd. Dann legte sie den Arm um Ella, die andere Frau, und küsste sie in schwesterlicher Verbundenheit.

Milly sah auf die Uhr. »Oh, nein, die Zeit! Ich muss um fünf Uhr in einem Café auf dem Boul' Mich sein.«

»Ich kann dich mitnehmen«, bot Serge an.

Milly konnte nicht vermeiden, dass ein Blick des Entsetzens über ihr Gesicht huschte. Chloe bemerkte das und sprang ihr bei. »Nicht nötig, Serge. Ich muss auch in diese Richtung. Wir teilen uns eine Kutsche.«

Serge ließ Milly wissen, dass sie morgen früh um neun Uhr da sein sollte, dann hakte sich Chloe bei ihr unter, und gemeinsam traten sie aus dem Gebäude. Chloe hielt eine Kutsche an.

Als sie ihre Plätze eingenommen hatten, fragte Chloe: »Du triffst deinen Freund?« Ihre Brauen hoben sich. »Keine Sorge, ich kenne das Problem. Er hat von deinem Job keine Ahnung, deshalb sollte er dich auch nicht in Serges buntem Automobil sehen.«

Milly lächelte. »Ganz gut beobachtet. Aber noch ist er kein Freund, sondern nur ein Bekannter. Doch es stimmt; ich möchte nicht, dass er weiß, wie ich mein Geld verdiene. Er ist Student an der Sorbonne, und ich war in Cambridge und möchte ...«

»Und du vermisst die intellektuellen Gespräche, nicht wahr? Ich habe gleich gesehen, dass du einen anderen Hintergrund hast als wir, Milly. Aber in unserem Gewerbe findest du nicht viele Blaustrümpfe, deshalb wäre es vielleicht besser, wenn das Wort ›Cambridge‹ nicht über deine Lippen kommt.«

»Warum? Ich schäme mich nicht.«

»Das sollst du auch nicht. Aber Männer mögen ihre Frauen lieber mit leeren Köpfen. Klimpere mit den Wimpern, blinzle mit den Augen, lass deine Titten kreisen und den Arsch, und du bist gut dabei. Wenn du eine Idee hast wie heute, sei vorsichtig, wie du sie präsentierst. Und sei nicht überrascht, wenn du den Boss sagen hörst, dass alles seine Idee war. Versuche bloß nicht, ihn überbieten zu wollen. Er hat das Sagen. Vergiss das nicht.«

Während die Kutsche die Rue de Tivoli entlangschaukelte, seufzte Milly einige Male. Falls sie ihre Freundschaft mit Robin vertiefen und ihre Karriere bei Serge ausweiten wollte, dann würde sie wohl erst mühsam lernen müssen, in zwei verschiedenen Welten zu leben.

Robin wartete noch im Café Maurice, obwohl die verabredete Zeit schon um fünfundzwanzig Minuten überschritten war, als Milly eintraf. Sein sonniges Lächeln stimmte sie fröhlich, während sie sich für die Verspätung entschuldigte.

»Ich konnte einfach nicht weg«, erklärte sie, als sie sich an seinen Tisch setzte. »Meine Patentante hatte Gäste, und ich musste mir ihre langweiligen Geschichten anhören, denn alles andere wäre unhöflich gewesen.«

»Das macht absolut nichts aus, Milly. Ich wusste, dass du kommen würdest.«

Milly war über sich selbst entsetzt, weil die Lügen so leicht über ihre Lippen kamen.

»Oh?« Sie lächelte ihn an und sagte zu Robin, dass sie Tee haben wollte, wenn der Kellner vorbeikam. Während er die Bestellung aufgab, hatte sie ein paar Sekunden Zeit, Robins Gesicht zu studieren. Wie zuvor fand sie es offen und angenehm, ohne jedes Arg. Sie kam sich als andere Frau vor, wenn sie bei ihm war, normal und natürlich.

»Ich habe dir das hier mitgebracht.« Robin drückte ein

Buch in ihre Hände. Es war ein Buch mit Shakespeares Sonetten, dazu Illustrationen in Tusche. »Ich habe es in einem Antiquariat gefunden und dachte, es würde dir gefallen.« Er lächelte nervös. »Ich habe dir auch eine Widmung hineingeschrieben. Hier.«

Milly las die Zeile, die er einem Sonett entnommen hatte: *Ihr seid so hell im Wissen wie in der Färbung.* Er hatte einen Vogel gemalt und seine Brust rot gefärbt – ein Rotkehlchen, das im Englischen ›robin‹ heißt. Milly war gerührt. Niemand hatte ihr jemals ein Buch geschenkt, auch Evadne nicht.

»Danke, Robin. Das ist sehr lieb von dir.«

»Ich wollte helfen, das vergessen zu machen, was vor ein paar Tagen geschehen ist.« Er nahm ihre Hand und drückte sie zart, und Milly fühlte einen wohligen Schauer bei seiner Berührung. »Es hätte einem lieben Mädchen wie dir nie passieren dürfen. Ich hoffe, du hast mit diesem brutalen Kerl nichts mehr zu tun.«

»Nein, nein! Ich habe ihn seither nie wieder gesehen.«

Bald diskutierten sie wieder über Lyrik, und sie waren so sehr vertieft, dass zwei Stunden wie im Flug vergangen waren. Als Robin sah, wie spät es war, lud er sie zum Essen ein.

»Weiter unten an der Straße gibt es eine *Brasserie* für Studenten, schlicht und einfach, aber da ist immer was los.«

Milly stimmte sofort zu, und Robin führte sie hin, einen Arm um ihre Taille gelegt. Sogar durch die Kleidung konnte sie seine Körperwärme spüren, und in ihr wurde ein tiefes Verlangen geweckt. Sie hätte gern gewusst, ob er auch so fühlte, aber er ließ nichts erkennen.

In der *Brasserie* war es voll und laut. Das Essen war gut, und der Wein passte. Milly fühlte sich ganz entspannt und genoss die fröhliche Menge um sie herum. Fast alle schienen ihren Begleiter zu kennen. Da ihr Französisch noch nicht so gut war, übersetzte Robin viel für sie. Sie diskutierten mit erfrischender Offenheit über Philosophie, Kunst und Literatur, stellten alles in Frage und glaubten an nichts, was das System ihnen vorschrieb. Milly erinnerte sich an die verstaubten Vorlesungen, die sie in Cambridge hatte hören müssen, und freute sich über die revolutionären Ansichten.

Danach brachten die Studenten das Thema auf ›freie Liebe‹. Die meisten jungen Leute schienen zu bevorzugen, ihren Instinkten zu folgen, aber Robin sagte, dass er an eine Bindung glaubte. »Wenn du ein Mädchen so sehr liebst, dass du ihr die Unschuld nimmst, dann liebst du es auch so sehr, dass du es heiraten kannst.«

Aber ein junger Mann mit Bart und Brille, der den Eindruck eines Draufgängers machte, widersprach: »Du musst unterscheiden zwischen Sex und Liebe. Es bringt nichts, die beiden zu verwechseln.«

»Aber kann eine Frau Liebe machen, ohne verliebt zu sein?«, rief eine junge Frau mit dem Namen Sophie.

»Ich bin sicher, dass sie das kann«, antwortete Milly. »Falls ihre Sinnlichkeit geweckt ist.«

Sie biss sich auf die Lippe, denn sie begriff, dass sie gesprochen hatte, ohne daran zu denken, wie ihre Aussage auf Robin wirken musste. So viel zu meiner Reputation des reinen, unschuldigen Mädchens, dachte sie.

»Sinnlichkeit oder Sexualität?«, fragte Sophie. »Diese beiden sollten wir auch nicht verwechseln.«

»Poesie kann sinnlich sein«, warf Robin ein.

Milly war erleichtert, dass er nicht darauf bestand, mehr von ihr über die ›geweckte Sinnlichkeit‹ zu hören. Er schien bereit, über alles Intellektuelle zu diskutieren, aber über seine Gefühle sprach er so gut wie nie. Sie vermutete, dass er ein großer Romantiker war, was Frauen anging.

Sie fand eine Bestätigung, als er darauf bestand, sie nach dem Abend in der *Brasserie* nach Hause zu begleiten. Er legte einen Arm um ihre Taille, während sie am Jardin du Luxembourg vorbeigingen, der Mond hoch am Himmel.

»Oh, Milly«, seufzte er. »Seit wir uns das erste Mal unter so unglücklichen Umständen gesehen haben, kann ich nicht aufhören, an dich zu denken. Ich habe mir Sorgen um dich gemacht, weil ich mich fragte, wie es dir in der Zwischenzeit ergangen ist.«

»Mir ging es gut, und es geht mir gut«, antwortete sie. »Er hat keinen Schaden angerichtet, aber natürlich denke ich oft, wie weit er gegangen wäre, wenn du an diesem Tag nicht durch den Bois gegangen wärst.«

Sein Gesicht verfinsterte sich. »Ja, ich muss auch oft daran denken. Aber da ich dich gerettet habe, fühle ich mich irgendwie für dich verantwortlich.«

Er zog sie in den Schutz eines Parktors und weiter in eine Ecke, die im Schatten lag. Voller Verlangen sah er sie an. »Es wäre entsetzlich, wenn dir so etwas noch einmal widerfährt, Milly.«

Sie waren einander so nahe, und sein Atem wärmte ihre Wange. Milly wollte ihn küssen, aber sie hatte Angst davor. Er hielt sie für unerfahren und jungfräulich. Wie konnte sie die Leidenschaft verstecken, die sie für ihn empfand, sobald er den ersten Kuss riskierte?

Als der erste Kuss kam, war er sanft und überhaupt nicht fordernd. Er drückte seine geschlossenen Lippen auf ihre. Sie waren zart wie Butter. Er hielt sie umschlungen, aber auch nur ganz leicht, als hätte er Angst, sie könnte zerbrechen. Dabei musste Milly sich zurücknehmen, sonst hätte sie sich hart an seinem Körper gerieben oder ihre Zunge durch seine Lippen gebohrt.

»Ich habe dich den ganzen Abend schon küssen wollen«, gestand er. »Du hast was ganz Betörendes an dir, Milly. Du bist ein Rätsel für mich, aber ich bin zufrieden, dass es so bleibt, wie es ist.«

Sie lächelte, aber sie wünschte, sie müsste sich nicht wie eine Betrügerin fühlen. Natürlich war sie ihm ein Rätsel, schließlich hatte sie etwas vor ihm zu verbergen. Und wenn er das je herausfand, würde sie vor Scham vergehen, und er wäre entsetzt über sie. Immer noch lächelnd nahm sie seine Hand und zog ihn zurück auf den Gehweg. Kurz darauf näherten sie sich dem Wohnblock, in dem sie ihr Apartment gefunden hatte.

»Da wohne ich«, sagte sie.

»Ich würde dich da gern einmal besuchen und deine Patentante kennen lernen.«

Millys Puls raste, aber nach außen blieb sie ruhig. »Ja, vielleicht, eines Tages.«

»Wie lange willst du noch in Paris bleiben?«, fragte er.

»Wenigstens bis zum Herbst, nehme ich an.«

»Dann hoffe ich, dass wir uns noch einmal sehen.«

Ihre Schritte verlangsamten sich, als sie die große Haustür erreichten, hinter der die *concierge* Wache hielt. Milly hielt ihm ihre Hand hin, und er hob sie mit verehrender Geste an die Lippen und beugte den Kopf darüber. Seine langen Wimpern berührten ihre Haut. Dann hob er den Kopf, und ihre Augen begegneten sich im Schein einer nahen Straßenlaterne.

»Gute Nacht, liebste Milly. Ich werde mich bald bei dir melden.«

Sie winkte und drückte auf die Klingel. Das dünne Buch mit Shakespeares Versen hielt sie an den Busen gedrückt. Sie wusste, dass Robin sie von der anderen Straßenseite beobachtete, und dabei fühlte sie eine Unbeschwertheit, die ihr so noch nie begegnet war. Sie fühlte den verrückten Wunsch, hier in der Halle zu singen und zu tanzen.

Es hatte schon andere Männer gegeben, die sie angehimmelt hatten, aber niemand hatte sie so bewegt wie Robin Dupont, diese Mischung aus Vaters gallischem Charme und Mutters englischer Zurückhaltung, die ihr Herz anrührte.

Achtes Kapitel

In dieser Nacht träumte Milly davon, dass sie mit Robin Liebe machte und ihm ihre Unschuld schenkte. Kein anderer Mann hatte sie je zu einem solchen Traum inspiriert, und am anderen Morgen wachte sie entsetzt über sich selbst auf. Hatte sie sich in Robin verliebt? Ihre Gefühle waren so neu und seltsam, dass sie die Frage nicht beantworten konnte. Sie wusste nur, dass in ihrer Psyche etwas aufgewacht war, ein sanftes Verlangen nach einem anderen Menschen.

In der folgenden Woche hielt Serge sie auf Trab, denn er wollte, dass sie jeden Tag mit ihm arbeitete. Seine erotische Geschichte der Bibel wuchs immer mehr, und Milly sollte eine ganze Reihe von Rollen übernehmen. Zuerst spielte sie mit Chloe eine von Lots Töchtern, die an einer trunkenen Orgie teilnahmen. Dann spielte sie Delilah neben Stefan, der den Samson mimte. Sie verführte ihn und schnitt seine dunkle Perücke ab, damit sie ihn in Ketten legen und gefügig machen konnte.

Am Tag danach war sie die persönliche Dienerin neben Chloe, die die Königin von Saba darstellte. Sie half bei den Vorbereitungen für einen Besuch des Königs Salomo. Am nächsten Tag spielte sie wieder eine Hauptrolle, nämlich Salome und ihren Tanz der sieben Schleier.

»Glaubst du nicht, dass Chloe sie spielen soll?«, fragte Milly, denn sie nahm an, dass die andere Schauspielerin enttäuscht sein würde, wenn sie erfuhr, dass sie die attraktive Rolle der Salome nicht erhalten hatte.

»Nein, nein! Ich habe dich tanzen sehen, meine Liebe, deshalb weiß ich, dass du absolut richtig für diese Rolle bist«, rief Serge mit Inbrunst. »Außerdem habe ich noch eine andere große Rolle für Chloe – sie wird Maria Magdalena spielen.«

Da Chloe mit dieser Aussicht zufrieden schien, begann Milly mit den Überlegungen, wie sie den verführerischen Tanz gestalten sollte. Es blieb nicht viel Zeit für die Vorbereitungen. Oft war es frustrierend, dass Serge nicht weiter im Voraus plante. Milly wusste, dass er seine ›frivolen Kurzen‹ als reine kommerzielle Ware ansah, während er seine kreativen Überlegungen in seine ›Kunstfilme‹ einfließen ließ. Aber sie wünschte, sie hätten mehr Gelegenheiten, die eine oder andere Szene zu probieren.

Die sieben Schleier, die sie tragen musste, waren bunte Schals aus Chiffon, die sie um den nackten Körper geschlungen hatte und nacheinander wegwehen ließ. Kurz bevor die Kamera einsetzte, dachte Milly an Robin, und sie fand sofort einen Zugang zu ihrer Rolle. Sie würde so tun, als tanzte sie für ihn, für ihn allein. Der Gedanke, ihm das erste Mal ihren Körper zu enthüllen, war sehr aufregend.

Stefan drehte das Grammophon, und eine langsame, verführerische Melodie erklang. Flöten und Harfen und Schlagzeug. Franz, der deutsche Schauspieler in der Truppe, spielte Herodes, und Chloe war seine Frau. Sie saßen auf ihren Thronen, während Milly sich langsam zur Musik zu bewegen begann, den Blick auf Franz gerichtet, der jetzt schon sichtlich erregt war. Aber sie sah nicht ihn, sondern Robin, und in ihrer Phantasie tanzte sie nicht vor den Thronen, sondern im Schlafzimmer.

Allmählich nahm der Tanz die Qualität eines magischen Rituals an. Millys erotische Vorstellung zog sie in einen zauberischen Bann, sodass ihre Bewegungen und Ausdrücke immer zwingender wurden. Sie konnte Robins klare haselnussbraune Augen sehen, die sie mit verehrender Wärme ansahen, als sie eine Pirouette drehte und sich vom ersten Schleier trennte. Sie hielt ihn überm Kopf und labte sich an ihrer Macht über den Mann. Er begehrte sie, davon war sie überzeugt. Und sein Begehren war ihr Aphrodisiakum.

Milly stellte sich vor, wie sie Robins nackten Körper reizen und erregen würde. Sie sah seinen blassen Phallus, der sich wie eine Lilie erhob, und sie sah ihre roten Lippen, die ihn fest umschlossen. Während sie einen weiteren Schleier wehen ließ, stellte sie sich vor, die Zwillingsfrüchte seiner Testikel in den Mund zu nehmen und zart zu saugen. Sie konnte sein ekstatisches Stöhnen hören, und ihr Verlangen nach ihm wuchs. Ihre Muschi war eine schmerzende Leere, die nach einer Füllung lechzte. Sie selbst begann leise zu stöhnen, und ihre Stimme begleitete die Flöten und Harfen.

Als sie den dritten Schleier verlor, war Milly völlig in einer Welt der sinnlichen Glückseligkeit gefangen. Robin war versessen darauf, sie als seinen Besitz zu nehmen. Sein Mund schnappte nach ihrem Nippel, und seine Hände kosten Schenkel und Bauch und ließen das Feuer lodern, das in ihr schon entbrannt war. Ihre Brüste prickelten, und die verborgene Spalte ihres Geschlechts tropfte, während sie die Hüften kreisen ließ. Sie umfasste ihre Brüste und fühlte, wie sich die harten Nippel durch die dünnen Stofflagen streckten.

Ein vierter Schleier schwebte durch die Luft und fiel dann zu Boden. Der Tanz hatte was Hypnotisches angenommen, was Tänzerin und Zuschauer in den Bann schlug. Milly nahm die Konzentration ihrer Blicke wahr, und ihr Körper schien danach zu dürsten und schwelgte in der Verehrung, die ihm zuteil wurde. Sie wusste, dass sie erblühte; ihre

Wangen leuchteten rosa, ihre Haut glänzte und glomm. Ihre Augen schienen wie nasse Saphire. Sie wusste, dass sie schön und begehrenswert war.

Da sie nun mit dem fünften Schleier spielte, drängte es den Körper, von der leichten Bekleidung befreit zu sein; er sehnte sich danach, im offenen Kontakt mit der Luft zu sein und sich in seiner nackten Glorie zu zeigen.

Milly konnte sehen, wie Robins Augen ihre Schönheit bewunderten. Der große Stab seines Geschlechts ragte zwischen seinen Schenkeln hoch. Sie fühlte eine unwiderstehliche Strömung zwischen dem roten Mund ihrer Vulva und der roten Spitze seines Penis. Es konnte nicht mehr lange dauern, bevor sie sich begegneten. Ein Schauer durchrieselte sie.

Der Chiffonschal flatterte davon, und sie war nur noch mit zwei hauchdünnen Lagen bedeckt. Sie fing das Ende des oberen Schals ein, nahm es zwischen Daumen und Zeigefinger und wirbelte herum, wobei sie den Schal verlor. In einer plötzlichen Eingebung wusste sie, dass sie noch an diesem Abend ihre Unschuld an Robin verlieren würde.

Sie nahm das Ende des letzten Schleiers in die Hand und drehte sich mit Schwindel erregender Geschwindigkeit, bis der Schleier flatterte und ihren Körper in seiner ganzen Nacktheit enthüllte. Sie schwenkte den Schleier wie ein Banner des Triumphs, und dann hörte sie Franz stöhnen. Aber für sie war es nicht der Deutsche, sondern Robin. Sie spürte ihn zwischen ihren bebenden Schenkeln. Er war ihre Liebe, ihr Schicksal, das wusste sie ohne jeden Zweifel. Der Tanz hatte es ihr gezeigt. Mit langsamen Schritten beschrieb sie mit den Füßen eine Acht, dann ließ sie sich wie eine Ballerina verneigend zu Boden sinken.

»*Bravo! Magnifique!*«, hörte sie Serge sagen, als die Kamera nicht mehr surrte.

Die anderen gratulierten ihr auch. »Das war wirklich wunderbar, Milly.«

»Sehr, sehr gut, Milly. Das war ein schöner Tanz.«

Noch schwitzend lächelte sie die Kollegen an, aber das Lächeln war vage, und die Augen waren ganz woanders. Sie hatte das erste Mal begriffen, was es hieß, einen Mann total zu begehren, sich danach zu sehnen, dass er dich ganz in Besitz nahm. Solche starken Emotionen zu empfinden war fast wie ein Schock für sie gewesen. Die sexuellen Erlebnisse mit anderen Männern verblassten im Vergleich zu ihrer Phantasie, in der sie sich mit Robin gesehen hatte.

Sie richtete sich auf und zitterte, nicht wegen der Kälte, sondern als Nachwirkung der gewaltigen Erfahrung. Sie holperte durchs Studio, und Chloe lief hinter ihr her und legte eine Decke um ihre Schultern.

»Milly, meine Liebe, komm und leg dich hin«, murmelte sie fürsorglich. »Der Tanz hat dir alles abverlangt.«

»Ich wusste, dass ich dir vertrauen konnte«, sagte Serge mit einem Strahlen, als sie sich auf eine *chaise-longue* fallen ließ. »Du hast echte Starqualität, Milly. Ich kann es nicht erwarten zu sehen, wie du im Film herauskommst.«

Für sie war es kein Zufall, dass sie bei ihrer Rückkehr in die Wohnung eine Nachricht von Robin vorfand, die die *concierge* ihr mit einem gezwungenen Lächeln reichte. Milly bedankte sich übertrieben höflich und nahm den Brief mit auf ihr Zimmer.

Liebste Milly,
einige von uns wollen sich heute Abend den Film J'Accuse ansehen. Kommst Du mit? Wir treffen uns um acht Uhr im Café Auguste. Ich hoffe sehr, dass Du es ermöglichen kannst. Robin.

Die Erregung floss immer noch durch Millys Adern. Sie betrieb mit großer Umsicht ihre Toilette am kleinen Waschtisch, trug nach Veilchen duftenden Puder auf und betupfte sich großzügig mit *Mitsouko,* einem exquisiten Parfum, das sie bei einem Einkaufsbummel im *Maison Guerlain* gekauft hatte.

Was sollte sie anziehen? Diese Frage beschäftigte sie fast die gesamte Stunde, die ihr vor dem Treffen noch zur Verfügung stand. Sie war sich des Ernstes der Situation bewusst und ging ihre kleine Garderobe nach dem richtigen Kleidungsstück durch. Was trug ein Mädchen zur Defloration? Sie kicherte, als sie dachte, es sollte was jungfräulich Weißes sein.

Schließlich entschied sie sich für ein hübsches rosa Kleid mit Leinenspitze auf dem Busen und an den Ärmelmanschetten. Darüber trug sie eine lange modische Strickjacke in marineblauer Wolle. Die Jacke hatte sie in den Galeries LaFayette gekauft. Dann zog sie einen blauen Glockenhut mit einem gerippten Seidenband heraus, in dem sie glaubte, ein wenig wie Mary Pickford auszusehen, wenn sie seitlich unter der breiten Krempe nach oben schaute.

Es war ein schöner Abend, als sie das Haus verließ und zum Café Auguste auf dem Boulevard St. Germain aufbrach. Der Weg dauerte nur zehn Minuten, deshalb traf sie Punkt acht Uhr im Café ein, das vor Studenten überquoll. Ein paar bange Minuten ging sie die Menge durch, aber sie konnte Robin nirgendwo sehen, doch dann tippte ihr jemand auf die Schulter. Sie fuhr herum und sah in seine lachenden Haselnussaugen.

»Du bist da! Ich bin so froh, dass du gekommen bist!«

Sein bewundernder Blick war dem so ähnlich, den Milly sich während des Tanzes vorgestellt hatte, dass sie errötete. Robin bot ihr einen Cocktail an, und sie wünschte sich einen

Mata Hari, der seit kurzem ein beliebter Drink in den Cafés war, obwohl sie keine Ahnung hatte, woraus der Cocktail bestand.

»Der Film wird oben in einem Raum gezeigt«, erklärte er, während sie sich an den Tischen vorbeilavierten. »Es ist eine spezielle Präsentation der kinematographischen Gesellschaft der Sorbonne. Danach wird es eine Diskussion geben.«

Der große Raum im oberen Stockwerk war schon gut gefüllt, aber Robin hatte zwei seiner Freunde gebeten, zwei Plätze freizuhalten. An einem Ende des Raums war eine provisorische Leinwand aufgebaut, und der Projektor stand am anderen Ende. Unter den Studenten herrschte eine Stimmung gespannter Erwartung, die sich auch auf Milly übertrug, zumal sie bereits von Robins Gegenwart erhitzt war. Sie zog ihre Jacke aus.

Sie bemerkte, dass sein Blick sich gleich auf ihren Busen richtete, wo die Spitze des BHs sichtbar wurde. Sie lächelte ihm zu, sah, wie seine Wangen erröteten, und war sicher, dass er sie nicht weniger begehrte als sie ihn.

Ein Student, der Vorsitzende der Gesellschaft, begrüßte die Gäste und sagte, dass der Film, den sie gleich sehen würden, gegen ›die Scheußlichkeiten des Krieges‹ gemacht worden sei. Eine burschikose junge Frau saß am Klavier und wartete auf ihren Einsatz, und zwei weitere Studenten standen neben dem Podium, ausgerüstet mit Manuskripten und Fackeln. Sobald das Licht ausging, spielte die Pianistin Ravels *Gaspard de la Nuit*.

Während der Titel über die Leinwand flimmerte und die ersten Bilder zu sehen waren, wurde die faszinierende Musik von Stimmen überlagert, die Gedichte von Rupert Brooke und Siegfried Sassoon vortrugen.

Milly war gebannt vom Anblick der Soldaten im Ersten

Weltkrieg. Sie hatte viele solcher Bilder schon gesehen, auch ähnliche Antikriegszitate gehört, aber die Kombination der laufenden Bilder, der Texte und der Musik verstärkte die Wirkung und berührte ihre Seele.

Die freudige Stimmung, in der sie gekommen war, entschwand schnell und machte einem Gefühl von Traurigkeit und Verzweiflung Platz. Der Film war sehr lang, vierzehn Rollen, und unterschied sich beträchtlich von den oberflächlichen Krimis, Komödien oder Erotika, die sie bisher gesehen hatte.

Gegen Ende des Films marschierte ein irischer Student mit ernstem Gesicht durch die Reihen und spielte ein Klagelied auf seinen Uilleann Pfeifen, dem irischen Dudelsack, während jemand aus einem Brief vorlas, den ein Soldat im Schützengraben geschrieben hatte.

Die Tränen rannen über Millys Wangen, und als die Beleuchtung wieder eingeschaltet wurde, sah sie, dass fast alle derart beeindruckt waren, auch Robin. Er drückte ihre Hand, und in diesem Moment fühlte sie sich ihm sehr nah.

Der Abend wurde mit einer Diskussion fortgesetzt, aber Milly beschäftigte sich noch mit der Wucht der Wirkung des Films. Es war das erste Mal, dass ihr die emotionale Bedeutung des neuen Mediums bewusst wurde. Sie schämte sich ein wenig ob ihrer frivolen Rolle in diesem Gewerbe, und noch entschlossener legte sie fest, dass Robin von dieser Rolle nie etwas erfahren durfte.

Auch Robin war nicht nach Diskussion zumute. »Sollen wir gehen?«, flüsterte er nach den ersten Beiträgen.

Sie nickte, und sie gingen die Treppe hinunter. Die Bar war immer noch gut gefüllt. »Möchtest du noch einen Cocktail?« Sie schüttelte den Kopf.

»Nein, Robin, danke. Ich möchte lieber irgendwo sein, wo wir unter uns sind.«

»Würdest du mit auf mein Zimmer kommen?«, fragte er, und seine grün-braunen Augen strahlten sie an. »Mein Zimmerkollege ist nicht da, aber natürlich würde ich auch verstehen, dass du ohne Anstandsdame nicht mitgehen willst.«

Sie hakte sich bei ihm unter. »Oh, Robin, ich komme gerne mit.«

Sie spazierten den Boulevard entlang und sprachen über den Film. Robin war im letzten Kriegsjahr noch als Meldereiter eingesetzt worden, und diese Erfahrung hatte ihn tief geprägt und zum Kriegsgegner werden lassen.

»Aber jetzt ist der Krieg vorbei, und die Leute wollen sich nur noch amüsieren und vergessen den Tod und die Leiden.«

»Das ist doch nur natürlich«, sagte Milly.

»Wenn wir alles das tun, was uns ›natürlich‹ vorkommt, haben wir die Anarchie.«

»Aber einige natürliche Dinge sind gut.« Milly presste sich an seinen Arm. »Liebe zum Beispiel.«

Er lächelte sie an, die Augen feucht. »Oh, ja, Milly. Liebe ist das einzige Gefühl, das die Schrecken des Krieges wettmachen kann. Liebe ist göttlich.«

Robin sprach mit so einer Inbrunst, dass sie sicher war, er sprach aus Erfahrung. Aber dann fuhr er fort: »Ich habe Shakespeares Sonette mit mir aufs Schlachtfeld getragen. Wenn es zwischen den Attacken mal eine Pause gab und ich klar denken konnte, las ich eines seiner wunderschönen Gedichte und erinnerte mich daran, dass es ein besseres Leben gibt und dass andere Dinge möglich sind.«

»Und hast du ein Liebchen gehabt während des Krieges?«

»Nein. Ich habe oft von Mädchen geträumt, von ihrer Schönheit und Sanftheit, aber es waren eben nur Träume. Ich habe noch nie ein Mädchen im Sinne des Wortes geliebt. Ich habe diese starken Gefühlsregungen erst gespürt, als ich ...«

Er brach ab und sah sie mit scheuer, aber ernster Zuneigung an. Milly fühlte, wie sich ihr Herz mit Dankbarkeit füllte. Obwohl er das noch nicht ausgesprochen hatte, wusste sie, dass er sie liebte. Und sie glaubte, dass sie ihn liebte. Während des Gesprächs über den Krieg war die Flamme ihrer Liebe nicht erloschen.

Robin wohnte in einem hohen, schmuddeligen Wohnblock, der in einer der vielen Nebenstraßen hinter der Sorbonne errichtet worden war. Der Portier war ein Marokkaner, der modrig riechende Zigaretten rauchte und sie zur Treppe durchwinkte, ohne sie noch eines zweiten Blickes zu würdigen. Was für ein Unterschied zu ihrer *Madame La Concierge,* dachte Milly lächelnd.

Sein Zimmer war klein, und die beiden Schlafstätten waren nur durch einen Vorhang voneinander getrennt. Für jeden Bewohner gab es einen Stuhl und einen kleinen Tisch, aber den meisten Platz nahmen die Bücherregale ein, deren Bretter sich unter der Last der vielen Bände bogen.

Robin hatte schnell Gas angezündet sowie den kleinen Paraffinofen angemacht, um Kaffee zu kochen.

»Darf ich mir mal deine Bücher ansehen?«, fragte Milly.

»Natürlich.«

Unter den Büchern fand sie auch einige außergewöhnliche Zeichnungen, zwölf Illustrationen zu Oscar Wildes *Salome.* Robin sah ihr über die Schulter. »Oh, du hast die ›bösen Beardsleys‹ gefunden. Was hältst du von ihnen?«

»Ich finde sie mehr als außergewöhnlich.«

»Dekadent ist das treffende Wort. Aber sie haben einen gewissen betörenden Charme.«

Milly glaubte, dass es eine besondere Bedeutung haben

musste, dass sie ausgerechnet nach diesem Buch mit den Illustrationen zu Salome gegriffen hatte. Sie sah auf die Zeichnung, in der Salome einen Rock aus Pfauenfedern trug, fast so leicht wie ihre sieben Schleier, die sie tanzend abgelegt hatte. Die offene Sinnlichkeit der Zeichnungen erinnerte sie daran, wie sie sich bei ihrem Tanz vor der Kamera gefühlt hatte und wie sie ihr Verlangen auf Robin übertragen hatte.

Sie schaute lächelnd zu ihm hoch und sah sein Gesicht nur Zentimeter über ihrem. Ihre Blicke trafen sich in einem Moment des gegenseitigen Erkennens.

Langsam senkten sich seine Lippen, aber nicht auf Stirn oder Wange, sondern auf ihren einladend geöffneten Mund. Millys Sehnen war mit einem Schlag wieder da. Sein Kuss ließ sie in ein großartiges Glücksgefühl schweben. Sie fühlte, dass seine warmen Lippen unter ihren zitterten, und sie hob eine Hand und kraulte seinen Nacken. Er stöhnte leise, und seine Zunge erforschte ihren Mund. Dann fanden sich die Zungen zu einem sinnlichen Tanz und leckten und saugten mit leidenschaftlicher Hingabe.

»Oh, Robin«, seufzte sie, als sie abbrechen mussten, um Luft zu schöpfen. »Ich habe von deinem Kuss geträumt.«

»Das hast du wirklich geträumt?«

Seine Augen glühten vor Verehrung. Genauso hatte sie es sich vorgestellt. »Ja.« Dann senkte sie scheu den Blick. »Und das ist nicht alles, was ich geträumt habe.«

»Was meinst du?« Er klang begierig und gleichzeitig vorsichtig. Milly wusste, dass er nicht zu denken wagte, ihre Begierden könnten sich ergänzen. Auf ihn wartete eine echte Überraschung! Aber sie musste darauf achten, nicht zu offen das liederliche Mädchen zu spielen, sonst könnte sie ihm Angst einjagen.

»Seit ich dich kennen gelernt habe, spüre ich ... diese

Gefühle. Ich weiß nicht genau, wie ich sie beschreiben soll, aber sie sind manchmal übermächtig. Es ist wie ein Hunger ... aber da ist diese Süße, und wann immer ich an dich denke ...«

»Oh, Milly ...«

Sie wurde in seine Arme gezogen. Er küsste sie wieder, diesmal mit feuriger, kompromissloser Leidenschaft. Seine Hände strichen über ihre Brüste und über die Pobacken. Die fast verzweifelte Art, wie er sie umklammert hielt, steigerte ihr Verlangen nach ihm noch mehr. Plötzlich schämte er sich offenbar wegen seines Anfalls ungezähmter Lust.

Er nahm sich zurück, ließ sich zu ihren Füßen nieder, legte den Kopf in ihren Schoß und die Arme um ihre Schenkel.

»Ich liebe dich, mein Darling Milly. So, jetzt ist es heraus! Noch nie habe ich solche Gefühle gehabt. Ich träume Tag und Nacht von dir. Du bist meine Sonne und mein Mond, Milly.«

Er blickte mit hilflosen, bettelnden Augen zu ihr hoch. Sie strich lächelnd über die dichte Matte seiner Haare. »Ich glaube, ich liebe dich auch, Robin«, sagte sie leise. »Das lange Reden über Krieg und Tod hat mich daran erinnert, wie wichtig die Liebe ist und wie schnell sich das Leben ändern kann, zum Besseren oder zum Schlimmeren.«

Lächelnd zitierte er: »Pflücke die Rosenknospen, solange du darfst.«

»... denn die Zeit ist reif für die Jungfrauen«, antwortete sie prompt.

Er umarmte sie mit einem entzückten Lachen. »Nicht nur ein schönes Gesicht, sie hat auch einen gebildeten Verstand. Ich kann mein Glück nicht glauben, Milly.«

»Sollen wir denn gemeinsam die Rosenknospen pflücken?«, fragte sie ernst.

»Ich habe schon damit begonnen, meine Liebste, und den Honig von deinen rosigen Lippen gesaugt.«

Sein Blick fiel auf ihren Busen, und sie konnte seine Gedanken lesen. Langsam öffnete sie die Knöpfe ihres Kleids und zog die Ärmel heraus. Ihr Mieder fiel bis zur Taille und enthüllte die Spitze ihres Hemdchens.

»Oh, Milly, darf ich?«, fragte er, die Stimme heiser vor Emotionen.

Sie nickte, und seine zitternden Finger zogen die Spitze nach unten, die ihre schon erigierten Nippel nicht sehen ließ. Aber jetzt starrte er auf den nackten Busen, als betrachtete er ein Wunder, dann, mit einem gekeuchten Laut, hielt er ihre linke Brust zwischen seinen Handflächen und nahm den roten, erregten Nippel zwischen die Lippen. Sein Saugen war köstlich stimulierend und schickte Wellen der reinsten Lust durch Körper und Seele. Sie hatte solche Gefühle schon einmal erlebt, aber noch nie mit dieser tiefen emotionalen Befriedigung. Dies muss Liebe sein, es fühlt sich so neu und anders an.

Obwohl sie auch seinen Körper erforschen wollte, zwang sich Milly um Beherrschung. Sie musste ihm die Führung überlassen, wenigstens dieses erste Mal, auch wenn sie ahnte, dass sie erfahrener war als er. Aber er war begeistert bei der Sache. Seine Lippen wanderten von der einen Brust zur anderen, und seine Hände streunten zwischen ihren Beinen herum. Sie zupften am Rock ihres Kleids und befühlten die Seide ihrer Hemdhose. Er befand sich im Bann einer unaufhaltbaren Lust, und Milly wusste, dass sie protestieren musste, wenn auch nur zum Schein, sonst würde sie als leichtes Mädchen gelten.

»Bitte, Liebling, deine Hände«, begann sie.

Robin zog sie sofort zurück. »Es tut mir leid; ich hatte mich nicht mehr unter Kontrolle.«

»Es ist nur … ich weiß nicht, ob wir es tun sollten. Ich fürchte mich davor, dass du den Respekt für mich verlierst, wenn ich dich weiter gehen lasse.«

Er sah nachdenklich in ihr Gesicht. »Aber möchtest du, dass ich weiter gehe, Milly?«

»Mehr als alles andere wünsche ich mir das. Ich liebe dich so sehr! Aber ich habe Angst.«

Sie senkte scheu den Blick, und er legte seinen Kopf auf ihre Brust. »Ich auch, meine Liebste«, gab er zu. »Ich habe noch nie Liebe mit einem Mädchen gemacht, jedenfalls nicht so richtig. Man sagt, wenn man rechtzeitig herauszieht, besteht keine Gefahr einer Schwangerschaft.«

»Das habe ich auch gehört. Wenn du es versuchen willst, werde ich mich nicht wehren. Wenn ich meine Unschuld verlieren soll, dann lieber durch dich als durch irgendeinen anderen Mann auf der Welt.«

Er sah sie an, gerötet und mit zerzausten Haaren, die Augen sanft und verliebt. »Du weißt nicht, wie glücklich du mich machst, Milly.«

Seine Lippen kehrten zu ihren Brüsten zurück, und sie streichelte über seine Haare. Ihr Begehren nach ihm war immer größer geworden. Sie murmelte: »Möchtest du mich ausziehen, Robin? Ich hätte nichts dagegen.«

Bald waren seine Finger überall, streiften ihr das Kleid ab, rollten die Strümpfe hinunter und öffneten die Knöpfe der Hemdhose. Als sie schließlich nackt vor ihm lag, konnte er seine Blicke nicht abwenden und bewunderte jeden Millimeter ihrer Haut, als wäre er gerade erst in einem neuen gelobten Land eingetroffen. Sie sah sich mit seinen Augen an und war stolz auf sich. Ihr Selbstvertrauen wurde größer, was nur dazu führte, dass sie sich unendlich nach ihm sehnte.

»Oh, Mädchen, du bist ja so schön«, murmelte er. »Kann es

möglich sein, dass ich diese Lieblichkeit ganz allein für mich besitzen darf?«

Er strich über die lockigen Härchen ihres Deltas, und sie ahnte, dass er einem weiblichen Geschlecht noch nie so nahe gewesen war. Sie öffnete die Schenkel, und er legte sich hin und lugte in die Spalte, dann öffnete er die Labien mit seinen Fingern. Milly hätte gern gehabt, dass er sie dort leckte, aber diesen Vorschlag konnte sie ihm nicht machen, deshalb lag sie frustriert da und hoffte, dass er selbst auf die Idee kommen würde.

Schließlich führte er versuchsweise einen Finger ein. »Gefällt dir das, Liebste?«, fragte er. Sie nickte begeistert, und er bohrte ein bisschen tiefer. »Und das?«

»Oh, ja«, seufzte sie, »es fühlt sich wunderbar an.«

»Für mich auch. Ist es nicht herrlich, Milly, dass wir beide daraus Lust gewinnen? Ich habe oft mit Freunden darüber diskutiert, und einige sagen, dass eine Frau noch mehr Freude am Sex haben kann als ein Mann. Sie sagen auch, dass eine Frau es besonders liebt, wenn ihr Partner die intimen Stellen leckt und saugt. Hört sich das seltsam an, Milly?«

Oh, ich danke dir, du anonymer Freund!

Laut sagte sie: »Nicht wirklich. Nein, es ist nicht seltsamer als der Geschlechtsakt selbst. Und wenn es mir Lust bereitet, wenn du meine Lippen küsst, dann kann es sogar noch mehr Lust bereiten, wenn du über meine noch empfindlicheren Lippen leckst.«

»Dann hast du also nichts dagegen, wenn ich ... oh!«

Er hatte schon begonnen, ihre Labien zu küssen, aber plötzlich war seine Zunge dazwischen gerutscht, und Milly stöhnte auf, als sie die neue Stimulierung fühlte. Sie wand sich seinem Mund entgegen und versuchte unauffällig, einen Kontakt zwischen Mund und Klitoris herzustellen, und dann leckte er die rote Knospe mit schnellen Bewegungen der Zunge und brachte sie, ohne es zu wissen, schnell an den Rand eines Orgasmus.

Aber bevor sie dieses Stadium der Ekstase erreichte, richtete sich Robin auf und knöpfte hastig seine Hose auf. Milly setzte sich auf, um ihm zu helfen, und dabei konnte sie sein hartes Glied betrachten. Sie erfreute sich am Umfang und an der Ästhetik von Form und Farbe. Am liebsten hätte sie sich gebückt, um das prächtige Stück in den Mund zu nehmen. Stattdessen streckte sie eine Hand aus und berührte sein Glied mit der Neugier eines Mädchens, das ein erstes Männerglied betastet.

»Aber er ist so groß«, hauchte sie. »Ich hatte keine Ahnung, dass ein männliches Organ so groß ist!«

Robin gluckste leise. »Ich nehme an, du kannst dir nicht vorstellen, dass es in dich hineinpasst, meine Liebe. Aber ich kann dir versichern, dass es passt. Wir müssen nur etwas Geduld haben. Ich versuche, dir nicht wehzutun.«

Er kniete sich zwischen ihre Schenkel, und bald hatte er die Spitze an den Eingang angesetzt. Milly spürte, wie er ein wenig ruckte, und als er kein nennenswertes Hindernis spürte, schob er sein kräftiges Glied tiefer hinein. Milly ächzte und stöhnte und tat so, als wäre die Penetration schmerzlich, weil sie glaubte, dass er es von ihr erwartete. Obwohl sie technisch eine Jungfrau war, hatte sich ihr Hymen schon seit langem aufgegeben, durchlöchert von spitzen Fingernägeln.

Milly fühlte sich ein wenig eng und gepresst, als Robin zuerst in sie eindrang, aber als er dann die ganze Länge in sie hineinstieß, fühlte sie sich herrlich ausgefüllt, und sie war im Himmel. Alle ihre Gefühle kehrten zurück und nahmen sie in Besitz, und als er rhythmisch zu stoßen begann, antworteten ihre Hüften darauf und bewegten sich synchron.

Jetzt begann sich ihr Traum zu entfalten. Die wunderbaren Empfindungen der Liebe, die sie mit Robin schon seit Wochen hatte teilen wollen, vereinten sie nun, und sie hörte und sah und spürte, dass er das auch so fühlte. Robin war sicherer geworden und experimentierte mit schnellen und dann mit verhaltenen Stößen und richtete seine Bewegungen nach ihren Reaktionen aus, und während sein Phallus einen neuen Rhythmus fand, kräftig und regelmäßig wie ein Herzschlag, stimulierten Hände und Lippen ihre Brüste.

»Oh, das ist so wunderbar«, stöhnte Milly voller Hingabe. »Ich liebe dich, Robin, ja, wirklich.«

Seine Küsse leiteten ihren langen, sanften Orgasmus ein, süßer und befriedigender als alles, was sie bisher von ihren verschiedenen Partnern erlebt hatte. Milly fühlte, dass sie sich ihm völlig hingab, während die Zuckungen ihres ersten vaginalen Orgasmus sie durchschüttelten. Aber noch bevor die zitternden Gefühle ihren Zenit erreichten, hörte sie Robin fluchen, und dann zog er sich abrupt aus ihr zurück und zerschlug ihre ultimative Erfüllung.

Milly fühlte sich bitter enttäuscht. Sie hörte ihn stöhnen, als er den Samen ins Laken verströmte. Sie wollte nicht daran denken, wie sehr sie ihn in sich hatte spüren wollen, bis zum Schluss, bis sein Penis sich in ihr erleichtert hatte. Natürlich wusste sie, dass sie das nicht riskieren konnte, aber jetzt verstand sie den liebenden Drang, der Frauen veranlasste, ihren Geliebten bis zur Vollendung in sich zu spüren. Der Drang war mächtig, vital, unwiderstehlich. Er war der Geist des Lebens.

Um ihre Enttäuschung zu kompensieren, nahm Milly ihren erschöpften Geliebten in die Arme, und er legte den Kopf auf ihre Brust. Nach einer Weile hob er den Kopf und lächelte sie an.

»Ist alles in Ordnung, Milly? Keine Schmerzen?«

»Oh, nein! Es hat so gut wie gar nicht wehgetan. Jetzt gehöre ich ganz dir, Robin. Ich möchte, dass du diesen Moment nie vergisst.«

Sie fühlte, wie sich ihre Augen mit Tränen füllten, und mit brutaler Offenheit erkannte sie auch warum: Sie würden sich trennen müssen. Es gab nicht wirklich eine Zukunft für sie beide.

Neuntes Kapitel

Am folgenden Nachmittag saß Milly mit Chloe im Café Maurice. Sie hatten ein wichtiges Thema zu besprechen: Es gab Gerüchte, dass Serge sein Geschäft nach London verlagern wollte. Franz hatte Chloe gesagt, dass es in Paris zu viele Konkurrenten für den Filmemacher Serge gab, und da er die meisten Filme in England verkaufte, trug er sich mit der Überlegung, in London ein Studio zu mieten.

»Ich nehme an, für dich wäre das genau richtig«, sagte Chloe. »Ich meine, weil du Engländerin bist. Dir würde es nicht schwerfallen, in London zu leben. Aber mir käme das sehr seltsam vor. Ich bin mir nicht sicher, ob ich mich bei den prüden und pedantischen Engländern wohlfühlen könnte – oh, entschuldige, ich will dir nicht zu nahetreten, *ma chère.*«

Milly lachte. »Schon gut.« Sie blickte zur Tür und sah Robin eintreten. Zuerst freute sie sich über ein Wiedersehen, aber was war, wenn er sich an ihren Tisch setzte? Welche Geheimnisse würde Chloe – bewusst oder unbewusst – ausplaudern?

Milly machte sich auf ihrem Stuhl etwas kleiner und hoffte, dass er sie noch nicht gesehen hatte, aber er hielt sofort auf ihren Tisch zu.

»Milly!«, rief er, und seine Augen leuchteten wie Strahlen der Hoffnung. »Wie wunderbar, dich hier zu sehen. Wie geht es dir?«

Ihr war bewusst, dass der Satz eine unausgesprochene zweite Hälfte hatte: ... nach gestern Nacht? Robin war mit ihr nach Hause gegangen, und vor der Tür hatten sie sich noch einmal leidenschaftlich geküsst. Madame La Concierge war nicht gerade erfreut, Milly um Mitternacht einzulassen, aber das war ihr egal, da sie sich in wunderbarer Stimmung befand.

Aber jetzt war sie beklommen, als sie ihn Chloe als ›Freund‹ vorstellte.

»*Enchantée, Monsieur.*« Chloe lächelte Robin an. Aber dann atmete sie erleichtert durch, als Chloe aufstand. »Ich habe noch eine dringende Verabredung, deshalb muss ich euch verlassen. Aber ich bin sicher, dass dein Freund sich um dich kümmert, Milly.«

Lächelnd arbeitete sie sich an den eng stehenden Tischen vorbei, und dann war sie auch schon verschwunden. Milly rechnete mit Robins Fragen, aber etwas anderes beschäftigte seine Gedanken. Eine Gruppe der wohlhabenden Studenten hatte beschlossen, im August eine Villa in Deauville zu mieten, und er wollte, dass sie mitkam.

»Es wäre wunderbar, meine Liebe. Wir haben einen ganzen Monat für uns!«

»Aber wie würden wir leben, Robin?«

»Wir könnten Englischunterricht erteilen oder sonst irgendwas«, meinte er. »Wenn die Miete bezahlt ist, fallen keine hohen Kosten mehr an. Ich bin sicher, dass wir es gemeinsam schaffen.«

»Ich weiß nicht ...«

»Milly, bitte, sag, dass du mitkommst.«

»Ich kann dir nichts versprechen. Du weißt, dass ich bei meiner Patentante wohne, und ich bin sicher, dass sie es nicht gutheißen würde, wenn ich einen Monat lang bei Studenten lebe.«

»Ich könnte ihr meine Aufwartung machen und ihr meine ehrbaren Absichten erklären.«

Milly lachte. »Robin! Wie könntest du ihr so etwas erklären – nach der vergangenen Nacht?«

Aber zu ihrer Verwunderung hob er ihre Finger an seine Lippen und küsste sie eifrig. »Milly, meine Absichten sind ehrbar. Ich weiß, dass ich noch ein Student bin und in keiner Lage, dir einen Ring zu bieten, aber sobald ich die Studien abgeschlossen und einen Job gefunden habe, hoffe ich, dass wir ...«

»Bitte, sprich nicht weiter«, bat sie, denn sie wusste genau, was er sagen wollte. »Du hast mindestens noch ein Studienjahr vor dir. In dieser Zeit kann alles passieren. Situationen verändern sich.«

»Aber Gefühle nicht, Milly. Daran glaube ich ganz fest.«

Plötzlich spürte sie ein großes Schuldgefühl, das auf ihr lastete. Was hatte sie getan, als sie diesem naiven jungen Mann erlaubt hatte, Liebe mit ihr zu machen? Er hielt sie jetzt schon für seine inoffizielle Verlobte, und doch wusste er nichts über ihre Vergangenheit und auch nichts über ihre heimliche Gegenwart. Sie wandte den Blick, denn er sollte ihre Schuldgefühle und ihr Bedauern nicht in ihren Augen sehen. Nicht, dass sie ihre Liebesnacht hätte missen wollen! Oh, Himmel, warum war alles so verwirrend?

Bald darauf verließ sie das Café unter dem Vorwand, dass sie noch einige Dinge einzukaufen hatte. Aber stattdessen hastete sie zu Serge. Sie hatte zwar keinen Termin, aber sie wollte wissen, ob etwas Wahres in den Gerüchten steckte, dass Serge nach London übersiedeln wollte.

Als sie im Studio eintraf, waren sie mitten in der Szene mit Maria Magdalena. Sie wartete in der Küche und servierte ihnen allen Kaffee, als die Kamera nicht mehr surrte. Dann nahmen sie alle im Studio Platz, und Serge verkündete, worauf alle schon gewartet hatten.

»Nun, meine Freunde, ich bin zu einem Entschluss gekommen«, begann er. »Ich weiß, einige wird es freuen, andere aber nicht. Aber ich muss in erster Linie an mein Geschäft denken. Wenn ich in Paris bliebe, würde ich immer nur der kleine *Marchand de Porno* sein und mich nicht weiter entwickeln können wie Gance oder Feyder oder Delluc.«

Als er die anderen Regisseure erwähnte, fiel Milly ein, dass Serge der Schule ›poetischer Realisten‹ angehören wollte. Das vergaß man leicht, weil er meistens Projekte realisierte, die er schnell abspulen wollte.

»Also habe ich die schwierige Entscheidung getroffen, nach London umzuziehen. Ein Freund hat ein großes ehemaliges Warenlager in West London gefunden, das sich rasch in ein wunderbares Studio umbauen lässt. Unsere kleinen Unterhaltungsfilme sind bei den Partys der Reichen und auch in den Herrenklubs sehr beliebt. Ich glaube, wir können dort Erfolg haben.«

»Was ist, wenn wir nicht nach England gehen möchten?«, fragte Michel verdrießlich.

»Dann gebe ich euch einen Monatslohn und meinen Segen.«

»Ich komme mit«, rief Franz. »Ich habe London schon immer sehen wollen!«

Einige andere schlossen sich ihm an, darunter auch Chloe. Als Serge sich an Milly wandte, sah sie, dass alle Augen auf sie gerichtet waren. »Nun, Milly, wirst du in dein Geburtsland zurückkehren?«, fragte Serge leise.

Sie fühlte sich hin und her geworfen. Alles geschah zur falschen Zeit oder am falschen Ort. Ihr Herz schien sich zu dreiteilen; ein Teil war bei Emma in Florenz, ein anderer bei ihrer Mutter in London und ein dritter Teil hier in Paris bei Robin. Wenn sie zurück nach London ging, würde sie sich schämen, weil ihr die Filmkarriere nicht gelungen war. Ihre Mutter würde eine von der Gesellschaft Ausgestoßene in ihr sehen, und wenn sie bei Robin blieb und sich als rein und unschuldig ausgab, würde sie sich als Betrügerin fühlen.

»Muss ich das jetzt entscheiden?«, fragte sie verzweifelt.

»Natürlich nicht. Lass dir Zeit. Aber am Ende der Woche muss ich Bescheid wissen. In zwei Tagen sollte ich die biblischen Episoden abgeschlossen haben, dann wird meine Ausrüstung schon mal verschifft. Nächsten Dienstag fahren wir nach England.«

»So schnell schon?«

Die anderen waren auch überrascht, aber Serge hatte schon länger über den Umzug nachgedacht. Der Mietvertrag lief aus, deshalb hatte er die Vorbereitungen auf diesen Termin abgestimmt.

Einige Tage lang quälte sich Milly mit ihrer Entscheidung herum. Verstand und Herz standen im Widerspruch, und ihre Seele fühlte sich irgendwo dazwischen gefangen. Die Aussicht auf einen Sommer der Liebe mit Robin war verlockend, und immer wieder geriet sie in eine Stimmung, in der sie genau das wollte. Aber ihr Gewissen mahnte sie: Wenn sie in Paris blieb, würde er früher oder später herausfinden, welcher Beschäftigung sie nachging, und es schauderte sie bei der Vorstellung, wie schockiert und entsetzt er sein würde.

Wenn sie nach London ging, würden Zeit und Entfernung ihre Liebe auf eine Probe stellen. Wenn sie sich in einem Jahr noch liebten, würde vielleicht alles anders sein. Robin schien sich seiner Gefühle sicher zu sein, aber sie wusste, dass seine Erfahrungen mit Frauen gleich null waren, während sie ... Seufzend schob Milly die unerfreuliche Realität zur Seite.

Obwohl ihre Gefühle für Robin im Moment überwältigend waren, wusste sie nicht, wie sie sich entwickelten. Einerseits wollte sie ganz auf sich gestellt sein, ohne jede Verpflichtung, aber andererseits hasste sie es, ihn zu verletzen.

Ihre Argumente drehten sich im Kreis, während der Zeitpunkt der Entscheidung nahte. Milly hatte mit niemandem über ihr Dilemma gesprochen – sie musste das ganz allein durchziehen. Robin hatte mit seinem Studium genug zu tun, denn er musste für eine Klausur arbeiten. Seit dem Nachmittag im Café Maurice hatte sie ihn nicht mehr gesehen.

Am Freitagmorgen wusste sie, wie sie sich entscheiden würde. Als sie Serge mitteilte, dass sie mit ihm nach England gehen würde, war er überglücklich.

»Ich werde einen Star aus dir machen!«, versprach er und küsste sie auf die Wange. »Wir müssen dir einen Beinamen geben. Was hältst du von ... ›Die englische Rosenknospe‹?«

Milly musste sofort an Robin denken und errötete. »Ja, das gefällt mir.«

»Und du wirst den Zuschauern gefallen, meine Liebe.« Er küsste sie wieder, diesmal auf die Stirn, aber ihr war das Herz so schwer. Und natürlich fragte sie sich, ob sie die richtige Entscheidung getroffen hatte.

Robin schickte ihr eine Nachricht, dass er sie am Samstagabend im Café Maurice treffen wollte. Milly beschloss, nicht hinzugehen. Sie hatte Angst, dass sie ihre Entscheidung revidieren würde, wenn sie ihn jetzt sah. Außerdem wollte sie sich an ihre intakte Liebe erinnern.

Die Vorstellung einer schmerzlichen Szene, in der Robin bettelte und sie hart blieb, wollte sie ihnen beiden ersparen. Sie schickte ihm umgehend eine Antwort: Ihre Patentante hätte andere Pläne mit ihr. Kein Wort, dass sie ihm künftig aus London schreiben würde.

Trotzdem vergoss sie ein paar Tränen, als sie am Samstagabend allein auf ihrem Bett lag. Sie fragte sich, welcher perverse Zug sie dazu bewogen hatte, eine wahre Liebe gegen eine unsichere Zukunft einzutauschen. Liebte sie Robin? Es fühlte sich so an. Aber sie hatte Angst, wenn sie bei ihm blieb, würde sie Last und Ablenkung für ihn sein.

Außerdem war da noch etwas in ihr, was Robin nicht befriedigen konnte. Ihre unmoralische, sinnliche Seite trieb sie in die erotische Unterwelt, in der sie ihre eigenen dunklen Begierden entdecken und dabei vielleicht Ruhm und Wohlstand erringen konnte. Die Aussicht, ein frivoler Filmstar zu sein, raubte ihr den Atem, und sie konnte es nicht erwarten, dass ihre Filme auf eine ahnungslose Welt losgelassen würden.

Der Fährzug dampfte am späten Dienstagabend in die Victoria Station ein. Milly verabschiedete sich von den anderen, weil sie zum Haus ihres Vaters in Chiswick gehen wollte. Obwohl sie ihn schon längere Zeit nicht gesehen hatte, war ihm immer wichtig gewesen, ihr mit auf den Weg zu geben, dass sie bei ihm stets willkommen war.

Da sein Haus in der Nähe des neuen Studios von Serge lag, hatte Milly beschlossen, wenigstens ein paar Tage bei ihrem Vater zu bleiben, und ihm ihre Absicht in einem Telegramm mitgeteilt. Sie wollte noch keinen Kontakt zu ihrer Mutter aufnehmen, da sie nicht wusste, wie sie dort empfangen würde.

Als junges Mädchen hatte sich Milly schuldig gefühlt, weil sie lieber in der Gesellschaft ihres Vaters als bei ihrer Mutter war. Vincent Belfort war charmant und weltmännisch, und er sah immer noch gut aus. Milly hatte ihn im Laufe der Jahre reifen sehen, und heute konnte sie ihn ebenso bewundern, wie sie ihre Mutter bewunderte. Sie konnte heute besser denn je verstehen, warum er sich von seiner Frau, der militanten Feministin, getrennt hatte. Außerdem neigten seine Vorlieben in eine andere Richtung. Vincent Belfort war der Mentor eines schönen jungen Mannes mit dem Namen Philip, der in seiner Kanzlei als Anwaltsgehilfe angestellt war. Diese Informationen hatte sie aus Emma herausgeholt.

Die Haushälterin, Mrs. Godwin, öffnete die Tür der Villa in Chiswick, und sofort hellte sich ihr Gesicht auf. »Miss Milly, wie schön, Sie zu sehen! Und wie gut Sie aussehen!«

Sie wurde ins Haus gezogen, dann läutete die Glocke, damit Godwin das Gepäck auf das ›schöne Zimmer‹ bringen konnte, das für ›Miss Milly‹ schon vorbereitet war. Plötzlich stand Vincent Belfort da, die Pfeife im Mund. Milly warf sich in seine Arme und schwelgte im vertrauten Geruch von Tabak und *Guerlains Mouchoir de Monsieur.*

»Ich hoffe, du hattest eine angenehme Reise, meine Liebe«, sagte er und führte sie in den Salon. »Was soll Mrs. Godwin dir bringen?«

»Oh, bitte, den guten englischen Tee.«

Das Gespräch, das sie erwartete, begann kurz nachdem der Tee serviert worden war.

»Nun, meine Liebe, deine Ausbildung ist nun abgeschlossen. Theoretisch jedenfalls. Hast du dir schon mal Gedanken über deine Zukunft gemacht?«

Milly seufzte angesichts des alten Themas, aber wenigstens konnte sie ihrem Vater gegenüber ehrlicher sein. »Ich habe mich mit Emma darüber unterhalten, als ich in Florenz war.«

Er ließ ein Glucksen hören. »Ich kann mir leicht ausmalen, welche Art Karriere diese Frau für dich vorgesehen hat. Ja, gut, rede mit ihr, Milly, aber glaube nicht alles, was sie erzählt. Sie hat nicht gerade ein vorbildliches Leben geführt, und ein ehrbares wohl auch nicht.«

»Aber du würdest doch nicht wollen, dass ich in einer garstigen Schule unterrichte, Pa?«

»Nicht, wenn du das nicht willst. Ich möchte doch nur, dass du glücklich bist, Kind.« Sein Ausdruck wurde weicher, und die braunen Augen blickten sentimental. »Wenn sich dir keine anderen Wege öffnen, kann ich dir eine Stelle als Gouvernante besorgen. Ich habe viele Kontakte, und wenn ich einen Sohn gehabt hätte, würde ich sie auch genutzt haben, um seiner Karriere auf die Sprünge zu helfen.«

»Nun, Vater, ich habe vorläufig einen Job. Ich arbeite für einen Mann, der Filme herstellt. Er baut ganz in der Nähe ein neues Studio auf und ...«

»Ein Filmstar!« Vincent starrte sie staunend an.

»Nicht Star, nur eine bescheidene Schauspielerin. Aber die Arbeit gefällt mir. Sie wird gut bezahlt, und sie hält mich über Wasser, bis ich eine längerfristige Position gefunden habe.«

»Ich muss gestehen, Milly, dass du nicht aufhörst, mich zu verwundern. Natürlich weiß ich, dass du ein sehr hübsches Mädchen bist, und ein intelligentes dazu. Aber ich hätte es nie für möglich gehalten ... ach, du wirst schon wissen, was gut für dich ist. Aber lass mich wissen, wenn du meine Hilfe brauchst. Und wenn du irgendwann mal in Schwierigkeiten stecken solltest, zögere nicht, mich anzusprechen. Ich weiß, dass deine Mutter nicht immer die mitfühlendste Frau ist.«

»Ich danke dir, Pa.«

Milly küsste ihn auf die raue Wange, dann klopfte es an die Tür, und der junge Philip gesellte sich zu ihnen. Nach der Begrüßung hielt Milly es für angebracht, sich auf ihr Zimmer zurückzuziehen. Sie ahnte, dass die beiden Männer allein sein wollten.

Es war eine große Vereinfachung für Milly, dass ihr Vater sie bei sich aufnahm, »so lange du willst, mein Kind.« Er stellte nicht zu viele Fragen über ihre Schauspielerei, denn für ihn war die Kinematographie nutzloses Zeug für die Arbeiterklasse, und offenbar war ihm noch nicht in den Sinn gekommen, dass es auch eine erotische Komponente des neuen Mediums gab – was Milly nur recht war.

In den nächsten Monaten erwachte das Latour Studio in

Hammersmith zum Leben. Jeden Tag war Milly da und half, wo Not an der Frau war. Wenn sie nicht vor der Kamera stand, braute sie Tee, malte Bühnenbilder oder nähte Kostüme. Die gemeinsame Arbeit schmiedete das Team noch fester zusammen, als es schon in Paris gewesen war.

Ein paar englische Schauspieler hatten das Team ergänzt. Einer von ihnen, Richard, war durchaus bereit, erotische Szenen mit Frauen vor der Kamera zu spielen, aber in seinem Privatleben bevorzugte er Sex mit Männern. Er war ein kluger Kopf und sehr belesen. Er verdiente sich mit der Schauspielerei das Geld für eine Reise nach Griechenland. Milly hielt sich gern in seiner Gesellschaft auf und mied die anderen Männer, eigentlich nur, weil sie deren derben Humor nicht mochte.

Etwa zwei Wochen nach ihrer Rückkehr nach England erhielt sie eine strenge Nachricht von ihrer Mutter. Sie war beleidigt, weil Milly sich noch nicht bei ihr gemeldet hatte. Sie schrieb sofort zurück und entschuldigte sich mit ›sehr viel Arbeit zu allen möglichen Stunden‹ und versprach einen baldigen Besuch, obwohl sie wusste, dass sie den kaum überleben würde. Die Kluft zwischen ihnen war unüberbrückbar geworden.

Sie verdrängte alle Gedanken an ihre Mutter und stürzte sich in die Arbeit, eine neue Produktion mit dem Titel *Hausparty.* Darin spielte sie ›Lydia, Lady Belgravia‹, eine Gastgeberin in der Gesellschaft, die für sich beanspruchte, für jeden ihrer Hausgäste die genau richtige Unterhaltung zu bieten.

Für Serges Verhältnisse war es ein langer Film mit einer Laufzeit von fünfundvierzig Minuten, und seine Zielgruppe sollten die wohlhabenden Herren der Landbevölkerung sein, von denen es hieß, dass sie immer neue Vorlagen für ihre Selbstbefriedigungsspiele benötigten.

»Ich habe wunderbare Neuigkeiten für euch«, verkündete

Serge eines Morgens, als sie den Film fast abgedreht hatten. »Wir sind eingeladen, die Premiere des Films bei einer richtigen Landhausparty zu feiern. Lord Sanderford, der bekannte Reeder, war von der ›Erotischen Geschichte der Bibel‹ sehr beeindruckt. Er hat sich dann mit mir in Verbindung gesetzt und wollte die Exklusivrechte an meinen Filmen haben, aber die habe ich ihm natürlich nicht geben können. Doch ich sagte, ich könnte ihm die Chance anbieten, *Hausparty* zu sehen, bevor irgendjemand sonst ihn sich anschauen kann. Er zahlt großzügig für dieses Privileg, und er hat mich und die Hauptdarsteller in vierzehn Tagen in sein Haus eingeladen.«

Die paar Schauspieler, die in diese Produktion nicht eingebunden waren, knurrten angesäuert, aber die anderen gerieten aus dem Häuschen. Mit dem Landadel ein großes Fest und zugleich die Premiere des Films feiern zu können, das versprach eine Menge Lust.

Am Morgen der Abreise wartete Milly aufgeregt auf ihre Freunde. Sie sollte mit einem Automobil abgeholt werden, das Serge eigens für die Fahrt geliehen hatte. Sie durfte nur einen kleinen Koffer mitnehmen, aber es war Milly gelungen, ein hübsches Chiffonkleid und ihre neuen Riemchenschuhe einzupacken. Sie verbrachten nur eine Nacht im Landhaus, aber sie würde genügen, um ihnen allen eine Ahnung vom Leben der oberen Tausend zu geben.

Für die Reise trug Milly ein Tweedkostüm, was sich als klug erwies, denn das Auto hatte ein offenes Verdeck. Es war eine lustige Gruppe, die sich an diesem Morgen lachend und scherzend auf den Weg zu Lord Sanderford in Berkshire machte. Unterwegs hielten sie an einer der neuen Füllstationen an, die man Tankstellen nannte. Fritz, der deutsche

Panzer im Weltkrieg gesteuert hatte, pumpte Benzin in den Tank und brachte sie sicher nach Maplefield, wie sich das Anwesen nannte, auf dem Lord Sandersons Landhaus stand, mitten in einem Park mit eigenem Golfplatz und mehreren Tennisplätzen.

Lord Sandersons Butler begrüßte sie und zeigte ihnen die Zimmer. Milly teilte sich ein Zimmer mit Chloe, aber sie konnte fast die Breite des Doppelbetts nicht glauben und auch nicht den traumhaften Ausblick bis zu den Ufern der Themse. In einer halben Stunde sollte es ein Picknick geben, deshalb galt es, keine Zeit zu verlieren.

Als sie aus dem Haus kamen, sahen sie viele Aktivitäten vor sich. In der Ferne konnte man Schüsse hören, die an Lord Sandersons Jagdparty erinnerten, während andere ältere Männer am Ufer saßen und fischten. Die Damen, alle mit einem Sonnenschirm ausgestattet, denn es war ein heißer Tag, saßen entweder auf der Terrasse, oder sie bewunderten die Rosen.

Die fröhlichen jungen Dinger waren ständig in Bewegung; sie suchten Tennispartner oder neue Bekanntschaften. Aus der Bibliothek hörte man die Klänge eines aufgedrehten Grammophons. Im Raum selbst waren die Teppiche aufgerollt worden, damit auf dem Parkett getanzt werden konnte. Eine andere kleine Gruppe konnte man auf einem Stakkahn auf dem Fluss sehen.

»Alles ist sehr locker und fröhlich«, kommentierte Milly. Sie hatte sich vor einer steifen Atmosphäre gefürchtet, und sie hatte auch ein bisschen Angst gehabt, ob sie bei den Herrschaften nicht gegen die eine oder andere Etikette verstieß. Aber es war viel lässiger, als sie gedacht hatte.

Ein junger Mann mit einem Monokel im Auge näherte sich ihnen, und Chloe musste ein Kichern unterdrücken. Er sah tatsächlich wie die Karikatur eines ›feinen Pinkels‹ aus, musste Milly zugeben, aber sie erwiderte sein nervöses Lächeln mit einem strahlenden.

»Eh ... wie ergeht es Ihnen, Ladys? Darf ich mich Ihnen vorstellen? Mein Name ist Teddy Sanderford. Vater hat mir aufgetragen, mich um die Theaterleute zu kümmern. Kann es sein, dass Sie das sind, Ladys?«

»Ja, das sind wir in der Tat«, gab Milly mit lauter Stimme zurück, um Chloes Prusten zu übertönen. »Ich bin Miss Milly Belfort, und dies ist Mademoiselle Chloe Duvoisier.«

»Oh, eine richtige französische Lady – großartig!«, rief Teddy, und seine blassen grauen Augen leuchteten. »*Enchanté, Mademoiselle.*«

Chloe nahm seine ausgestreckte Hand und schaffte es so gerade, ihre Gesichtsmuskeln unter Kontrolle zu halten, aber sie brachte kein Wort über die Lippen. Milly schaltete sich ein. »Wir haben uns gerade gefragt, welcher Gruppe wir uns anschließen sollen, Sir. Es gibt so viele Aktivitäten.«

»Nennen Sie mich Teddy, bitte. Nun, Ladys, ich glaube, in Kürze beginnt das Picknick. Das findet auf Pearts Wiese statt; ich werde Sie begleiten. Danach gibt es den Tanz in der Bibliothek, aber wahrscheinlich wird auch in anderen Räumen getanzt. Es gibt ein Bridgezimmer, aber da dürfte es zu langweilig für Sie sein.« Dann grinste er. »Möchten die Ladys sich schon mal an einem Drink stärken? Suchen Sie sich etwas aus.«

Bald darauf saßen sie auf der Terrasse und nippten an einem Gin Fizz, umgeben von vielen jungen Leuten, die auf den Beginn des Picknicks warteten. Milly schaute auf die Tenniskleidchen und auf die eleganten Jerseykleider und wünschte, sie hätte sich auch ein bisschen mehr modisch ausstaffiert. Zum Tweedrock trug sie eine Seidenbluse und das, was ihre Mutter ›vernünftige‹ Schuhe nannte. Die Gespräche gingen hin und her, und Milly erwischte sich beim

Lauschen, während Chloe sich in Teddys Begleitung entsetzlich langweilte.

Milly zuckte zusammen; sie hatte ein Zwiegespräch zweier Freundinnen belauscht und glaubte, dass Teddy ihr eine direkte Frage gestellt hatte. »Spielen Sie Golf, Miss Belfort?«

»Ich fürchte nein.«

Er zwinkerte seinem Freund Algers zu, den er ihnen eben vorgestellt hatte – ebenso langweilig wie Teddy. »Dann könnten Sie nach dem Essen vielleicht ein paar Schläge üben?«

Milly fiel nicht schnell genug eine Ausrede ein, und später hätte sie sich in den Po treten können, so verärgert war sie über sich, dass sie sich zwei Langweiler aufgehalst hatte. Das Picknick erwies sich als ein großartiges Ereignis, das auf karierten Decken entlang des Ufers stattfand.

Das Essen war köstlich, das Wetter ideal und die ganze Gesellschaft verwirrend, aber Milly empfand eine innere Leere, als sie die Gäste auf den einzelnen Decken betrachtete. Seit sie Paris verlassen hatte, waren ihr so gut wie keine Gedanken an Robin gekommen, weil sie sich in die Arbeit gestürzt hatte, doch nun stellte sie fest, dass jeder junge Mann wenigstens eine junge Frau dabei hatte, die ihm an den Lippen hing.

Es war allerdings auch zu sehen, dass es nicht genügend junge Männer gab; ein übliches Bild in diesen Jahren, weil so viele Männer der jungen Generation auf den Schlachtfeldern geblieben waren.

Vielleicht war es töricht von ihr gewesen, ihre Chance auf Glück wegzuwerfen. Was war, wenn Robin eine neue Liebe fand und sie vergaß?

Nun, sie hatte die Brücken abgebrochen. Sie hatte ihm eine Karte mit einem Shakespeare-Denkmal und eine kurze Nachricht geschickt, einen richtigen Brief hatte sie ihm noch nicht geschrieben. Es war schwer zu entscheiden, was sie ihm schreiben sollte.

»Miss Belfort, würden Sie mich zu einem Vorspiel begleiten?« Milly blickte hoch und sah in die blassen Augen des Teddy Sanderford. »Wir wollen die Golfschläge üben, erinnern Sie sich, meine Liebe?«

»Oh, ja, natürlich.«

Sie wollte sich erheben, und er half ihr auf die Füße, bevor er sie zurück zum Rasen und aufs Haus zu geleitete. Dabei plapperte er unentwegt. »Wir haben Glück mit dem Wetter. Es ist eine schön durchmischte Gruppe, die sich bei uns versammelt hat. Das Leben auf dem Land ist so langweilig, wenn man keine gute Gesellschaft hat. Künstler sind immer für Unterhaltung gut. Toll, das Wochenende auf diese Art zu verbringen. Ein bisschen Sport, genug Alkohol, feine weibliche Gesellschaft, ja, bei Zeus, so lobe ich es mir.«

Als sie das Haus betraten, war sie fast zu Tode gelangweilt, aber sie hatte keine Ahnung, wie sie ihrem Schicksal entkommen konnte. Er ging ihr voraus zur Long Gallery, und gleich hinter dem Eingang steckten Golfschläger in einem Schirmständer. »Wir üben immer hier, wenn es regnet.«

Milly wollte ihn nicht darauf hinweisen, dass es den ganzen Nachmittag noch nicht geregnet hatte. Offenbar war es ihr bestimmt, dass sie mit Teddy allein blieb. Der jüngste Sohn von Lord Sanderford hatte schon ziemlich gebechert, und Milly fürchtete um die kostbaren Teller und Vasen, die rund um die Galerie verteilt standen oder hingen.

»Dies, meine Liebe, ist ein Eisen Nummer drei«, sagte er feierlich.

Sie nahm den Golfschläger an und wog ihn balancierend in der Hand.

»Ich würde Ihnen gern zeigen, wie man ihn benutzt«, kündete er an.

Er stellte sich dicht hinter sie, griff ihr Handgelenk, legte seine Hand über ihre und tat so, als wollte er ihren Schläger schwingen. Milly bemerkte seinen heißen Atem in ihrem Nacken und wünschte, er würde ihr nicht so dicht auf den Pelz rücken, aber die Lethargie, die sie beim Picknick erfasst hatte, war noch nicht gewichen.

»Jetzt, meine Liebe«, fuhr Teddy mit tiefer Stimme fort, »müssen Sie hin und her schwingen, bis Sie sicher sind, den Ball zu treffen.«

»Wo ist der Ball?«

»Ah!«

Zu ihrer Verwunderung stellte er sich vor sie und bückte sich tief, als wollte er seinen fetten Hintern in der Tweedhose präsentieren. »Sie können so tun, als wäre das der Ball«, sagte er und zeigte auf seinen Arsch.

»Das ist doch albern!«

Er betrachtete sie ausgiebig durch sein Monokel. »Es geht doch nur um das Schwingen. Und man kräftigt die Armmuskeln. Beim Golfen braucht man kräftige Arme.«

Plötzlich fand sie die Idee reizend. Der Mann war ein unerträglicher Langweiler. Ihm einen anständigen Arschtritt zu geben, war genau richtig gegen ihre Frustration und würde eine Lehre für ihn sein.

Er nahm die Position wieder ein und hob sein Jackett, um den Hosenboden zu zeigen. Milly stand mit gespreizten Beinen da, stellte sich den Ball auf dem Abschlagspunkt vor und hob den Schläger auf Schulterhöhe. Sie schlug mit Wucht auf seinen Hintern, und es gab ein dumpfes Geräusch. Teddy jaulte auf. Aber es war nicht das Jaulen eines wütenden Mannes, der große Schmerzen erlitt; es war eher das Jaulen eines aufgeregten Hundewelpen.

»Und gleich noch einmal, Miss Belfort!« Er drehte sich um und grinste sie an. »Aber schlagen Sie diesmal härter zu.«

Milly gehorchte und versetzte ihm noch mehrere Schläge, bis Teddy sehr rot im Gesicht wurde. Er schwitzte und grunzte, während Milly sich amüsierte. Golf hatte auch eine sehr befriedigende Komponente.

»Das war die Meisterschaft, meine Liebe«, sagte er schließlich. »Obwohl ich nicht weiß, was passierte, wenn man Sie auf einem Golfplatz auftreten ließe.«

Ein paar jugendliche Pärchen tauchten plötzlich auf, weil sie die Long Gallery zum Foxtrott-Tanzen nutzen wollten. Teddy sagte, er wollte sich etwas ausruhen, und Milly beschloss, sich den Tanzenden anzuschließen. Sie wurde immer wieder von jungen Männern aufgefordert.

Sie war froh über die Ablenkung, denn sie fragte sich schon den ganzen Nachmittag, wer alles dabei sein würde, wenn der Film gezeigt wurde. Was würden die Gäste von ihr halten, wenn sie den Film gesehen hatten?

Nach dem Tee ging Milly auf ihr Zimmer und ruhte sich aus, bis es Zeit war, sich für das Abendessen vorzubereiten. Sie und Chloe frisierten und schminkten sich gegenseitig, wie sie es vom Filmen her gewohnt waren.

Sie trugen pastellfarbene Chiffonkleider. Chloes Kleid war pfirsichfarben und hatte einen tiefen Ausschnitt, und Milly trug ein himmelblaues Kleid, das zu ihren Augen passte. Es war so gut wie rückenfrei.

Sie griff nach der kleinen, mit Perlen besetzten Handtasche und folgte Chloe die breite Treppe hinunter, wobei sie eine Wolke aus Mitsouko hinterließ.

Zehntes Kapitel

Die Long Gallery war als Kinosaal ausstaffiert worden. Es gab Sitzreihen und eine tragbare Leinwand, die Serge mitgebracht und an einem Ende aufgestellt hatte. Milly, Chloe, Franz und Richard saßen noch hinter dem Projektor und warteten nervös auf die Reaktion der Zuschauer. Von einem Grammophon tönte ein Potpourri von Jeremy Kern Melodien, während auf der Leinwand die ersten Titel zu sehen waren.

»Hausparty. In der Hauptrolle Emily Floret, die englische Rosenknospe, als Lady Lydia of Belgravia.«

Das Pseudonym hatte Serge sich einfallen lassen, wobei der Vorname beinahe ihr eigener war.

Als die erste Einstellung auf der Leinwand zu sehen war – Milly arrangierte langstielige Rosen in einer Vase –, drückte Chloe ihr verstohlen die Hand. »Du siehst wunderbar aus, meine Liebe«, flüsterte sie.

Die Szene lief weiter. Richard spielte einen bizarren Typen, der auf Händen und Knien kroch und nur einen steifen Kragen und eine Fliege trug. Alle lachten über den Text auf der Leinwand: *»Sir Ben Dover trifft ein, um Ihrer Ladyship Lust zu erfüllen.«*

Milly gab vor, wegen irgendeines Fehlverhaltens verärgert über ihn zu sein. Sie nahm eine Rose aus der Vase und klatschte sie mehrere Male auf seinen nackten Hintern, bis ›Sir Dover‹ sich vor ihr auf den Boden fallen ließ. Sie zog sich schnell bis auf den Schlüpfer aus und öffnete dann die Knöpfe an ihrem Schoß. Mit einem zufriedenen Lächeln setzte sie sich auf seinen Rücken und rieb ihre entblößte Pussy auf und ab, bis sie einen Orgasmus vortäuschte, einschließlich des Augenverdrehens und der lauten Seufzer.

Die entzückten Zuschauer bedachten ihre Darstellung mit einer Runde Applaus. Einige Männer versuchten einen Blick auf Milly zu erhaschen, aber sie tat so, als merkte sie nichts davon. Es war das erste Mal, dass sie eine öffentliche Vorführung eines Films von ihr erlebte, und es war ihr sehr peinlich. Wenn sie daran dachte, was später noch alles zu sehen sein würde, fingen ihre Wangen Feuer. Sie war froh, im Halbdunkel zu sitzen.

Auf der Leinwand war wieder ein Text zu lesen: »*Zwei lesbische Turteltauben, die von Sir Thomas Pepys, Abkömmling des berüchtigten Tagebuchschreibers, heimlich beobachtet werden.*«

Man sah eine Gartenszene, die sich im Studio leicht hatte zaubern lassen: Efeu und andere Hängepflanzen schufen einen idealen Hintergrund für eine gusseiserne Bank, der sich Milly und Chloe Hand in Hand näherten, während man das Monokel von Franz durch das Blattwerk blitzen sah.

Milly sah zu, als sie und Chloe sich setzten und umarmten. Sie tauschten einen leidenschaftlichen Kuss. Es war seltsam, sich selbst bei dieser Beschäftigung zuzusehen, und als die Hände aktiv wurden und Unterwäsche nach unten gezogen wurde, da fühlte sie sich unbehaglich auf ihrem Sitz.

Trotzdem, sie verstand es nicht, aber sie war erregt, als sie ihre und Chloes nackte Brüste auf der Leinwand sah. Sie fragte sich, ob sie Chloe je wieder in die Augen würde schauen können.

Ihr Unbehagen stieg noch an, als sie sich dabei beobachtete, wie sie Chloes großen festen Nippel zwischen die Lippen nahm. Milly streichelte die Brüste des anderen Mädchens, während Chloe Millys Rock hob und enthüllte, dass ihre Pussy nackt war. Man hörte aufgeregtes Stöhnen von den Zuschauern, offenbar hatte man nicht damit gerechnet, dass der Film so weit gehen würde. Einige der Frauen kicherten nervös, als sie sahen, wie Chloes Finger die geschwollenen Labien der Freundin teilten und in die Nässe eindrangen. Die Kamera schwenkte zu Fritz, der seine Hose geöffnet hatte und sich kräftig rieb, während er die Frauen heimlich beobachtete.

Milly hörte sich stöhnen und zittern, als Chloe begann, ihre Klitoris zu reiben. Sie erinnerte sich, dass die Freundin ihr dabei tatsächlich einen Orgasmus verschafft hatte und ihre Zuckungen nicht gespielt waren. Ihre Verlegenheit wuchs noch, als sich diese Szene näherte. Sie hielt Chloes Brüste umklammert und saugte hart daran, während die andere Frau sie mit stoßenden Fingern zum Höhepunkt brachte.

Im Film war das auch das erfolgreiche Ende für Franz, und Milly vermutete, dass auch das nicht gespielt war. Später kniete Milly vor Chloe, aber sie hatte gemerkt, dass Chloe ihren Orgasmus nur gespielt hatte. Sie fragte sich, ob jemand unter den Zuschauern den Unterschied bemerkt hatte.

Die nächste Szene war ein Blindekuhspiel: Zwei Frauen zogen zwei Männer aus und fesselten sie, danach wurden die Männer verhauen, bis sie den Zuschauern rot leuchtende Backen zeigen konnten. Dann gab es einen erotischen Tanz, bei dem das Quartett so oft den Partner tauschte, bis jeder mit jedem irgendwelche intimen Spiele hatte durchziehen können. Das Finale der vier Schauspieler nannte sich eine ›betrunkene Orgie‹, bei der sie sich alle des Lebens freuten, wild, ausgelassen und in allen nur denkbaren Kombinationen.

Der Film endete im bewundernden Geheul der Männer, deren Klatschen gar nicht mehr enden wollte. Die Frauen unter den Zuschauern lachten und kicherten, auch wenn ihnen allen bewusst war, dass sie kein erotisches Meisterwerk gesehen hatten. Die Leute sprangen auf die Füße und liefen hinüber, um den Schauspielern und dem Regisseur zu gratulieren.

Bald schwelgte Milly in all der Aufmerksamkeit, die man ihr entgegenbrachte. Es war schwer, mit beiden Füßen auf dem Boden zu bleiben, denn auch die jungen Männer priesen ihre ›Schönheit‹, ihr ›Talent‹, ihren ›außergewöhnlichen Liebreiz‹ und den ›einmaligen Sex-Appeal‹. Einer ging sogar so weit und nannte sie die ›Göttin der Leinwand‹, dabei hatte Milly immer geglaubt, dass dieser Titel Mary Pickford zugesprochen worden war. Aber sie nahm das ganze Lob dankbar auf, und Serges Voraussage, dass er sie ›zum Star machen‹ würde, schien nicht länger nur eitles Gerede zu sein.

Während die Gäste Hof hielten bei den Schauspielern, räumte das Personal unauffällig die Galerie, damit anschließend getanzt werden konnte. Aus dem Nichts baute sich plötzlich eine Jazzband auf, und es gab sogar ein kleines Podium, auf dem die Musiker Platz fanden. Es dauerte nicht lange, und der Raum dröhnte von den Blechinstrumenten und lebte auf unter den Rhythmen, die ins Blut gingen.

»Tanz mit mir, Milly, ich flehe dich an«, hörte sie Richard in ihr Ohr sagen. »Sonst, fürchte ich, werden wir beide erdrückt von anderen, die mit uns tanzen wollen.«

Seine Logik hörte sich überzeugend an, denn sobald sie sich der Mitte näherten, waren sie von Bewunderern umgeben. Sie starrten gierig und wollten Partner tauschen wie im Film. Milly wusste, dass Richard nervös war. Es war eine Sache, im Film so zu tun, als liebte man Mädchen, und eine ganze andere Sache, die Verehrerinnen zu enttäuschen.

Milly entschied, sein stilles Leiden zu beenden. »Ich halte das auch nicht mehr aus«, gestand sie. »Sollen wir uns ein stilles Plätzchen suchen?«

Er stimmte bereitwillig zu, und so verdrückten sie sich in

einem unbemerkten Moment. Sie gingen hinunter, wo die älteren Leute Bridge und Backgammon spielten oder Zigarren rauchten und über Sport diskutierten.

»Ich glaube, heute Abend sollte ich meine Zimmertür abschließen«, sagte Richard und verzog das Gesicht. »Es sei denn, ich finde einen hübschen Jungen für mich.«

Er feixte sie an. »Vielleicht kann ich dir einen besorgen«, bot Milly an.

»Du böses Mädchen! Würdest du das tun?«

»Ja, würde ich. Aber ich erwarte auch etwas.«

»Und was ist das?«

Sie lächelte. »Ich habe gesehen, wie du mit Jamie, Lord Sanderford ältestem Sohn, geredet hast.«

»Ja und?«

»Er hat dich auf seine Jacht im Mittelmeer eingeladen, nicht wahr?«

»Ja. Ich weiß nicht, ob er scharf auf mich ist. Ich habe mir vorgenommen, ein paar diskrete Nachforschungen anzustellen.«

»Willst du die Einladung denn annehmen?«

»Ja, natürlich.«

»Und kannst du dafür sorgen, dass ich auch mit zur Party gehöre?«

Er sah sie entsetzt an. »He, Milly, langsam. Ich kenne den Burschen kaum.«

»Ich kenne so gut wie niemanden in diesem ganzen Haus. Aber wir reden von einem Geschäft auf Gegenseitigkeit. Ich sagte, ich würde dir einen hübschen Jungen aufs Zimmer schicken, wenn du mir dafür einen Gefallen tust.«

»Milly, mit dir lässt sich schlecht handeln, weißt du das? Nun, ich kann es versuchen. Gib mir eine Stunde Zeit.«

»Dito. Viel Glück.«

Sie trennten sich. Richard wandte sich dem Spielzimmer

zu, in dem er Jamie und seine Kumpane vermutete, denn er wusste, dass sie vom Tanzen nichts hielten. Milly brach zum Esszimmer auf. Sie hoffte, dass das Personal noch abtrug, und diese Hoffnung erfüllte sich.

Im Laufe des Abends war ihr einer der Diener aufgefallen, von dem sie nach Gehabe und Reden glaubte, dass er sich über Richards Interesse freuen würde. Sie hatte gehört, dass Lord Sanderford ihn ›Andrew‹ gerufen hatte.

Nur noch zwei Dienstmädchen waren mit den letzten Aufräumarbeiten beschäftigt. Milly trug einem Mädchen mit ihrer autoritärsten Stimme auf, »Andrew zu rufen, weil ich ein privates Wort mit ihm wechseln will«. Obwohl die Frau zunächst sehr unsicher reagierte, knickste sie dann vor Milly und verschwand. Nach ein paar Minuten kam Andrew aus der Küche, und die Mädchen zogen sich diskret zurück, kicherten aber in ihre vorgehaltenen Hände. Milly lächelte, denn sie konnte sich denken, worüber die Mädchen kicherten.

»Sie haben mich rufen lassen, Miss?«, fragte Andrew, und Milly glaubte, den Anflug eines höhnischen Grinsens zu sehen.

»Ja. Ich habe eine Nachricht von einem der Gäste. Er wünscht sich einen bestimmten Service.«

Sein Gesicht zeigte Interesse. »Ja, Miss? Und welcher Service soll das sein?«

»Ich weiß es nicht genau, aber ich kann mir denken, dass es ein Service der intimeren Art sein soll. Der Gentleman hat ein kleines medizinisches Problem. Er ist zu schüchtern, um darüber zu sprechen, aber er findet, dass Sie der geeignete Mann sind, der ihm dabei helfen kann.«

Es folgten ein paar Sekunden der Stille, während denen Milly klar wurde, dass der Junge ihre Anspielungen sehr wohl begriffen hatte. Sie rühmte sich schon seit langem, einen Mann mit seinen Neigungen zu erkennen.

Das war ein Talent, das sich in Cambridge entwickelt hatte, wo es so viele attraktive junge Männer gab. Sie hatte gelernt, ihre Zeit nicht mit jenen zu vergeuden, die über ihre sodomitischen Gewohnheiten nie herausgekommen waren.

Wenn sie gefragt wurde, woran sie die Zeichen erkannte, war eine Erklärung schwer. Es hatte was mit der Haltung zu tun, mit der Bewegung, auch mit dem Einsatz der Hände während eines Gesprächs, und dann natürlich auch die Sprache selbst. Oder es war nur ein leichtes Zucken im Mundwinkel, wenn ein anderer junger Mann dazu kam. Wie auch immer, ihre Instinkte hatten sie so gut wie nie im Stich gelassen, deshalb war sie sich auch bei Andrew so sicher.

»Dieses ... eh ... medizinische Problem, hat es vielleicht etwas mit einer Flüssigkeit zu tun, die dringend abgesaugt werden müsste?«

Milly unterdrückte ein Kichern. »Bravo«, sagte sie und wusste nicht, ob sie dem jungen Mann gratulierte oder sich selbst. »So wird es sein«, sagte sie und nickte eifrig. »Wichtig ist nur, dass Sie sich des Problems annehmen können.«

»Oh, ja, das dürfte nicht schwierig sein.«

»Ich bin sicher, dass Sie für Ihren Service gut entlohnt werden.«

»Danke, Miss. Um welche Zeit erwartet der Gentleman diesen Service?«

»Ich schätze, so gegen Mitternacht. Sein Zimmer liegt im zweiten Stockwerk, Nummer zweiundzwanzig. Kann ich ihm sagen, dass er sich auf Sie verlassen kann?«

»Bitte, Miss. Teilen Sie dem Gentleman mit, dass ich mich gern seines Problems annehme. Ich habe meine Erfahrungen auf diesem Gebiet, und ich bin sicher, dass ich ihm Erleichterung verschaffen kann.«

Milly lächelte. »Davon bin ich überzeugt. Danke, Andrew. Sie können jetzt gehen.«

Als sie wieder allein im Esszimmer stand, führte Milly einen Freudentanz um den langen Tisch herum auf. Wenn Richard jetzt auch so erfolgreich gewesen war wie sie, dann würde sie schon bald ihren Spaß auf einer Jacht im Mittelmeer haben!

Als sie und Richard sich eine Stunde später trafen, reichte ihr ein Blick in sein Gesicht, um zu wissen, dass sie tatsächlich Glück hatte.

»Nun?«, fragten sie beide gleichzeitig, dann brachen sie beide in Kichern aus.

»Andrew vom Personal wird gegen Mitternacht auf dein Zimmer kommen, um dir bei deinem kleinen medizinischen Problem zu helfen«, sagte Milly triumphierend. »Jetzt du!«

»Milly, du bist ein Schatz! Das habe ich übrigens auch Jamie gesagt, und dass eine englische Rosenknospe zu jeder Kreuzfahrt im Mittelmeer gehört.«

»Und das hat er eingesehen?«

»Absolut! Aber ich musste mich mächtig ins Zeug legen für dich, denn er wandte ein, dass wir schon genug verrückte Frauen an Bord haben. Ich hielt dagegen, dass du eine überzeugte Lesbierin bist, die uns einige der Weiber auf der ganzen langen Reise vom Leib hält.«

»Das hast du nicht gesagt!«

»Doch, natürlich. Dein Name steht jetzt auf der Gästeliste, Miss Emily Floret. Vergiss bloß deinen Namen nicht.«

Milly nahm ihn kurz in die Arme, dann schlenderte sie wieder nach oben. Sobald sie die Halle betrat, winkte Chloe ihr unauffällig zu, was nur bedeuten konnte, dass sie dringend mit ihr reden wollte. Milly wies auf die Tür vor ihr und hoffte, dass die Freundin ihr folgen würde.

»Schnell«, sagte Chloe aufgeregt, als sie hereinstürmte.

»Gehen wir auf unser Zimmer, wo wir uns ungestört unterhalten können.«

Sobald sie allein waren, platzte es aus Chloe heraus: »Willst du mal raten? Aber nein, da kommst du nie drauf. Also, gleich zur Sache: Man hat uns einen unsittlichen Antrag gemacht.«

»Was? Wer denn?«

»Zwei schrecklich gut aussehende, wohlhabende Aristokraten, die Giles und Squiffy heißen. Sie wollen um Mitternacht auf unser Zimmer kommen.«

Milly musste lachen, wenn sie daran dachte, was für ein Sündenpfuhl Maplefield in dieser Nacht sein würde.

»Und sie sagen, sie würden sich mehr als erkenntlich zeigen«, fügte Chloe noch hinzu.

Plötzlich sagte Milly ernüchtert: »Ich komme mir wie eine Gesellschaftshure vor.«

Chloe nahm ihre Hand. »Aber das ist genau, was wir sind, Milly. Wenigstens in dieser Situation. Wir sind hier, um Sex zu liefern, auf der Leinwand und in echt. Ist dir das nicht klar geworden, als Serge von der Einladung sprach?«

Jetzt, da sie darüber nachdachte, konnte Milly nur nicken. Nach Serges Schmeicheleien hatte sie sich als ›Schauspielerin‹ gefühlt, aber jetzt begriff sie, dass man sie ebenso gut als Hure betrachten konnte. Wie naiv sie gewesen war!

»Aber du hast keine starken Einwände, nicht wahr, Milly?«, fragte Chloe aufgeregt. »Sie wollen uns beide sehen, verstehst du? Wenn du nicht mitmachst, läuft nichts.«

»Natürlich mache ich mit. Sage deinen Jungs, dass wir ihnen den Ritt ihres Lebens bieten.«

Aber in ihrem Innern vernahm sie eine mahnende Stimme, die sie daran erinnerte, dass sie mal höhere Ziele gehabt hatte. Was, um alles in der Welt, dachte sie sich dabei, wenn sie das Spielzeug für verwöhnte unreife junge Männer abgab? Sie musste an Robin denken, und ihr Herz schmerzte. Er hatte sie höher eingeschätzt, er liebte ihren wachen Verstand und ihre Seele genauso wie ihren Körper. Hatte er es verdient, von ihr auf diese schäbige Weise betrogen zu werden?

Du hast ihm den Rücken zugewandt. Du hast alles aufgegeben, für das er steht, erinnerte sie sich. Sie wollte sich ja nicht in einen anderen Mann verlieben, sie wollte nur mit einem ins Bett gehen. Was konnte das schon schaden? Diese Hausparty war ein bisschen Spaß, das war auch schon alles.

Plötzlich fand sie Trost in einer Aussage ihrer Patentante. Emma hatte gesagt, man brauchte sich nicht zu schämen, wenn man außerhalb der Ehe Liebe machte, selbst dann nicht, wenn Geld oder ein kleines Geschenk den Besitzer wechselte – Bedingung war nur, dass beide Beteiligte Freude erlebt hatten. Die wirkliche Sünde, davon war Emma überzeugt, begingen jene, die den Akt ohne Freude ausführten. Freudloser Sex fand innerhalb der Ehe wahrscheinlich häufiger statt als außerhalb.

Die jungen Männer präsentierten sich kurz nach Mitternacht vor der Tür der Mädchen, voll wie Strandhaubitzen. Chloe und Milly standen nebeneinander in ihren Nachthemden da. Sie hatten ihre Haare geöffnet, sich frisch geschminkt und neues Parfum aufgelegt.

»Ahem … wir sind den Ladys unendlich dankbar«, sagte der schlaksige Kerl, der Squiffy hieß. Er schwankte schwer, und Milly hatte Angst, er könnte jeden Moment umkippen.

»Ja, das ischt schwer in Ordnung, Ladysch«, echote Giles.

»Ich glaube nicht, dass sie überhaupt einen hoch kriegen«, flüsterte Chloe.

Milly wies auf die Betten. »Kommen Sie, Gentlemen, machen Sie es sich gemütlich.«

Bald lagen die Männer ausgestreckt da, jeder auf einem Bett, während die Mädchen ihnen die Schuhe auszogen. »Was sollen wir nur mit ihnen anfangen?«, fragte Milly laut.

»Wir werden alles für Sie tun, Ladys«, sagte Squiffy im weinerlichen Tonfall. »Ihr Wunsch ist uns Befehl.«

Milly wusste plötzlich, wie sie mit den jungen Burschen umspringen musste. Sie warf sich in die Brust und sagte im scharfen Befehlston: »Also gut. Von den Betten hoch, ihr erbärmlichen Schufte! Und wartet darauf, welche Anweisungen ich euch gebe!«

Chloe warf ihr einen ungläubigen Blick zu, aber Milly runzelte nur die Stirn und legte einen Finger senkrecht über die Lippen. Squiffy hatte sich vom Bett gewälzt, saß benommen auf dem Boden und starrte sie bewundernd an. Nach ein paar Sekunden schien Giles es auch zu begreifen; er stieg umständlich vom Bett und kniete sich neben seinen Freund auf den Boden.

Milly wusste, dass sie die Kontrolle behalten musste. Chloe stand reglos da, als wäre sie völlig weggetreten. Milly sprach sie in ihrer strengen Stimme an. »Chloe, leg dich auf dein Bett.«

»Was ...? Milly ...?«

»Tu, was ich dir sage. Keine Widerrede.«

Chloe hob verwundert die Brauen, legte sich aber hin und starrte Milly verständnislos an. Milly wies die Männer an, dass sie sich seitlich von Chloes Bett knieten, der eine links, der andere rechts. Sie rutschten auf den Knien durchs Zimmer und wären fast zusammengeprallt, weil sie sich nicht einigen konnten, wer welche Seite nahm. »Jetzt nimmt sich jeder von euch einen Fuß eurer Herrin vor und liebkost ihn fürsorglich.«

Beide Männer gehorchten sofort, und Milly wusste, dass sie den Schlüssel für ihre Befriedigung gefunden hatte. Sie waren gewohnt, von ihren Kindermädchen und später den Gouvernanten herumkommandiert zu werden, und nur zu gern folgten sie Millys Anweisungen.

Ein sanftes Lächeln breitete sich auf Chloes Gesicht aus, als sie bemerkte, dass sich die beiden nur auf sie konzentrierten. Sie legte sich entspannt in die Kissen, die Arme hinter den Kopf, und seufzte tief.

»Jetzt küsst ihre Zehen«, befahl Milly.

Die Männer gehorchten und nahmen jeweils den dicken Zeh in den Mund. Nacheinander saugten sie an jedem Zeh, ehe Milly sie anwies, Chloes Beine zu streicheln und zu massieren. Ganz langsam arbeiteten sie sich höher, auf Millys Geheiß sogar bis zu Chloes Delta. Milly schob das Nachthemd der Freundin bis zur Taille hoch, damit die Männer sich auf die Scham konzentrieren konnten. Squiffy leckte die geschwollenen Labien auf und ab, während Giles den flachen Bauch streichelte und küsste.

»Küss ihre Brüste, Giles«, befahl Milly, und Chloe begann bald zu stöhnen und warf sich immer ungezügelter hin und her. Die Männer wurden zusehends auch aufgeregter und rieben und leckten mit zunehmendem Eifer.

Milly hob einen Slipper auf, den Chloe abgestreift hatte, dann klatschte sie die Männer abwechselnd auf ihre Gesäßbacken und forderte sie resolut auf, Chloe noch intensiver und schneller zu verwöhnen. Sie wetzten die Zungen wie ein liebeskranker Automat, und dabei sahen sie so komisch aus, dass Milly ein Kichern unterdrücken musste.

Ihre Aufmunterungen zeigten die gewünschte Wirkung. Chloe gab eine Serie von Keuchlauten von sich, als der Orgasmus sich ankündigte. Ihre Wangen färbten sich rot, ihr Stöhnen wurde lauter, und ihr Körper bäumte sich auf.

Die Männer ließen sich erschöpft übers Bett fallen, und Milly teilte die tiefe Befriedigung, die alle fühlten. Sie wies die Männer an, ihre Schuhe anzuziehen und zu gehen.

Vor dem Abschied drückte Squiffy ihr zwinkernd einen Umschlag in die Hand. »Hatten schöne Zeit hier, was? Da kann man nicht knurren. Das ist der Eintritt, sozusagen.«

Als sie allein waren, setzte sich Chloe grinsend auf. »Himmel, Milly, woher hast du gewusst, worauf die Jungs stehen? Und woher hast du die Erfahrung?«

Milly hob die Schultern. »Ich habe es nicht wirklich gewusst, aber plötzlich kam mir die Eingebung.«

»Was haben sie uns zurückgelassen?«

Milly öffnete den Umschlag, und zwei knisternde Fünf-Pfund-Scheine flatterten ihr entgegen.

»*Mon Dieu*, das ist mehr, als Serge uns für eine Woche im Studio zahlt«, rief Chloe.

»Sie haben mehr Geld als Verstand, wenn du mich fragst«, sagte Milly. »Aber uns soll es recht sein.«

Chloe sah nachdenklich aus. »Weißt du, ein Mädchen könnte gut davon leben. Und bei dieser Methode, die wir heute angewendet haben, besteht auch keine Gefahr der Schwangerschaft.«

»Und du fängst dir keinen Tripper ein«, ergänzte Milly. »Aber sind Männer nicht bedauernswerte Geschöpfe, Milly? Sie sind wie Schweine, die man an einem Nasenring zum Trog führt.«

Die jungen Frauen brachen in Gelächter aus, was dazu beitrug, dass Milly sich wegen des Geldes weniger schuldig fühlte. Schade, dass sie Chloe nicht auf die Jacht mitnehmen konnte. Aber sie würde Serge bitten, ihr ein paar Filme mitzugeben, um sie den Gästen auf der Jacht zeigen zu können. Für ihn wäre es eine kostenlose Werbung, die ganz sicher zu weiteren Aufträgen führen würde.

Als sie in der Nacht im Bett lag, viel zu aufgeregt, um schlafen zu können, dachte Milly über ihre Zukunft nach, und dabei begann sie sich zu streicheln. Sie strich sich über die Brüste, die zu pochen und anzuschwellen begannen. Sie hob ihr Nachthemd hoch und drückte ihre Hand zwischen die Schenkel, während die andere Hand ihre harten Nippel quetschte.

Was sie vom Leben wollte, waren Spaß und Aufregung. Milly kitzelte ihre Klitoris mit der Fingerkuppe und schickte damit exquisite Gefühle in Richtung Bauch. Sie hatte gewisse Vorstellungen, wie die wirklich Reichen sich die Zeit vertrieben: Zum Skifahren im Frühling nach St. Moritz, an die Riviera im Sommer und zu wärmeren Gefilden wie Ägypten und Marokko im Winter.

Sie wusste, dass ihr Leben ausschließlich um ihr Vergnügen kreisen würde, vom harmlosen Spaß wie Tennis und Boot fahren bis zu albernen Partys auf den seichteren Gewässern sexueller Perversionen.

Langsam schob Milly einen Zeigefinger in ihre feuchte Pussy und drückte ihn so tief hinein, wie es gerade noch ging. Ihr Daumen stieß gegen die Klitoris, und Milly keuchte auf. Die Willfährigkeit der Männer hatte sie erregt.

Ihre Finger ruckten immer schneller in sie hinein, und als die rote Knospe der Klitoris zu pochen begann, da wusste sie, dass es bis zu ihrem Orgasmus nicht mehr lange dauern konnte.

Aber als sie den Höhepunkt der Ekstase erreichte, schwirrten Millys Gedanken zu dem Mann, der ihre Unschuld genommen hatte. Ihre Tränen begannen zu fließen, ehe aus ihren Schluchzern ein lang gezogenes lustvolles Stöhnen wurde. Sie verbiss sich ins Kissen, um Chloe nicht zu wecken, dann versuchte sie, ihre Gedanken an die Vergangenheit auszulöschen.

Es war unmöglich. Ganz egal, wie fest sie die Augen schloss, sie sah in Robins Gesicht. Am schlimmsten war, dass sie seine sanfte Stimme hören konnte, wie sie Sonette von Shakespeare rezitierte; Worte, die ihr Verlangen in verbitterte Schuldgefühle verwandelten.

Elftes Kapitel

»Sollen wir heute Abend zu Lulus Beachparty gehen? Ich habe gehört, dass ihre letzte Party *très amusant* war.«

»Oh, nein, nicht noch eine langweilige Party. Chuffs will, dass ich mit ihm nach Monte fahre. Er hat einen neuen Zweisitzer.«

»Aber Darling, du weißt doch, dass er die Nacht nur an den Tischen verbringen wird. Also, was Langweiligeres kann es gar nicht geben. Du kannst hier viel mehr Spaß erleben. Es gibt eine Troubadour Party. Jeder muss ein Lied singen. Und es soll auch eine Schatzsuche geben.«

»Ich denke darüber nach. Bist du am Nachmittag zu den Cocktails auf der Van Holland Jacht eingeladen? Sie sagen, dass Marilyn Dubarry da sein wird. *Très chic.*«

»Und der *très riche* Pieter Van Holland und der Rest der berüchtigten Clique, schätze ich.« (Gähnen). »Wirklich, Daphne, manchmal bist du so leicht durchschaubar.«

»Willst du damit sagen, dass ich mir einen Goldschatz an Land ziehen will, *ma chère?*«

Milly lag in ihrem neuen Strandkleid auf ihrem Liegestuhl; ein Parasol schützte sie vor der Sonne. Sie versuchte, in einem Buch zu lesen, aber sie konnte die Unterhaltung der beiden Mädchen links von ihr nicht überhören. Die affektierte Trivialität des Geplappers deprimierte sie. Sie war schon vorher zu dem Schluss gekommen, dass es ein Fehler gewesen war, ihren Job bei Serge aufzugeben und an die Riviera zu fahren.

Es war nicht so gut gelaufen, wie sie gehofft hatte. Serge

war entsetzt darüber gewesen, dass zwei seiner besten Schauspieler ihn verließen, und die Idee, die Gelegenheit zu nutzen und auf der Jacht für Latour-Filme zu werben, war auf taube Ohren gefallen. Obwohl sie nie einen offiziellen Arbeitsvertrag unterschrieben hatte, gab er ihr das Gefühl, ihn schmählich im Stich zu lassen, weil sie zwei Wochen Urlaub an der Riviera machen wollte, und er machte ihr klar, dass sie nicht erwarten könnte, ihren Job bei der Rückkehr noch vorzufinden.

Richard hatte versucht, sie zu beruhigen. Sie wäre eine zu gute Schauspielerin, und wenn sie an die Côte d'Azur führe, könnte sie Filmproduzenten aus Frankreich, Italien und Amerika dort treffen. Sie säßen dort in den Bars und Hotels und warteten auf neue Talente, die sie engagieren wollten. Aber bisher hatte sie nur die reichen Nichtstuer und ihre Freunde, Huren und Speichellecker kennen gelernt.

Jamie Sanderfords Jacht, die Lucky Lady, hatte zwölf Schlafkojen und war vor fünf Tagen in Nizza vor Anker gegangen. Es hieß, sie würde von hier nach Korfu segeln und auf dem Weg noch einige andere Häfen anlaufen. Richard hatte vor, den Sommer über in Griechenland zu bleiben, aber Milly hatte nicht die Absicht, Frankreich zu verlassen. Wenn es keine andere Möglichkeit gab, würde sie mit dem Zug nach London zurückfahren.

Bisher war ihr noch nichts Verlockendes widerfahren. Milly befand sich seit drei Tagen auf der Jacht, und sie hatte nicht einmal eine Schlafkoje. An Deck zu schlafen, über sich die Sterne, war in den warmen Mittelmeernächten kein Problem, aber sie hatte erwartet, dass sie hofiert würde – wenigstens von einem der gestählten Bronzekörper, die man Tag und Nacht auf dem Schiff sah. Ein paar von ihnen hatten kurz mit ihr geredet, aber ohne eine Kassette von Serges Filmen war Milly ein Nobody. Sie kannte niemanden an Bord, und wenn sie einen kennen lernte, sprach sie die falsche Sprache. Nicht einmal der Erwerb neuer modischer Klamotten (der Preis hatte sie dem Bankrott nahegebracht) hatte bisher etwas genutzt.

Plötzlich hörte sie, wie jemand ihren Namen rief. Überrascht drehte sie sich um und sah sich einer Frau gegenüber, die sie schon mal auf der Jacht gesehen hatte, eine große, sehr gut aussehende Frau namens Emerald. Sie hielt ihr ein goldenes Cartier Zigarettenetui hin. »Willst du dir eine reinziehen, meine Liebe?«

»Oh, nein, danke. Dann rasselt mein Atem.«

»Nun, meine Liebe, wir fühlen uns hier im Nachteil, was?« Sie zündete sich eine Zigarette an und steckte sie in eine Spitze aus Jade. »Wie ein Fisch auf dem Trockenen in dieser Jacht-Clique, nicht wahr, Milly? Ich habe dich in den letzten Tagen beobachtet und finde, dass du nicht gerade die besten Tage deines Lebens auf der Jacht hast.«

»Es ist meine eigene Schuld«, räumte sie ein. »Ich habe mich praktisch selbst eingeladen. Ich hätte wissen müssen, dass ich nicht hierhin passe.«

»Ja, Richard hat mir von eurer unkeuschen Abmachung erzählt. Hast du Lust, deine Reisekasse aufzubessern? Ich nehme an, das ist einer der Gründe, warum du auf die Jacht wolltest.« Milly sah sie stirnrunzelnd an, deshalb fügte die Frau hinzu: »Ich habe kürzlich erst mit Squiffy geredet.«

Milly fühlte, wie sich die Wangen röteten. »Er hat davon erzählt?«

»Alles.« Emerald lächelte und wehte den Rauch weg.

»Dazu hatte er kein Recht. Das war eine private Angelegenheit, und er hätte ...«

»Keine Sorge, Darling. Ich wäre der letzte Mensch, der darüber urteilt. Was in Schlafzimmern passiert, geht nur die Beteiligten was an. Ich bin nur an den Leuten selbst interessiert, an ihrem Geschmack, an ihren Vorlieben, denn das Leben ist leichter, wenn man Menschen mit gleichen Vorlieben zusammenbringt, wenn du weißt, was ich meine.«

Milly starrte sie an und wollte nicht glauben, was ihr Instinkt ihr sagte: War diese Frau eine Zuhälterin?

Emerald zog ihr Strandkleid aus Frotteestoff aus und enthüllte darunter einen gestreiften Badeanzug. Sie hatte eine schlanke Figur und sah mit ihren langen Beinen und der flachen Brust etwas jungenhaft aus. Sie legte sich jetzt auf den Rücken, mit dem Gesicht zur Sonne, die Augen durch eine dunkle Brille geschützt.

»Du brauchst das nicht jetzt zu entscheiden«, sagte sie, ohne den Kopf zu wenden. »Aber ich kenne wenigstens einen Gentleman, der dir mit Wonne fünf Guineas für den Service zahlt, den du Squiffy geboten hast.«

Milly schwieg, aber in ihrem Kopf drehten sich einige Rädchen. Bisher war diese Reise ein Fiasko gewesen. War dies die einzige Chance, wenigstens mit einem blauen Auge davonzukommen? Wenn sie den Mann nur herumkommandieren sollte, hatte sie mit der Aufgabe kein Problem. »Ist der Mann Engländer?«

Emerald hob die Schultern, legte sich auf die Seite und zog an ihrer Zigarette. »Manche ja, andere nicht. Du kannst sie dir aussuchen. Ich habe Zugang zu einem kleinen exklusiven Club hier in Nizza, wo dominante Frauen immer willkommen sind. Du brauchst nicht allein hin. Ich begleite dich.«

»Ich verstehe.«

»Bist du interessiert? Wenn ja, treffen wir uns heute Abend um acht in Rafi's Bar. Du brauchst jetzt nichts zu sagen, denn ich gehe ohnehin. Wenn du um acht nicht da bist, mache ich mich allein auf den Weg. *Compris?*«

»Okay.«

Milly schloss die Augen und dachte nach. Sie konnte das Geld gut gebrauchen, besonders nach ihrem Einkauf der extravaganten Klamotten. Die endlosen leeren Gespräche, die sie belauschte, langweilten sie über alle Maßen. Immer öfter dachte sie an Robin und gelegentlich sogar an Evadne. Mit ihnen hatte sie sich wenigstens zivilisiert unterhalten können.

Also war es nur konsequent, dass sie um acht Uhr an diesem Abend in Rafi's Bar wartete. Emerald sah umwerfend aus; sie trug einen schwarzen Samtumhang mit einer grünen Federboa um den Hals, und ihre dunklen Haare glänzten und lagen flach am Kopf. Ihre Lippen waren sehr rot, und wenn sie lächelte, bildeten die perlweißen Zähne einen wunderschönen Kontrast. Sie schien entzückt, Milly zu sehen.

»Du bist gekommen, meine Liebe«, rief sie und küsste sie auf beide Wangen. »Ich wusste, dass man sich auf dich verlassen kann. Du vergeudest deine Zeit auf der Jacht. Gehen wir?«

Draußen bot Emerald ihr den Arm, und Milly hakte sich unter. Mühsam stöckelten sie über die Pflastersteine der Straße. Viele Menschen waren bei den angenehmen Temperaturen noch unterwegs. Die beiden Frauen zogen viele Blicke auf sich. Milly trug ein schwarzes Cocktailkleid mit einem Besatz aus Perlen, und darüber trug sie eine reich bestickte chinesische Jacke. Es war ihr bestes Outfit, und sie hoffte, für den Abend und das, was auf sie zukam, passend angezogen zu sein.

»Hier sind wir«, sagte Emerald endlich. Sie hatten ein Nebenstraßenhotel mit dem Namen *La Coupole* erreicht, und Milly folgte der neuen Freundin durch die Schwingtüren zum Empfangstresen. Ein Mann begrüßte sie freundlich und winkte sie zum Lift. Offenbar war Emerald hier bekannt. Durch den Aufzugsschacht drang leise Musik.

Im vierten Stock hielt der Lift an, aber Emerald stieg noch nicht aus. »Hör zu«, wandte sie sich an Milly. »Ich werde dich in einen Salon führen, in dem alle Männer so sind wie Squiffy und Giles. Verstehst du? Sie lieben es, von Frauen herumkommandiert zu werden, besonders von Frauen, die so schön und intelligent sind wie wir beide.«

Milly kicherte. »Möchte mal wissen warum.«

»Das Warum geht uns nichts an, Milly. Da dies dein erstes Mal in einem solchen Etablissement ist, bin ich bereit, es leichter für dich zu machen. Wenn du willst, arbeiten wir zusammen. Ich kommandiere und bestrafe, falls das erforderlich sein sollte. Du brauchst dich nur als arrogante Diva zu zeigen, während die Männer tun, was ich ihnen sage. Wenn sie dir Lust bereiten, darfst du ihnen das nie zeigen – unter keinen Umständen. Man braucht also Selbstkontrolle. Glaubst du, dass du das schaffst?«

»Ja, klar. Ich will es jedenfalls versuchen.«

»Gut.« Emerald lächelte. »Ich bin sicher, dass es dir gelingt. Sollen wir starten?«

Sie betraten einen unglaublich großen Raum mit einer hohen Decke. An den Wänden prangten Spiegel, und kleine Louis Quinze Stühle standen um zierliche Tische herum. An den hohen Fenstern hingen schwere rote Samtvorhänge, von goldenen Kordeln mit langen Quasten zurückgehalten.

Als sich Milly an die riesigen Maßstäbe gewöhnt hatte, richtete sie ihre Aufmerksamkeit auf etwa zwanzig Männer, die sich im Saal aufhielten; einige standen in kleinen Grüppchen herum, andere saßen auf den Stühlen. Es waren auch Frauen da, aber nicht so viele. Ein Grammophon spielte Mozart.

Kurz nachdem sie eingetreten waren, stürmte eine große Frau in einem langen Kleid aus dem achtzehnten Jahrhundert mit einer kunstvollen Perücke auf sie zu. »Emerald! Wie ich mich freue, dich an diesem Abend zu sehen!«

Sie umarmten sich, dann stellte Emerald ihr Milly vor. Die Frau, die Jeanne-Marie hieß, musterte Milly von oben bis unten. Sie sprach sehr schnell mit Emerald, und dazu auch noch in einem Dialekt, sodass Milly nichts mehr verstand, aber nach ein paar Minuten bot sie Milly ihre Hand an und sagte in ihrem breiten Akzent: »Komm mit, *chérie*, ich habe einen Gentleman da, der dich unbedingt kennen lernen will. Emerald, du weißt bestimmt, wen ich meine?«

»Oh, ja.«

Voller Anspannung folgte Milly den beiden Frauen quer durch den Saal zu zwei jungen Männern, die sich angeregt unterhielten. Jeanne-Marie fand nichts dabei, mitten in das Gespräch zu platzen. Sobald sie sagte: »*Attention, Messieurs!*«, hörten sie sofort auf zu reden und verbeugten sich. Sie blickten auf den Boden, während die Frau Milly zulächelte.

»Mademoiselle, darf ich Ihnen Monsieur Donald vorstellen?«, sagte sie und berührte einen der Männer an der Schulter.

Milly wollte eine Hand ausstrecken, aber Emerald drückte sie diskret nach unten und schüttelte kaum merklich den Kopf. Der junge Mann fiel auf seine Knie und küsste zu Millys Überraschung die Spitze ihrer Schuhe. Dann kam er wieder hoch, hielt den Kopf aber gesenkt, sodass Milly nicht in sein Gesicht sehen konnte.

Emerald wandte sich an Milly. »Sollen wir Donald bitten, uns zu Diensten zu stehen? Glaubst du, er ist würdig, unsere Schuhe abzulecken?«

Er blickte für einen kurzen Moment auf, und sie sah den Blick in seinen braunen Augen. Es war der Blick eines Spaniels, der zwar gescholten worden war, seinem Herrn aber trotzdem weiter dienen wollte.

»Oh, ja, das glaube ich.«

»Dann lass uns beginnen. Hast du den Schlüssel zu unserem Zimmer, Jeanne-Marie?«

Emerald ging voran, gefolgt von Milly, und Donald kroch hinter ihnen auf Händen und Knien. Zuerst fand Milly das peinlich, aber da sich niemand daran zu stören schien, am wenigsten Donald selbst, verdrängte sie ihre Zweifel. Hier zählte die Etikette des Gesellschaftslebens eben nicht.

Sie betraten ein Zimmer am Ende des Korridors. Es war klein und intim, und in der Mitte stand ein großes Himmelbett. Dazu gab es einen Kleiderschrank, eine Waschkommode und an der Wand ein paar Stühle.

Sobald sie drinnen waren, schloss Emerald die Tür ab und warf ihren Umhang und die Boa auf den Boden. »Heb sie auf«, befahl sie. »Häng sie in den Schrank.«

Eifrig gehorchte Donald. Unter dem Umhang trug Emerald ein scharlachrotes und schwarzes Kleid in einem altmodischen Stil mit Satteltaille und tiefem Ausschnitt. Ihre Brüste, die im Badeanzug so flach gewirkt hatten, waren jetzt vom Korsett nach oben gedrückt. Sie machte den Eindruck einer mächtigen *grande-dame* einer vergangenen Zeit.

Millys Augen wandten sich dem Mann zu, der ihre Sachen über Hänger legte, die mit Seide bezogen waren. Der junge Mann hatte ein gut geschnittenes Gesicht mit langen, leicht gebogenen Wimpern, schönen braunen Augen und einer langen glatten Nase. Seine schwarzen Haare waren ziemlich lang und kräuselten sich hinter den Ohren. Aber er hatte was Kriecherisches an sich, wie er sich bewegte und wie er blickte. Irgendwie erinnerte er sie an eine Kröte. Sie musste an das Märchen vom Froschkönig denken und lächelte.

Plötzlich ließ Donald die Federboa auf den Boden fallen. Emerald fauchte ihn an: »Heb sie auf, du tollpatschiger

Ochse!« Sie gab ihm eine klatschende Ohrfeige. »Das wird dich lehren, besser auf meine Sachen aufzupassen.«

Milly verzog das Gesicht und fragte sich, welche Rolle sie bei dieser Scharade zu spielen hatte. Die beißende Stimme ihrer Freundin jagte selbst ihr Angst ein, aber der Mann schien sich daran zu erfreuen. Sie sah, wie seine Hand zitterte, als er die Boa aufhob und mit der freien Hand liebevoll streichelte.

»Das reicht jetzt! Häng sie in den Schrank. Dann kommst du her und unterwirfst dich meiner Begleiterin.«

Emerald wies Milly durch eine Kopfbewegung an, zum Bett zu gehen. Sie setzte sich auf den Rand des Plumeaus und wartete gespannt.

Donald kniete sich vor sie und wartete auf Befehle. Er musste Millys Schuhe ausziehen. Als seine sanften Finger über ihren Fuß und durch den Strumpf strichen, fühlte sie einen Kitzel, der direkt zu ihrem Schoß und dann sogar bis in ihren Kopf drang. Sie war so angespannt von der ganzen Atmosphäre, dass sie es kaum ertragen konnte.

»Jetzt zieh ihre Strümpfe aus«, befahl Emerald.

Wieder berührten diese behutsamen, zaghaften Hände ihre Haut, aber diesmal griffen sie unter ihr Kleid, und Sekunden später glitten die Strümpfe an ihren Beinen hinunter. Donald arbeitete mit einer solchen Präzision, als führte er eine heilige Handlung aus. Und doch war etwas Verachtenswertes an ihm, etwas Unmännliches. Milly schaute auf seinen Schädel. Am liebsten hätte sie ihn bei den Ohren gepackt und den Schädel hin und her geschüttelt, um ihn aus dieser trägen, verträumten Sklaverei herauszuholen.

»Du darfst ihre Scheinbeine küssen«, fuhr Emerald fort. »Aber wage nicht, sie ohne Erlaubnis oberhalb der Knie anzufassen. Hast du das verstanden?«

Er nickte dumpf. Seine kühlen Lippen pressten sich wieder auf Millys Füße, und erneut spürte sie einen Schauer des Verlangens, den sie besser lokalisieren konnte – in Schoß und Bauch. Sie konnte sich vorstellen, dass dieser Mund nach oben wanderte, über die Knie hinaus zur weichen, empfindlichen Haut der Innenseiten ihrer Schenkel und von dort zum noch empfindlicheren Fleisch dazwischen.

Sie starrte hinab auf seinen jämmerlichen Körper und labte sich an ihrer Überlegenheit. Ein Gefühl von Macht breitete sich in ihr aus. Er soll das Instrument meiner Lust werden, dachte sie. Diese Formulierung gefiel ihr.

Milly beugte sich ein wenig auf dem Bett zurück, streckte die Arme nach hinten aus und spürte, wie sich ihre Brüste von den Gefühlen anspannten, die durch ihren Körper flossen. Sie drückte die Schenkel gegeneinander. Ihre Klitoris versteifte sich. Ein leises Stöhnen kam über ihre Lippen, was ihr sofort ein Stirnrunzeln von Emerald einbrachte, deshalb änderte sie den Laut zu einem lang gezogenen Räuspern. Sie hatte vergessen, dass sie ihre Lust nicht zeigen durfte, die der junge Mann bei ihr ausgelöst hatte.

Seine Lippen glitten langsam das linke Bein hoch. Sie erreichten das Knie, dann ließ er davon ab und begann am rechten Fuß. Milly platzte fast vor unerfülltem Verlangen. Ihr ganzer Körper schrie nach Beachtung.

Plötzlich fühlte sie die betörenden Lippen oberhalb des Knies. Es war wie ein Schock, seinen Mund auf der weicheren Haut des Oberschenkels zu fühlen, und sie fragte sich, ob Emerald etwas bemerkt hatte. Hatte sie.

»Ungehöriges Geschöpf!«, kreischte Emerald. »Ich habe gesehen, wie du über das Knie hinausgegangen bist, obwohl ich es dir verboten hatte! Komm her!«

Der Mann drehte sich um und kroch wie eine Schlange auf dem Bauch zu seiner Herrin. Milly war entsetzt. Hatte der Mann keinen Stolz, keinen Selbstrespekt? Er lag in Erwartung einer Strafe demütig auf dem Boden, und zu Millys Erstaunen stellte Emerald ihren hochhackigen Schuh auf seinen Rücken und mahlte mit dem Fuß, als wollte sie eine Zigarette austreten. Der Mann ließ ein Stöhnen hören, als ihm die Luft aus den Lungen getrieben wurde, aber mehr nicht.

»Wurm!«, zischte Emerald verächtlich. »Glaubst du, dass du würdig bist, die seidigen Schenkel meiner lieblichen Begleiterin zu küssen?«

Donald schüttelte den Kopf. Emerald kniete sich an seine Seite und fauchte ihm ins Ohr: »Willst du, dass ich dich verhaue? Soll ich deinen schäbigen Hintern rot färben?«

Milly richtete sich auf und setzte sich wieder auf den Bettrand, ihre Hände zwischen die Schenkel gepresst, um den pochenden Schmerz im Schoß zu lindern.

»Nein, ich habe eine bessere Idee«, erklärte Emerald. »Die Lady, an der du dich versündigt hast, wird dich selbst bestrafen. Sechs Schläge ihrer Hand auf deine nackten Backen. Und untersteh dich, auch nur mit der Wimper zu zucken – dann verpasse ich dir noch sechs weitere, aber von mir kriegst du den Gürtel zu spüren.«

Emerald befahl dem Mann, seinen Gürtel zu lockern, damit sie seine Hose und Unterhose nach unten ziehen konnte. Bald war sein weißer Hintern entblößt, und als er wieder flach auf dem Boden lag, winkte Emerald die Freundin heran. »Knie dich, meine Liebe, und sammle deine ganze Kraft. Der Bastard verdient deine ganze Strenge für seine Unverschämtheit.«

Milly nahm ihren Platz auf dem Boden neben dem ausgestreckten Körper des Mannes ein. Die blassen Backen faszinierten sie; provozierend rund und glatt, wie zwei Vanillekugeln. Sie hob ihren Arm und ließ ihn auf die linke Kugel klatschen. Sie spürte, wie das Fleisch unter ihrer Hand zu zittern begann, und als sie die Hand zurückzog, sah sie eine leichte Röte auf der Haut.

Sie schlug wieder zu, diesmal auf die andere Backe, und sah, wie er im Schmerz die Muskeln anspannte. Auch sein Kinn war hart, und der Mund drückte sich gegen den Teppich.

»Härter!«, fauchte Emerald. »Lege deine ganze Kraft in den nächsten Schlag! Er hat es nicht anders verdient!«

Milly gehorchte und schloss die Bestrafung mit den nächsten Schlägen ab. Donalds blasse Haut zeigte jetzt eine deutliche Färbung, und man konnte genau den Abdruck von Millys Fingern sehen. Die Übung hatte ihr den Atem geraubt, aber Emerald war offenbar zufrieden und wies sie an, sich aufs Bett zu legen. Donald musste sich zu ihren Füßen aufs Bett legen und fortfahren, ihre Füße und Beine zu küssen.

Jetzt wuchs wieder die schmerzende Leere, die Millys Bauch mit einem Hunger füllte, der nicht mit Essen gestillt werden konnte. Sie streckte ihre Beine aus und öffnete sie ein wenig, während sie dem Mann zuschaute, der langsam hoch zu ihren Knien kroch und insgeheim hoffte, dass Emerald ihn diesmal weitergehen ließ.

Seine Gebete wurden erhöht. Als er Millys Knie erreichte, sagte Emerald: »Du darfst jetzt die wunderbaren Schenkel von Mademoiselle küssen, aber achte darauf, dass du sie mit Delikatesse bedienst.«

Es waren winzige geflüsterte Küsse, die Ströme des Entzückens in Millys Schoß schickten. Das feuchte Gewebe der Vulva schwoll an und pochte mit einem kaum zu ertragenden Verlangen, und sie begann sich vorzustellen, wie er sie dort küsste. Sie wusste, dass sie sich damit selbst quälte, aber sie konnte sich nicht zurückhalten.

Ihr Verlangen war extrem, und wenn sie nicht bald die Befriedigung erfuhr, dann würde sie sie selbst herbeiführen müssen. Aber sie fürchtete Emerald. Die Domina hatte sie beide unter Kontrolle, und Milly traute ihr durchaus zu, auch sie zu züchtigen, wenn sie den einmal gewiesenen Weg verließ. Also lag sie in gelähmter Spannung da und hoffte inständig auf bessere Zeiten.

Als die Lippen des Mannes die Innenseiten ihrer Schenkel erreichten und seine Nase gegen die *camiknickers* stieß, setzte sich Emerald zu ihnen aufs Bett. Sie hatte einen strengen Ausdruck, aber ihre Augen strahlten einen Glanz aus, und Milly fragte sich, was unter dem versteinerten Äußeren vorging. Bezog sie eine bestimmte Lust aus der Beobachtung?

Dann, endlich, kam das Kommando, auf das sie die ganze Zeit gewartet hatte. »Leck sie.«

Donalds Zunge drängte sich langsam zwischen ihre feuchten Falten, und Milly öffnete den Mund, um ihre Gefühle zu äußern, aber noch bevor ein Ton herauskam, legte sich eine flache Hand auf den Mund.

Sie sah Emerald mit angstvoll geweiteten Augen an. Das Gesicht der Frau zeigte keine Unruhe, keine Bedrohung; es verfolgte nur den bedächtigen Fortschritt der Zunge in Millys Pussy. Milly hielt sich zurück, obwohl ihr das schwer fiel, denn die dicke Zunge drang immer tiefer in ihre Muschi ein.

Im nächsten Moment stieß die Zunge mit einer schnellen Bewegung zum Juwel in der Lotusblume vor. Ein Schauer von wilden Verzückungen jagte durch Milly hindurch, und ihre Klitoris stand in Flammen, und schließlich erhielt sie die Stimulierung, die sie so verzweifelt brauchte.

Er begann sie mit der Breitseite der Zunge zu lecken und erwischte die meisten Falten und Winkel bei jedem Zug, und immer stieß die mobile Spitze gegen die pochende Knospe und löste neue Zuckungen in ihr aus.

Noch länger einen Deckel auf ihrer Erregung zu halten fiel ihr immer schwerer, und Milly hatte Angst, dass sie bald überkochte und lautes Stöhnen und Keuchen hören ließ. Aber noch schaffte sie es, sich zurückzuhalten, und nach einer Weile fand sie, dass die neue Erfahrung sie bereicherte. Sie musste ihre Aufmerksamkeit nach innen lenken, und dort konnte sie sich ungestört ihren Gefühlen widmen. Die intensiven Empfindungen eskalierten unweigerlich zum Orgasmus, und als sie dieses Stadium erreichte, glaubte sie zu explodieren.

Stattdessen war ihr, als schwebte sie auf Wolken, als der Orgasmus einsetzte. Ihr Körper vibrierte wie ein fein gestimmtes Instrument, dem es bestimmt war, die süßen Wellen des Sex aufzunehmen und auszudrücken. Ihre Haut fühlte sich ätherisch und glühend an, als wäre sie aus purem Licht, und ein paar zeitlose Sekunden lang war sie von wahrer Glückseligkeit umfangen, völlig blind und taub gegen ihre Umgebung, zurück in einem sorgenfreien Zustand wie im Mutterleib.

»Genug!«, hörte sie Emeralds scharfe Stimme, die sie wieder in die Wirklichkeit holte. »Zieh dich in deine Ecke zurück, und leg deine Kleider wieder an.«

Als es im Zimmer wieder still wurde, schlief Milly ein.

Sie öffnete die Augen und sah, dass Emerald neben ihr auf dem Bett saß, aber Donald war nicht mehr da. Sie streckte sich träge, der Körper völlig entspannt.

»Sehr gut.« Emerald lächelte ihr zu. »Du hast das tadellos gemacht, Milly.«

»Wirklich?« Sie setzte sich auf und rieb sich die Augen. Ein Umschlag wurde ihr in die Hand gedrückt. Sie starrte darauf, dann öffnete sie ihn. Sie fand fünf druckfrische Pfundnoten und fünf Shilling vor.

»Fünf Guineas!«, rief sie. »Oh, ich kann unmöglich das

ganze Geld annehmen, Emerald. Du hast schließlich die meiste Arbeit geleistet.«

Die andere Frau lachte. »Sei nicht albern, das ist dein Anteil. Ich habe den Betrag gehälftet.«

»Zehn Guineas? Du meinst, er hat zehn Guineas dafür gezahlt?« Emerald nickte und genoss die Verwunderung auf Millys Gesicht. »Aber das ist mehr, als eine Lehrerin in zwei Wochen verdient.«

»Er kann es sich leisten. Sein Vater ist der Earl of Dunbride. Sei nicht so erstaunt, Milly. Es gibt nicht viele Frauen, die bereit sind, das zu tun, was du und ich heute Abend getan haben, und arme Schweine wie Donald wissen das zu schätzen. Ohne uns würden sie ein miserables Leben führen.«

Milly schüttelte den Kopf. »Ich will gar nicht erst versuchen, das zu begreifen.«

»Das ist auch nicht nötig. Aber nun hast du gesehen, wie es geht, und du kannst es allein tun, wenn du willst. Wie du siehst, lässt sich ganz gut davon leben. Und du allein entscheidest, wie weit du gehen möchtest.«

Sie öffnete die kleine schwarze Handtasche und zog eine Visitenkarte heraus. »Ich gebe dir meine Karte, Milly. Wenn du nach London zurückkehrst, wird sie dein Entree in Etablissements sein, die diesem hier ähneln. Ich schreibe dir eine Adresse auf die Rückseite. Ich kann diese Dame nur empfehlen; sie ist seit Jahren in diesem Gewerbe, und sie sucht immer nach neuen Gesichtern. Hier, bitte.«

Milly las beide Adressen und steckte die Karte dann in ihre Tasche. »Danke, Emerald. Ich weiß das wirklich zu schätzen.«

»Ich weiß, dass du deinen Job als Schauspielerin verloren hast, wie Richard mir erzählt hat. Vielleicht ergreifst du gern die Chance, dir ein neues Einkommen zu sichern, bis du wieder auf eigenen Füßen stehen kannst.«

»Ich weiß nicht, wie ich dir danken kann.«

Obwohl Milly nicht wusste, ob sie die Chance wahrnehmen würde, war sie froh, diesen Trumpf im Ärmel zu haben. Emerald verließ die Jacht am nächsten Tag und fuhr mit dem Zug nach Rom, und Milly langweilte sich wieder unter den anderen Gästen. Sie versuchte, mit den Männern zu flirten und mit den Frauen zu plaudern, aber sie sehnte sich nach dem Ende der Woche. Sie blieb nur wegen Richard bis zum bitteren Ende, weil sie das Gefühl hatte, ihn im Stich zu lassen, wenn sie vorzeitig von Bord ging.

An ihrem letzten Abend fand er sie allein an Deck vor. »Milly, bist du sicher, dass du morgen nach London zurückkehren willst?«, fragte er.

Sie nickte. »Ich muss. Ich brauche eine Wohnung, denn ich kann meinem Vater nicht länger zur Last fallen. Und ich habe meine Mutter seit Monaten nicht gesehen. Wir sind im Streit auseinandergegangen, und das liegt mir inzwischen schwer auf der Seele.«

Ihre Einwände waren nur teilweise wahr. In letzter Zeit hatte sie mehr an Robin gedacht als an irgendeinen sonst. Sie sehnte sich nach ihm, aber er würde inzwischen in Deauville sein, und sie kannte seine Adresse nicht. Sobald sie aber ihre eigene Bleibe in London hatte, würde sie ihm einen langen Brief schreiben und den Kontakt neu suchen.

»Aber was wirst du tun, wovon wirst du leben? Glaubst du, dass Serge dich wieder nimmt?«

Sie schüttelte den Kopf. »Ich will nicht mehr zu ihm zurück. Ich glaube, es ist fast immer ein Fehler, alte Spuren wieder aufzunehmen. Besser ist es, frische Felder und saftige Wiesen zu suchen.«

Sie sprach fröhlich und fast aufgedreht, aber noch bevor sie ausgesprochen hatte, wurde ihr jäh bewusst, dass ihre Erkenntnis dann auch auf den neuen Kontakt mit Robin zutreffen könnte.

Es war unheimlich, aber Richard schien ihre heimlichen Ängste auszusprechen, als er sagte: »Du hast dir einen Ruf als Vamp erworben, Milly. Du flirtest mit allen, aber du schläfst mit keinem. Wartest du auf den großen Regisseur, der dich in die Arme nimmt und zur Besetzungscouch trägt?«

»Ich weiß nicht, worauf ich warte«, sagte sie seufzend. »Einmal träumte ich davon, eine große Schauspielerin zu sein, aber jetzt bin ich mir nicht mehr sicher. Würde mich je einer ernst nehmen, wenn er von meiner zwielichtigen Vergangenheit erfährt?«

Richard hob die Schultern. »Das weiß ich nicht. Ich habe solche Ambitionen nicht, wie du weißt. Nach diesem Sommer werde ich nach London zurückgehen und einen Platz in der Firma meines Vaters finden.« Seine Augen verdunkelten sich, als er hinaus zum Horizont schaute und zweifellos an die griechischen Inseln dachte, auf denen die schönen nackten Jungen ihm entgegenliefen und ihn mit Girlanden empfingen. »Dies ist mein letzter Sommer der völligen Freiheit, und ich will das Beste daraus machen.«

Irgendwie, dachte Milly, könnte das auch auf mich und meine Pläne zutreffen.

Zwölftes Kapitel

Milly kehrte in einem seltsamen Zustand nach London zurück, halb erwartungsfroh und halb bedauernd. Sie gab sich erst gar nicht die Mühe, Verbindung mit Serge oder ihren Eltern aufzunehmen, und fand eine schäbige Bleibe bei Vauxhall. Obwohl sie etwas Geld in der Bank hatte, fühlte sie sich wegen ihrer finanziellen Verhältnisse verunsichert.

Es gab die ersten Anzeichen des nahenden Herbstes, und sie sah viele Kinder auf dem Weg zur Schule, was sie zu der Überlegung brachte, ob sie eine Stellung als Gouvernante suchen oder gar in den Schuldienst eintreten sollte.

Aber der Gedanke deprimierte sie. Sie hätte nichts dagegen, ältere Schüler zu unterrichten, die wirklich etwas lernen wollten, aber sie konnte sich nicht überwinden, Kindern etwas beizubringen.

Beim Sortieren ihrer Handtaschen fiel ihr die Karte in die Hände, die Emerald ihr gegeben hatte. Hier im kühlen England schienen die Tage am Mittelmeer längst vergangen, und sie hatte nicht mehr an die Referenz gedacht. Aber jetzt kam sie ihr wie ein Wink mit dem Zaunpfahl vor.

Die Adresse von ›Madame Vavasour‹ lag in Kensington, und Milly beschloss, mit einem Taxi hinzufahren. Sie fand ein typisches West End Haus mit vier Etagen, weißem Stuck und einem imposanten Eingang zwischen dicken Pfeilern vor. Ein Mann verbeugte sich kriecherisch vor ihr, als sie die Halle betrat. Er nahm ihre Karte auf einem Silbertablett entgegen und bat Milly, rechts im Salon zu warten.

Nach ein paar Minuten schwebte eine große Frau in einem

langen Negligé aus schwarzem Chiffon mit Volants an Hals und Ärmeln herein. Ihre silbernen Haare waren in einem kunstvollen Nackenknoten zusammengefasst, und Milly atmete den würzigen Duft von *L'Heure Bleue* ein.

»Bitte, entschuldige meine unvollkommene Kleidung«, sagte sie lächelnd, als Milly sich erhob. »Ich war gerade dabei, mich für eine Verabredung zum Essen anzukleiden. Aber ich wollte dich nicht gehen lassen, ohne dich kennen zu lernen. Wie geht es dir? Ich bin Tamara Vavasour, aber du kannst mich Tammy nennen. Jeder nennt mich so.«

»Und ich bin Emily Floret«, sagte Milly lächelnd, nachdem sie sich entschieden hatte, ihren ›Bühnennamen‹ zu benutzen. »Aber die meisten Leute nennen mich Milly.«

»Emerald hat mir von dir geschrieben«, sagte Tammy, als sie beide Platz genommen hatten. »Und dass du dich nun bei mir gemeldet hast, kann zu unserem beiderseitigen Vorteil sein.« Sie lehnte sich vor und nahm Millys Hand in ihre. »Es ist fast so, als hätte dich der Himmel geschickt.«

»Wirklich?«

»Ja. Oh, da kommt Quentin mit dem Tee. Du nimmst doch eine Tasse, Milly?«

Der Mann bewegte sich wie ein Geist zwischen ihnen, er stellte das Tablett ab, schenkte Tee ein und verschwand wieder geräuschlos mit seinen weißen Handschuhen.

Als er gegangen war, sah Tammy ihren Gast mit einem verschwörerischen Blick an. »Quentin ist einer meiner zahlreichen willigen Sklaven. Ich bin sicher, dass du weißt, wovon ich rede.« Sie ließ ein perlendes Lachen hören. »Ja, du weißt es, denn ich sehe dich erröten! Nun, meine Liebe, sollen wir zum Geschäftlichen kommen?«

»Ich weiß es noch nicht so genau. Ich wollte mir anhören, wie das bei dir so abläuft ...«

Die Frau stellte eine Menge Fragen. Wie hatte es ihr an der

Riviera gefallen? Seit wann kannte sie Emerald? Wo wohnte sie in London? Hatte sie private Einkünfte? Suchte sie nach einer Beschäftigung? Zu Millys Überraschung fand sie die Fragen nicht aufdringlich. Sie hatte das Gefühl, dass Tammy genau wusste, warum sie hier war.

Schließlich kam sie zum Punkt. »Nun, Milly, es hat sich was ergeben, was Emerald nicht ahnen konnte, als sie dir meine Adresse gab. Meine Schwester in Edinburgh ist krank geworden, und ich möchte zu ihr fahren und etwa einen Monat bleiben. Aber ich brauche jemanden, der aufs Haus aufpasst. Natürlich könnten meine Gentlemen das übernehmen, denn sie tun alles für mich, sie kaufen ein, kochen und putzen, aber sie brauchen Kontrolle, wenn du weißt, was ich meine.«

»Du meinst, ich soll in deiner Abwesenheit hier die Kontrolle übernehmen?«

»Ich bin sicher, wenn Emerald dich empfiehlt, gehe ich kein Risiko ein. Ich habe noch ein Haus weiter unten auf der Straße, aber das wird von meinen Mädchen betrieben. Wenn du hier Hilfe benötigen solltest, werden sie dir nur zu gern helfen, aber mein erster Eindruck ist, dass du mit den Gentlemen sehr gut zurechtkommst. Was sagst du dazu?«

»Ich muss gestehen, dass ich nicht weiß, was ich sagen soll. Was habe ich genau zu tun?«

»Du lebst hier und behandelst meine Gentlemen als deine Diener. Du wirst sie sehr gehorsam vorfinden. Sie stammen alle aus guten Häusern und wechseln sich bei den verschiedenen Arbeiten ab. Reich mir doch bitte das Buch auf dem Tisch neben dir, dann zeige ich es dir.«

Millys Augen wurden rund wie Untertassen, als Tammy ihr die fein säuberlichen Eintragungen unter der Überschrift ›Haushalts-Agenda‹ zeigte. Die besonderen Neigungen der

Männer wurden bis ins Detail dokumentiert. Sie las den ersten Beitrag.

Charles Ponsonby-Smythe, jüngerer Sohn von Sir Broderick und Lady Anne. Eton und Oxford. Er liebt es mit dem Slipper. Exzellentes orales Training. Köstlich sein walisisches Kaninchen. Zieht beim Staubwischen gern eine Schürze an. Bevorzugt gelegentlich die Peitsche, aber nicht übertreiben. Ein Stiefellecker. Am besten getrennt von den anderen, weil er eine Neigung zum Schwätzen hat. Er manikürt die Fingernägel tadellos. Bei Personalmangel ist er vielseitig einsetzbar.

Milly blickte auf und sah, dass Tammy sie lächelnd betrachtete. »Ich hole gern das Beste aus meinen Gentlemen heraus. Ich lasse dir das Buch zu deiner Verfügung da, dann kannst du bei Bedarf immer wieder mal reinschauen.«

»Aber ich habe noch nicht gesagt, dass ich das Haus übernehme«, wandte Milly ein.

»Oh, ich glaube, du wirst es tun.« Tammys Stimme klang wie eine Eisenfaust in einem Samthandschuh. »Ich zahle dir fünfzig Guineas für den Monat. Du wirst auch Trinkgelder von den Gentlemen erhalten, wodurch sich dein Einkommen verdoppelt. Nicht schlecht für einen Monat des entspannten Verwöhnens, nicht wahr?«

Milly grinste. »Nun, da du es so hübsch formulierst ...«

»Gut. Kannst du morgen anfangen? Ich würde gern mit dem Mittagszug nach Schottland fahren.«

Milly war begeistert. Fünfzig Guineas waren eine außerordentliche Bezahlung für eine offenbar angenehme Arbeit. Sie wollte Tammy noch um Emeralds Adresse bitten, damit sie ihr schreiben und sich bedanken konnte.

Am anderen Nachmittag war Milly als Mistress von Nummer Sieben, Holland Mansions, etabliert. Quentin begrüßte sie an der Tür und stellte sie dem anderen ›Personal des Tages‹ vor. Dazu gehörten ein großer, kummervoll blickender Kerl namens Edward, ein pummeliger Bursche namens Sam und ein sehr gut aussehender Mann namens Julian, der ihr auf Anhieb gefiel. Mit ihm könnte ich mir heute Abend ein bisschen Spaß bereiten, dachte sie, und bei dem Gedanken lief ein wohliger Schauer über ihren Rücken.

Quentin bediente sie von vorn und hinten, und die anderen warteten nur auf ihre Anweisungen. Milly saß im Salon, wo Tammy noch bis vor ein paar Stunden geherrscht hatte, und fühlte sich wunderbar entspannt.

Sie konnte sich nicht vorstellen, dass man dafür bezahlt wurde, wie eine Königin zu leben! Sie nippte am Tee, knabberte an Gebäck und griff nach der ›Haushalts-Agenda‹, weil sie Näheres über Julian Davenport erfahren wollte.

Liebt es, wie ein Schoßhündchen behandelt zu werden. Gehorsame Natur, sehr vielseitig. Schwäche für Süßigkeiten. Baut Männchen für Schokolade. Zieht es vor, auf allen vieren zu liegen, liebt Halsband und Kette. Trägt Scheide im Halsband, um ›Tricks‹ vorzuführen. Sehr gehorsam auf allen Gebieten, liebt es, stets zu Diensten zu sein.

Was Milly besonders gefiel, war die Tatsache, dass Tammy sanfter war als Emerald und dass sie in ihren Gentlemen eher Freunde als Klienten sah. Die Bemerkungen über Julian verwunderten sie sehr. Was es mit der ›Scheide‹ auf sich hatte, würde sie noch herausfinden, obwohl sie von Chloe gehört hatte, dass diese Dinger hart und unbequem waren.

Ein paar nostalgische Sekunden lang dachte sie an Robin,

und der alte Schmerz traf wieder ihr Herz. Mehrere Male hatte sie versucht, ihm einen Brief nach Paris zu schicken, aber sie fand den Nerv nicht dazu. Sie fürchtete sich davor, dass er ihr nach ihrem langen Schweigen nicht antworten würde.

Aber ihre Sehnsucht nach einer kompletten sexuellen Erfüllung war stärker denn je, und sie begann zu hoffen, dass Julian ein Kandidat dafür war. Nach einem köstlichen Essen, das Sam und Edward zubereitet hatten, läutete sie die Glocke und wies die vier Männer an, in den Salon zu kommen.

»Ich möchte euch die abendlichen Pflichten zuweisen«, begann sie und musste ihr Lachen unterdrücken, als sie die Männer in Reih und Glied stehen sah, den Blick starr auf den Boden gerichtet. »Sam, tritt bitte vor.«

Sie legte einen Finger unter sein Kinn, und er hob den Kopf. Sie konnte in seine klaren grauen Augen sehen. »Du hast mir ein ausgezeichnetes Essen bereitet.«

»Ich danke Ihnen, Herrin«, murmelte er und wurde knallrot.

»Du wirst mir um zehn Uhr heute Abend mein Bad vorbereiten.«

Seine grauen Augen blinzelten, aber er sagte nichts, er verbeugte sich nur und trat in die Reihe zurück. Jetzt musste Edward vortreten. Auch ihm gratulierte sie für das Essen, und Milly trug ihm auf, sich um ihre Wäsche zu kümmern. Sie wies Quentin an, ihre Schuhe zu putzen und ihr Frühstück morgen früh um neun an ihr Bett zu bringen. Schließlich musste Julian nach vorn treten.

»Du wirst mir meinen Gute-Nacht-Trunk bringen. Ich möchte um elf Uhr heute Abend ein Glas Brandy haben. Du bringst es mir in deiner üblichen Uniform. Ist das klar?«

Seine schönen grünen Augen blitzten kurz, dann nickte er eifrig. »Ja, Herrin. Danke, Herrin.«

Sie entließ sie, indem sie kurz in die Hände klatschte, dann setzte sie sich im Sessel zurück und holte das Buch mit den Sonetten von Shakespeare heraus, aber kaum hatte sie zu lesen begonnen, da füllten sich ihre Augen mit Tränen.

»Verdammte Öllampe!«, fluchte sie, obwohl sie wusste, dass die schwache Beleuchtung mit ihren Tränen nichts zu tun hatte. Ihre melancholische Stimmung war noch nicht gewichen. Sie brauchte Abwechslung. »Was, zum Teufel, soll ich denn an den Abenden hier anfangen? Oh, ich werde nach Quentin läuten.«

Als er eintrat, fragte sie: »Was unternimmt die Herrin nach dem Abendessen?«

»Wenn sie keine Gäste hat, spielt sie Karten mit ihren Gentlemen. Manchmal auch Cribbage oder Backgammon.«

»Sehr gut, dann bringe die anderen her. Wir werden eine Stunde lang spielen.«

Aber es war ein frustrierender Abend, da niemand der Männer sie schlagen wollte. Sie ließen sie absichtlich gewinnen.

Sie brauchte nicht lange, bis sie eine alternative Art der Unterhaltung gefunden hatte. Sie musste nur den scheuen Julian anschauen und ihm zulächeln, dann wurde er puterrot. Sie verfolgte ihn mit den Blicken. Obwohl er bemüht war, nur in seine Karten zu schauen, oder auf den Tisch oder auf den Boden, fixierte sie ihn die ganze Zeit oder stieß ihn an und sagte: »Du bist dran, Julian.« Sie sagte das mit einer so strengen Stimme, dass er gezwungen war, sie anzusehen, und jedes Mal brannten seine Wangen wie Feuer.

Endlich war Julian entlassen, damit er das Bad der Herrin

vorbereiten konnte. Milly freute sich schon darauf. Als es fertig war, wies sie Julian und Edward an, sie nach oben zu begleiten. Sie mussten ihr beim Ausziehen helfen, was sie mit gesenkten Blicken taten, dann war es Edwards Aufgabe, die Kleider in ihr Schlafzimmer zu bringen, während Julian angewiesen wurde, ihren Rücken zu waschen.

Das Wasser hatte die genau richtige Temperatur und duftete nach Lavendel. Milly ließ sich mit einem Seufzer hineingleiten, und Julian reichte ihr die Seife. Er hatte die schönen grünen Augen fast geschlossen, aber sie befahl ihm, ihre Füße zu waschen, und hob ein Bein hoch aus dem Wasser.

Wie sie es genoss, ihn in Verlegenheit zu bringen! Er nahm die Seife und wusch erst den einen, dann den anderen Fuß, während sie sich träge zurücklehnte. Später, dachte sie, werde ich dich nackt vor mir sehen, und diese Vorstellung erregte sie.

»Das reicht, Julian. Jetzt meinen Rücken.«

Milly setzte sich auf, beugte sich vor und umschlang ihre Knie mit den Armen. Seine behutsamen Hände massierten den Schaum in ihre Haut. Sie entspannte sich unter seinen Berührungen; alle melancholischen Gedanken schwanden und wurden durch sinnliche ersetzt. Wie lange war es schon her, dass sie zuletzt mit einem Mann Liebe gemacht hatte? Viel zu lange. Sie hatte sich in nostalgischen Träumereien verloren, statt die Möglichkeiten der Realität zu nutzen. Nun, das würde sie an diesem Abend noch ändern!

Julian hielt ihr das warme Badetuch hin, als sie aus der Wanne stieg, pinkfarben und süß duftend. Sie trug ihm auf, sie trocken zu rubbeln. Er achtete darauf, dass er sie nicht direkt berührte; zwischen seiner Hand und ihrer Haut musste das Badetuch liegen. Sie schlüpfte in einen Umhang und entließ ihren Diener, erinnerte ihn aber an den Nachttrunk.

Milly ging auf ihr Zimmer und zündete die Lampe neben dem Bett an. Sie legte sich hin und schaute hinauf zum üppig bestickten Seidenhimmel.

Aus der Agenda wusste sie, dass Madame eine Schachtel Schokolade im Nachtschrank aufbewahrte, mit der sie ihre Gentlemen belohnte. Milly öffnete die Tür und fand einen Charbonnier-Korb, den sie neben die Lampe stellte, dann streckte sie sich wieder auf dem Bett aus. Die Uhr auf dem Kaminsims zeigte auf zehn Minuten vor elf. Ihr Bauch fühlte sich wabernd vor Verlangen an – der Brandy würde ihr gut tun.

Die Uhr begann gerade ihr Glockenspiel, als es an ihre Zimmertür klopfte.

»Komm herein«, rief Milly. Sie versuchte, autoritär zu klingen, aber ihre Stimme bebte.

Es gab ein kurzes Fummeln am äußeren Türgriff, dann wurde die Tür aufgestoßen und gab den Blick frei auf Julian auf allen vieren, nackt bis auf das Hundehalsband, an dem eine lange Kette hing und ein schwarzer Bogen. Auf dem gestreckten Rücken stand ein Silbertablett mit einem Dekanter voll Brandy und einem Brandyglas.

Milly musste bei diesem Anblick lachen. Julian drückte die Tür hinter sich zu, und Milly klatschte in die Hände. »Julian, wie wunderbar!«

Sie sah, wie er errötete, und wusste sofort, dass sie sich rollengemäß verhalten musste, sonst würde sie ihn in große Verlegenheit stürzen. Jetzt aber kroch er weiter, denn schließlich hatte er einen Auftrag zu erfüllen. Es war Milly bewusst, dass sie vorsichtiger mit ihren Gentlemen umgehen musste, als sie bisher gedacht hatte.

Es gab eine feine Linie zwischen der Ausübung und dem Missbrauch von Macht. Obwohl diese Männer es liebten, hart angefasst oder wütend angeraunzt zu werden, mussten sie schon davon überzeugt sein, dass ihre Herrin es ernst meinte und sich nicht lustig über sie machte. Das war ein Spiel mit unausgesprochenen Regeln, aber beide Seiten mussten sich daran halten, sonst würde die Scharade nicht mehr funktionieren.

»So ist es gut, Julian«, sagte sie, als er parallel zu ihrem Bett anhielt. Sie beugte sich zu ihm und hob das Tablett hoch, dann schenkte sie sich einen Brandy ein, während er auf allen vieren liegen blieb. Milly griff in den Schokoladenkorb und nahm eine Praline heraus, obendrauf ein kristallisiertes Veilchen. »Ich will ein Männchen sehen.«

Gehorsam erhob er sich in eine kniende Stellung, die Hände vor der Brust zusammengedrückt. Mit seinen grünen Augen schaute er sie flehend an. Er schob die Zungenspitze zwischen die Lippen. Wenn er einen Schwanz hätte, dachte Milly, würde er damit wedeln.

Was er hatte, war eine andere Extremität, die sich steif aufgerichtet hatte. Milly warf einen kurzen Blick darauf und spürte einen tiefen Lustschauer in sich. Sie hielt ihm die Praline hin und sagte: »Du kannst dreimal lecken. Mehr hast du dir noch nicht verdient.«

Julian schloss die Augen und ließ die Zunge spielen. Als Milly die Praline unter seine Nase hielt, schnüffelte er daran und schmeckte sie dann. Nachdem er dreimal geleckt hatte, nahm sie die Hand zurück und legte die Praline wieder in den Korb.

»Du liebst es also zu lecken?«, murmelte sie. »Mal sehen, ob wir noch etwas zum Lecken für dich finden.«

Sie öffnete ihren Umhang und enthüllte ihre Brüste. Die Nippel waren schon steif und lechzten nach Berührung. Milly rutschte zum Bettrand und hob Julian ihre Brüste entgegen. Seine Augen weiteten sich ein wenig, aber er blieb unbeweglich, obwohl sein Schaft aufrecht stand. Sein Verhalten erinnerte Milly an einen Vorstehhund im Anblick der Beute.

»Leck meine Nippel«, befahl sie.

Julian kam sofort mit dem Gesicht näher, dann streckte er die rote Zunge heraus. Er setzte sie gründlich ein, nässte zuerst den einen Nippel, dann den anderen und erhöhte ihre Erregung. Sie sagte ihm, dass er sie auch saugen sollte, und dann wechselte er in der Technik, mal lecken, mal saugen.

Milly begriff, dass er so vorgehen würde, bis sie ihm das Aufhören befahl. Sie richtete sich bequem ein, legte sich wieder auf den Rücken und sagte ihm, er sollte sich neben sie knien und seine Arbeit fortsetzen.

Mit ihren regelmäßigen Liebkosungen versetzten die eifrigen Lippen und seine Zunge sie in einen Zustand orgiastischer Glückseligkeit. Milly spürte ein erschauerndes Verlangen in ihrem Schoß, das unbedingt gestillt werden musste. »Leck mich jetzt weiter unten«, trug sie ihm auf, als der Hunger zu groß wurde.

Sofort passte er seine Position dem neuen Arbeitsgebiet an und küsste die offenen Lippen ihrer Pussy. Milly erkannte schon nach den ersten Zügen, dass er ein Experte in diesem Job war, und das schnelle Züngeln an ihrer Klitoris brachte sie bald zum Gipfel ihrer Ekstase. Sie erschauerte und stöhnte sich durch eine Reihe von orgasmischen Gefühlen, die sie atemlos und völlig erschöpft zurückließen.

Julian schien völlig unbeteiligt zu sein. Er glitt vom Bett und nahm wieder seine Hundeposition ein, verhielt sich absolut still, den Blick gesenkt, während Milly nur langsam in die Gegenwart zurückfand. Schließlich langte sie nach der Praline. »Hier, mein Junge, da hast du deine Belohnung.«

Milly wusste, was der kleine Nachtschrank noch enthielt: eine Schachtel mit Schaumtabletten. Sie langte hinein und nahm eine heraus. »Sei ein guter kleiner Hund, und schieb das in mich hinein«, sagte sie und reichte ihm die Tablette. Julian zögerte nicht und schob die Tablette so tief wie möglich in ihren Leib, was ihre Geilheit noch verschärfte.

Da sie wusste, dass er die Scheide bei sich trug, wollte sie sehen, ob er sie auch diesmal nicht vergessen hatte. Er holte sie brav aus dem schwarzen Bogen heraus, dick und steif und bestimmt nicht angenehm zum Tragen, aber dafür sah sie überaus wirkungsvoll aus.

Milly schickte ihn zum Waschstand, um eine Schüssel Wasser zu holen. Er hielt sie in der Hand, während Milly die Gummischeide mit Wasser füllte und hochhielt, um sicher zu sein, dass sie kein noch so kleines Loch enthielt.

»Gut. Jetzt kannst du das Ding überziehen«, sagte sie ihm.

Seine Erektion war die ganze Zeit über kräftig geblieben, vermutlich allein durch schiere Willenskraft, schätzte Milly. Julian verzog das Gesicht, als er seinen Penis in die Scheide pressen musste, aber in seinen grünen Augen blitzte die Lust. Als sein Schaft in der Schutzhülle steckte, drehte sich Milly auf dem Bett auf alle viere.

»Jetzt kannst du mich von hinten nehmen, schließlich bist du ja ein Hund.«

Ihre Libido war schnell wiederhergestellt, und dann spürte sie auch schon die harte Spitze am Eingang. Im nächsten Moment drang er mit einem Schlag in sie ein; schmerzvoll zuerst, aber seine langsamen Bewegungen lockerten sie und verschafften ihr zunehmend Lust. Seine Hülle wurde von der Wärme und ihren Säften immer weicher, wodurch er leichter ein- und ausfahren konnte. Er beschleunigte das Tempo und pflügte ihre Furche, genau wie Milly es haben wollte.

Mindestens drei Orgasmen bescherte er ihr durch seine

Ausdauer. Danach konnte sie sich kaum noch auf den Beinen halten, und schließlich sagte sie: »Das muss es jetzt gewesen sein, Julian.«

Er zog sich sofort aus ihr zurück und rutschte vom Bett. Sie wies ihn noch an, die Scheide in der Schüssel zu waschen. Es begann sie zu irritieren, dass sie ihm jede Kleinigkeit vorgeben musste, aber er schien nichts aus eigenem Antrieb zu tun.

Die erste Woche des genusssüchtigen Verwöhnens ging schnell vorbei, aber dann flachte das Neue ab, und Milly begann sich zu langweilen. Sie hatte ihre Eltern seit Wochen oder gar Monaten nicht mehr gesehen, und spontan entschied sie sich, ihren Vater zu besuchen.

Er war nicht zu Hause, aber Philip war da und sagte ihr, dass in ihrer Abwesenheit ein Brief aus Italien eingetroffen wäre. »Ich sage Mrs. Godwin Bescheid.«

Milly bedankte sich und öffnete den Brief sofort. Er war, wie sie sich gedacht hatte, von ihrer Patentante, aber Emma hatte nur eine kurze Notiz beigelegt: »Dieser Brief kam von Deiner Lehrerin. Ich schicke ihn an die Adresse Deines Vaters, weil ich nicht weiß, ob Deine Mutter noch in Italien weilt.«

Die Kürze der Zeilen behagte Milly nicht. War ihre Patentante über irgendwas verärgert? Aber sie verdrängte diese Frage und konzentrierte sich auf den Umschlag mit Evadnes vertrauter Handschrift. Sie war fast zu ängstlich, den Brief zu öffnen, aber dann wurde sie angenehm überrascht.

»Liebe Milly«, las sie. »Ich schreibe Dir wegen einer Gelegenheit, die Du vielleicht wahrnehmen willst. Ein alter Kollege von mir an einem der Ausbildungs-Colleges, die der Universität von London angeschlossen sind, Professor Alan

Symes, sucht einen Teilzeitlektor für Englisch. Ich weiß, dass Alan die höchsten akademischen Ansprüche stellt. Wenn Du interessiert bist – hier hast Du seine Adresse ...«

Der Brief war vor drei Wochen datiert. Offenbar war Evadne nicht nachtragend, und dafür war Milly dankbar. Aber sie fluchte über ihre Trägheit – sie hätte viel früher zu ihrem Vater gehen sollen. Professor Symes würde die Position wahrscheinlich längst besetzt haben.

Milly begab sich auf den Rückweg nach Kensington – nachdem sie ihrem Vater ein paar Zeilen geschrieben hatte – und stellte schon unterwegs mit Erstaunen fest, wie verlockend sie es fände, als Akademikerin zu arbeiten. Sie hätte noch vor ein paar Tagen nicht daran geglaubt, von einer solchen Aussicht so angetan zu sein. Ihr wurde bewusst, wie sehr sie das intellektuelle Leben vermisste und wie leer die letzten Monate gewesen waren.

Sobald sie zu Hause war, musste Quentin ihr die Utensilien zum Schreiben eines Briefes bringen. Sie verfasste eine Nachricht an Professor Symes und bemühte sich um ihre beste Handschrift, dann trug sie Quentin auf, den Brief persönlich bei der Adresse in Hampstead abzugeben.

Eine Antwort erhielt sie schon am nächsten Tag. Professor Symes teilte ihr mit, dass er die Position noch nicht besetzt hatte und dringend einen Lektor suchte, der in zwei Wochen den Dienst antreten musste, weil das Herbsttrimester begann. Ob sie am vierundzwanzigsten zu einem Bewerbungsgespräch zu ihm kommen könnte?

Milly blieben nur zwei Tage, um sich auf das Gespräch vorzubereiten. Sie schickte Quentin zu ihrer Mutter, um Bücher abzuholen, die sie nach dem Ende des Studiums in eine Truhe gepackt hatte. Dann lag die mühselige Arbeit vor ihr, das eingerostete Gehirn zu ölen. Sie las sich ihre Essays und Aufzeichnungen durch, aber es blieb nicht viel hängen.

Sie hatte zwar Evadnes Empfehlung, aber jetzt fürchtete sie, ihre frühere Lehrerin zu beschämen.

Hatten die Monate des leichten Lebens und der sexuellen Exzesse ihr früher so aktives Gehirn durchlöchert? Milly befürchtete das. Und sie wusste auch, dass sie sehr enttäuscht sein würde, wenn sie die Stelle nicht bekäme. Nach ihrer Entschlossenheit, der trockenen Welt der Bücher, Vorlesungen und Bibliotheken den Rücken zu kehren, war Milly verwundert über ihre neue Ambition, diese Welt wieder zu betreten. Vielleicht war sie doch eher Blaustrumpf als Hure.

Zwei Tage später stand Milly im eleganten Haus des Professors. Sie wurde ins Arbeitszimmer des graubärtigen Mannes mit den leuchtenden braunen Augen geführt. Er lächelte freundlich und erhob sich aus seinem Ledersessel.

»Miss Belfort! Wie gut, dass Sie es möglich machen konnten! Ich habe so einen überzeugenden Report von Evadne über Sie erhalten. Nehmen Sie bitte Platz. Ich lasse uns Kaffee bringen.«

Das Bewerbungsgespräch war eher ein kurzweiliges Plaudern. Er fragte sie nach ihrer Zeit in Cambridge und erkundigte sich nach ihren Lieblingsschriftstellern. Die Zeit verging wie im Flug, während Milly über Keats und Shelley redete, über Dickens und Wells. Sie diskutierte literarische Themen, die Auswirkung der italienischen Renaissance auf die Lyrik der Elizabethanischen Zeit. Sie fachsimpelten über Frauenporträts bei Shakespeare, und nach einer guten halben Stunde kehrte das Gespräch zum Lehrstoff zurück.

»Evadne hat mir gesagt, Sie hätten einen informellen Lyrikring in Girton ins Leben gerufen«, sagte er, und seine Augen blitzten. »Und einmal haben Sie eine Vorlesung gehalten, als Sie für sie wegen ihrer Krankheit einspringen mussten.«

»Ja, stimmt.«

Er lachte. »Aber glauben Sie, dass Sie auch für Ordnung sorgen und Vorlesungen mit autoritärer Stimme halten können? Es ist wichtig, die jungen Damen unter Kontrolle zu bringen, müssen Sie wissen.«

Sie musste daran denken, wen sie in den letzten Wochen unter Kontrolle gehalten hatte, und lächelte still in sich hinein. »Ja, ich bin sicher, dass ich das kann.«

»Nun, Milly – ich hoffe, dass ich Sie so nennen darf –, ich glaube, dass Sie das blendend bewältigen werden. Im ersten Jahr befinden Sie sich auf Probe und können von einem Trimester zum anderen gekündigt werden oder auch selbst kündigen. Das ist die normale Prozedur an Colleges. Ihr Gehalt beträgt zweihundertfünfzig Pfund im Jahr, und Sie haben die Möglichkeit, im College zu leben, wenn Sie das möchten. Haben Sie noch irgendwelche Fragen?«

Milly war überglücklich. Den Rest des Tages gingen sie den Lehrstoff durch, unterbrochen nur von einem kurzen Mittagessen, und als sie am Abend nach Kensington zurückkehrte, war sie zuversichtlich, die Position gut ausfüllen zu können. Es amüsierte sie, wenn sie daran dachte, dass sie während ihrer ersten Woche auf dem College noch in Tammys Haus wohnen würde. Was für ein Kontrastprogramm.

Ich schätze, nun sollte ich meinen Eltern die gute Nachricht mitteilen, dachte sie. Zweifellos wären sie erleichtert, dass sie sich doch noch für einen ehrbaren Beruf und eine sichere Arbeit entschieden hatte.

Es gab noch jemanden, der das gern erführe, dachte Milly, aber sie wusste nicht, ob sie es ihm sagen sollte. Robin kam ihr wie ein fahler Traum vor, wie eine gepresste Blume in einem Poesiealbum, eine Erinnerung an vergangene Schönheit. Nun, sie hatte zu viel um die Ohren, um jetzt an ihn zu denken. Sie stieg aus dem Taxi, drückte ein paar Bücher an die Brust und beschloss, die folgenden zwei Wochen zu nutzen, ihre geistigen Fähigkeiten zu schärfen statt den körperlichen Schwächen nachzugeben.

Dreizehntes Kapitel

Milly gewöhnte sich so schnell wieder ins akademische Leben ein, als wäre sie nie weg gewesen. Es gefiel ihr, mal auf der anderen Seite zu sitzen. Als Mitglied des Kollegiums hatte sie mehr Freiheiten, besonders auch, weil sie sich dagegen entschieden hatte, eine Wohnung im College zu beziehen. Sie fand eine große, moderne Wohnung in Chiswick, nicht weit vom Haus ihres Vaters entfernt, und freute sich über ihre Unabhängigkeit.

Wie sie erwartet hatte, freuten sich ihre Eltern über ihre Berufung. Als sie hörte, dass Kitty zurück war, besuchte Milly sie in der überfüllten dunklen kleinen Wohnung, die ihre Mutter mit zwei anderen Frauen teilte.

»Jetzt ist deine Studienzeit wenigstens nicht vergeudet, Milly«, kommentierte sie. »Wie du weißt, habe ich wenig Zeit mit Intellektuellen verbracht, aber alles ist besser als diese schmutzige Arbeit, an der du beteiligt warst. Ich hatte schon befürchtet, dass Emma und dein Vater ihren schlechten Einfluss auf dich ausgeübt haben. Sie haben immer nach dem Motto gelebt, dass zuerst das Vergnügen kommt, dann erst die Pflicht.«

»Ich verstehe nicht, warum man nicht beides haben kann«, warf Milly ein.

»Es ist eine Frage des ausgewogenen Verhältnisses, meine Liebe. Aber nun hoffe ich, dass du deine Nase nicht nur in Bücher stecken musst. Du siehst ein bisschen spitz aus.«

Milly lächelte schief. »Ich habe noch nicht viel Zeit für mich gehabt. Weil ich den Brief erst einige Wochen später erhalten hatte, konnte ich mich nicht rechtzeitig bewerben, und so hat sich alles erst in den letzten Tagen ereignet. Ich muss mich jeden Tag für die Studenten vorbereiten, denn ich bin ihnen immer nur einen Schritt voraus. Aber wenn die Feiertage kommen, habe ich Zeit, mich zu erholen.«

Ihr Vater war stolz und herzlich in seiner Gratulation. »Sehr gut, kluges Mädchen! Ich schätze, sie zahlen dich anständig, was? Dann brauchst du meine Unterstützung nicht mehr?«

Das war eine Überraschung, mit der Milly nicht gerechnet hatte, aber dann musste sie zugeben, dass es nur fair war. Ihr Vater hatte sie durch Schule und College gefördert, und sie konnte nicht erwarten, dass er das beibehielt. Sie selbst hatte einiges gespart und würde deshalb auf die regelmäßigen Zuwendungen des Vaters verzichten können.

»Wie fühlt es sich an, eine unabhängige junge Frau zu sein, die sich ihren eigenen Lebensunterhalt verdient?«, fuhr er fort. »Ich hoffe nur, dass du nicht vorhast, eine dieser schrecklichen Blaustrumpfjungfern zu werden.«

Milly lachte. »Ich nicht, Vater! Ich mag Männer viel zu sehr, um auf ihre Gesellschaft zu verzichten.«

Er betrachtete sie eine Weile, dann sagte er: »Ich sage voraus, dass du nicht lange auf dem Markt der Heiratskandidaten sein wirst, mein Mädchen. Ich gebe dir höchstens zwei Jahre, dann hat sich ein Mann, der sich traut, dich geschnappt.«

Milly starrte ihn voller Entsetzen an. Der Gedanke an eine Ehe nach einer so kurzen Periode der Unabhängigkeit war wie ein Fluch. Er ließ sie aber auch an Robin denken. Eine Wolke zog über ihren mentalen Horizont, wann immer sie an ihn denken musste. Sie fühlte sich schuldig, dass sie ihn so ahnungslos hatte hängen lassen, und je mehr Zeit verrann, desto schuldiger fühlte sie sich. Es waren inzwischen drei Monate vergangen, seit sie ihn zuletzt gesehen hatte, aber sie kamen ihr wie drei Jahre vor.

An einem Abend saß Milly am Schreibtisch und schaute auf den grünen Rasen, auf die Büsche und Blumen und lauschte dem Abendgezwitscher der Vögel. Sie nahm ihr Adressbuch in die Hand und fand die Anschrift ihrer Patentante. Sie füllte Tinte in den Füllfederhalter, nahm einen Papierbogen und begann einen Brief zu schreiben. Als sie ihn abgeschlossen hatte, legte sie ein Löschblatt auf, faltete den Bogen und steckte ihn in den Umschlag. Sie dachte an Evadne. Höchste Zeit, auch ihr zu schreiben.

Milly blätterte wieder im Adressbuch und stieß dabei auf einen anderen Eintrag. Robin Dupont. Ihr Herz tat einen Sprung, als sie die vertraute Pariser Adresse las. Ob er noch da wohnte? Sie schaute verträumt aus dem Fenster, und alle Gedanken an Evadne waren vergessen. Angenommen, sie schrieb ihm jetzt, und er würde antworten ... Angenommen, er hätte sein Studium beendet und käme bald nach England zurück ...

Sie verdrängte solche dummen Spekulationen und blätterte ungeduldig weiter durch ihr Büchlein, auf der Suche nach Evadnes Florentiner Adresse. Aber die Gedanken an Robin verfolgten sie sogar, während sie ihrer früheren Lehrerin schrieb. Schließlich beschloss sie, auch Robin einen Brief zu schreiben. Es konnte nicht schaden, und wenn er keinen Kontakt mehr mit ihr haben wollte, brauchte er nicht zu antworten.

Eine lange Zeit dachte Milly darüber nach, was sie ihm schreiben sollte. Sie begann mit ›Erinnerst Du Dich an mich?‹, dann erzählte sie von ihrer Berufung ans College, und danach saß sie fest. Es war die Lyrik, die sie schließlich rettete. Sie schrieb, dass sie hoffte, sie könnten Freunde bleiben, und zitierte Lord Byron: »Freundschaft ist Liebe ohne seine Flügel.«

Sie fand, dass diese Zeile ihre Position gut erklärte, denn sie war unsicher, ob die Leidenschaft, die sie geteilt hatten, wieder belebt werden konnte. Freundschaft schien die sicherere Option zu sein.

Inzwischen hatte sie sich im College gut eingelebt. Die Mädchen waren lernwillig. Die meisten von ihnen würden engagierte Lehrerinnen werden, und Milly gab es eine tiefe Befriedigung, mit ihnen ihre Liebe zur Literatur zu teilen. Sie wurde an ihre eigene Studentenzeit erinnert und hoffte, dass sie die Inspiration weitergeben konnte, die Evadne und ein oder zwei andere Professorinnen bei ihr geweckt hatten.

Professor Symes hatte die Angewohnheit, von Zeit zu Zeit in ihre Vorlesungen zu platzen. Sie wurde dann immer sehr nervös, aber er kam danach zu ihr und versicherte ihr, wie zufrieden er mit ihr war.

»Ich habe ausgezeichnete Berichte von Ihren Studentinnen vorliegen, und ich selbst finde Ihre Vorlesungen sehr stimulierend. Ich wusste, dass Sie mich nicht enttäuschen würden, meine Liebe«, sagte er lächelnd. »Weiter so mit der guten Arbeit.«

Aber irgendwas fehlte in ihrem Leben, und diese Lücke konnte Milly nicht ewig ignorieren. Manchmal, an düsteren, trostlosen Herbstwochenenden, fuhr sie nach Kensington, wo sie voller Entzücken von Tammy und ihren Gentlemen empfangen wurde. Es gab ein Fest der Sinne, das ihren Hunger ein paar Wochen lang stillte. Da sie glaubte, viel zu beschäftigt zu sein, um an eine neue Affäre zu denken, empfand sie dieses Arrangement als perfekt für sie.

Aber dann, kurz nach dem Beginn der Weihnachtsferien, veränderte sich alles.

Milly war zu Hause und schrieb ihre Weihnachtskarten,

als ihre Türglocke anschlug. Sie sprang auf und lief zur Tür. Da stand, so vertraut und doch so sehr am falschen Ort, ihr Robin.

»Robin!«, rief sie kreischend und konnte kaum glauben, dass er es wirklich war.

»Hallo, Milly.«

Sie sah das scheue Lächeln, an das sie sich so gut erinnerte, und plötzlich war sie wieder auf einem Pariser Boulevard. Sie zog Robin in ihre Wohnung, nahm ihm den nassen Regenmantel ab und hängte ihn an einen Haken neben der Tür. Ihr Kopf und ihre Seele wetteiferten miteinander um die Frage, was sein plötzliches Auftauchen zu bedeuten hatte.

Robin folgte ihr ins kleine Wohnzimmer, in dem die Karten noch verstreut auf dem Tisch lagen. »Wolltest du mir auch eine schicken?«, fragte er, und seine haselnussbraunen Augen leuchteten.

»Oh, Robin«, rief sie und warf sich in seine Arme. »Wie sehr ich dich vermisst habe!«

Es stimmte, auch wenn ihr das nicht so deutlich bewusst gewesen war. Aber als sie ihn jetzt sah, erinnerte sie sich daran, was für ein guter Freund er gewesen war, was für ein rücksichtsvoller Liebhaber. Sie hatte nur wenige gute Freunde in ihrem Leben gehabt.

»Ich war nicht sicher, ob ich kommen sollte«, sagte er zögernd und hielt sie fest umarmt. »Dein Brief ... ich habe ihn nie beantworten können.«

Sie löste sich von ihm, dann setzten sie sich gegenüber in zwei Sessel und betrachteten sich. »Ich bin froh, dass du gekommen bist. In letzter Zeit habe ich oft an dich denken müssen.«

»Wirklich?« Hoffnung ließ seine Brauen in die Höhe fahren. »Aber weißt du, Milly, ich dachte, wir hätten uns als Liebende getrennt, nicht als Freunde. Als ich also deinen Brief erhielt mit dem Angebot der Freundschaft ...«

»Ich wollte nichts unterstellen, Robin. Ich fühle mich schuldig, weil ich mich den ganzen Sommer über nicht gemeldet habe. Ich wusste ja, dass du in Deauville warst und ...«

Er streckte die Arme aus, und lächelnd hielten sie sich an den Händen. »Egal. Es zählt nur, dass wir wieder zusammen sind. Erzähle mir von deiner neuen Position im College, Milly. Ich will alles über dein Leben hier wissen. Bist du glücklich?«

Sie wollte sagen: ›Das dachte ich, bis du gekommen bist und mir gezeigt hast, was Glück wirklich ist.‹ Aber so heftig wollte sie ihn nicht überfallen. Sie war seiner immer noch nicht sicher und wusste nicht, ob dies eine Versöhnung eines Liebespaars oder ein Wiedersehen von Freunden war. Aber jenseits der Ungewissheit war ihr klar: Sie war froh, dass er zu ihr gekommen war.

Während sie Tee tranken, entspannten sie sich beide. Sie lachten viel. Milly erzählte vom Leben im College, und er beglückwünschte sie zu ihrer Stelle und zu der schönen Wohnung.

»Ja, und ich habe sie für mich allein«, sagte sie lächelnd. Dann errötete sie, weil er das als Anspielung deuten konnte, und fuhr schnell fort: »Die Leute im College glauben, dass ich mir die Wohnung mit einer anderen Frau teile. Aber ich bin lieber für mich allein. In Cambridge musste ich mir die Buden immer teilen, deshalb genieße ich jetzt die Ruhe. Und du? Wohnst du noch in Paris, Robin?«

Er schüttelte den Kopf. »Ich bin fertig in Paris. Gustave Olivier, mein Doktorvater, ging nach Deutschland, und auf seinem Gebiet gibt es keinen anderen Spezialisten. Ich schätze, ich hätte ihm nach Deutschland folgen können, aber ich wollte lieber zurück nach England. Ich habe mein Thema leicht ergänzt und vergleiche die französischen Symboliker mit den englischen Romantikern. Und dafür kann ich die englischen Bibliotheken nutzen.«

Milly versuchte, nicht zu zeigen, wie aufgeregt sie darüber war, dass er nun auch in London wohnte. »Aber wovon willst du leben?«, fragte sie ihn.

»Ich muss irgendeine Arbeit finden und mein Studium in der Freizeit betreiben. Das werde ich schon schaffen, Milly. Entscheidend ist, dass ich wieder bei dir sein kann.«

Sie sah ihm ins Gesicht und erfreute sich wieder an der Symmetrie seiner Brauen, an der aristokratischen Nase und an den vollen roten Lippen. Ihr fiel auch wieder auf, wie seine braunen Haare golden blitzten, wenn das Licht darauf fiel. Es war ein Gesicht, das sie geliebt hatte – und immer noch liebte. Ihr Leben hatte seit dem Sommeranfang einige seltsame Wendungen genommen, und auf mehrere Weise war sie ein anderer Mensch als vor drei Monaten.

»Es ist schön, dich wieder häufiger zu sehen«, sagte sie spröde.

»Milly ...« Er zögerte. »Ich weiß nicht genau, wie ich es formulieren soll, aber ... Gibt es einen anderen Mann in deinem Leben?«

Lächelnd schüttelte sie den Kopf. »Nein, Robin. Nicht so, wie du meinst.«

»Ich habe nach dir keine andere Frau mehr angerührt, Milly. Ich schwöre es. Jeden Abend träumte ich von dir.« Er stieß einen schweren Seufzer aus. »Aber es waren hoffnungslose Träume. Jedenfalls kamen sie mir so vor, wenn ich morgens aufwachte.«

Er sah so verloren aus, dass sie mit ihm fühlte. Sie stand auf und nahm ihn in die Arme, sein Kopf auf ihrer Hüfte. Er hielt sich wie ein Kind an ihr fest, und sie spürte, wie sie von einer überwältigenden Zärtlichkeit erfasst wurde. »Oh,

Robin«, rief sie und zerzauste seine Haare, »ich habe dich auch vermisst! Wie dumm wir doch waren!«

Sie setzte sich auf seinen Schoß und legte die Hände um seinen Hals. Sie erzählten sich von Paris, dann berichtete er von seiner Arbeit. Milly hatte Mühe, ihm zu sagen, dass sie den Sommer bei den Eltern verlebt hatte, aber sie brachte es auch nicht fertig, ihm zu erklären, wie sie den Sommer verbracht hatte. Es wurde deutlich, dass Robin sie immer noch als unschuldiges Mädchen sah, das sein sexuelles Erwachen mit ihm erlebt hatte. Manchmal wünschte sich Milly, dass es so gewesen wäre, aber sie konnte ihre Vergangenheit nicht ändern. Sie musste irgendwie sicherstellen, dass er sie nie erfuhr.

Sie sprachen über ihre Familien. Robins Vater besaß ein großes Haus in Berkshire, und Milly musste an Maplefield denken, den Familiensitz von Lord Sanderford, der auch in Berkshire lag. Er fragte sie nach ihren Eltern, und Milly erzählte voller Stolz von ihrer Mutter und deren feministischen Aktivitäten.

»Sie klingt nach einer Frau mit dem Herzen auf dem rechten Fleck«, sagte Robin. »Ich würde sie gern kennen lernen. Vielleicht um die Weihnachtszeit?«

Milly zuckte zusammen. Sie hatte nicht vor, ihn der Familie vorzustellen. Sie würden glauben, dass sie eine Verlobung plante. Vielleicht dachte er das ja auch. Das warme Glühen, das sie erfasst hatte, ließ schnell wieder nach.

»Ach, Mutter steht nicht auf Weihnachten«, sagte sie, was beinahe der Wahrheit entsprach. Emma war es, die Festivitäten aller Art liebte, und seit sie England verlassen hatte, waren die Feiern bei ihrer Mutter auf ein Minimum zurückgedreht worden. »Und wo mein Vater das Fest begeht, weiß ich gar nicht. In seinem Club, schätze ich mal.«

Robin runzelte die Stirn. »Das hört sich nicht nach Spaß an

für dich. Warum kommst du nicht nach Berkshire und verbringst die Feiertage bei meiner Familie? Ja, das wäre großartig! Milly, du wirst es lieben! Wir sind alle zusammen, viele Kinder darunter, und es gibt die schönsten Partyspiele. Ich verspreche dir, dass dich alle willkommen heißen.«

Milly fühlte sich, als wäre sie vom Regen in die Traufe geraten. »Also, ich weiß nicht ...«, stammelte sie und suchte verzweifelt nach einer Ausrede.

»Du brauchst nicht zu fürchten, dich wie eine Außenstehende zu fühlen, Milly.«

Er sah sie mit einem langen, bedeutungsvollen Blick an, und für einen schrecklichen Moment fürchtete sie, er könnte ihr einen Heiratsantrag machen. Sie musste schnell etwas sagen. »Hör zu, ich will dich nicht vor den Kopf stoßen, aber ich möchte nicht, dass jemand glaubt, ich wäre deine Verlobte.«

Er drückte ihre Hände und küsste sie lachend. »Keine Sorge. Ich weiß, dass du gerade erst deine akademische Laufbahn begonnen hast, und ich würde niemals wollen, dass du sie schon so schnell aufgibst. Nein, meine Eltern sind sehr freisinnig eingestellt. Sie werden dich als Freundin willkommen heißen, die nicht weiß, wo sie sonst Weihnachten feiern kann. Wie ich Mamma kenne, wird sie noch ein paar andere Waisen eingeladen und ins Haus geholt haben.«

Nachdem ihr größter Einwand hinfällig geworden war, überlegte Milly tatsächlich, Robins Einladung anzunehmen. Die Aussicht auf ein richtiges Weihnachtsfest innerhalb einer großen Familie war sehr verlockend. Seit ihren Kindertagen hatte sie ein solches Fest nicht mehr erlebt.

Also verabredeten sie, dass Milly und Robin am Heiligabend nach Berkshire reisen und bis zum dritten Weihnachtstag bleiben würden. Sie umarmte ihn herzlich, und er begann sie zu küssen, sanft zuerst, dann mit wachsendem Eifer. Ihre Zungen fochten miteinander, leckten und schmeckten leidenschaftlich, und plötzlich waren ihre Hände überall, sie fühlten das Fleisch unter der Kleidung und rieben, streichelten und massierten, drückten und zwickten. Ihr Verlangen nacheinander wurde so schwer, dass sie es nicht mehr zurückdrängen konnten; es bewegte sich blindlings auf sein Ziel zu, und keiner von ihnen hatte die Kraft, auf die Bremse zu treten.

Bevor sie sich versah, musste Milly feststellen, dass sie bis zur Taille entblößt dastand, und Robins heiße Lippen schwelgten um ihre Brüste. Sie schrie ihre Lust heraus, denn sie hatte diese exquisiten Gefühle viel zu lange vermisst. Sie zurrte an seinem Hemd, denn sie wollte ihn so nackt haben, wie sie selbst war. Ihre Handflächen glitten über die breite Brust, über die fleischigen Muskeln. Sie fühlte den klammen Schweiß und nahm das moschusartige männliche Aroma wahr, das aus seinen Achselhöhlen drang. Sie wollte ihn in diesem wilden, animalischen Zustand haben; sie hatte keine Zeit für die Nettigkeiten einer sanften Verführung.

Lachend fanden sie sich auf dem Boden wieder, weil der Sessel das gemeinsame Gewicht nicht überstanden hatte, und jetzt wälzten sie sich auf dem Boden herum. Hastig zogen sie sich gegenseitig die letzten Sachen aus, dann waren sie beide völlig nackt.

Milly blickte hinunter auf das Organ, das ihr die Unschuld genommen hatte. Es stand stolz und aufrecht da, und der pinkfarbene Kopf schwenkte ihr entgegen, als könnte er den Duft ihrer Pussy wahrnehmen.

Langsam streckte sie ihre Finger aus und berührte den strammen Schaft. Robin seufzte glücklich und schloss die Augen. Milly nahm den Stab zart in die Hand und begann ihn leicht zu kosen, dann beugte sie die Lippen zur Spitze. Ihr ganzes Sein schien vor Sehnsucht zu vibrieren, und plötzlich fühlte sie einen hohlen Schmerz in sich.

»Ich will über dich grätschen«, murmelte sie heiser. »Darf ich das?«

Er nickte, zu bewegt, um sprechen zu können. Sie setzte sich und spreizte die Knie, bis sie außerhalb seiner Schenkel lagen, dann ließ sie sich behutsam auf dem hohen Schaft seines Penis nieder. Sie presste ihre Muskeln um den eindringenden Kopf und stöhnte lustvoll auf, während sie sich immer tiefer sinken ließ. Sie begann vor Lust zu zittern, und ihr stockte fast der Atem, als er ihre Möse mit seinem harten, warmen Fleisch füllte.

»Ist es gut für dich?«, gurrte sie in sein Ohr.

»Mm, du kannst dir nicht vorstellen, wie gut!«

»Oh, ich glaube doch.«

Milly quetschte ihn mit ihren inneren Muskeln, was ihn vor Wonne heulen ließ. Er schlug die Augen auf und sah sie an, ein Blick, der überlief mit Liebe und Verlangen. Sie beugte sich hinunter und küsste ihn auf den Mund. Ihre Zungen paarten sich. Sie begann mit ihren Bewegungen zu experimentieren, hob sich mal schnell und mal langsam auf ihm, mal ganz kurz und dann ganz lang und sinnlich. Sie klemmte die Pobacken zusammen und spürte ihre Klitoris pochen. Sie ließ das Becken rotieren und fand heraus, dass diese Bewegungen ihren Labien gut taten. Sie lehnte sich wieder vor, damit Robin ihre schwingenden Brüste anfassen konnte, und das tat auch gut.

»Oh, ja, Milly«, murmelte er. »Nimm dir deine Lust von mir. Das wollte ich dir schon so lange geben.«

Sie ruckte wieder vor und zurück, und ihre Klitoris rieb sich an der Wurzel seines Schafts, was sie dem Gipfel der Ekstase immer näher brachte, und als seine Finger an ihren

Nippeln zupften und neue Wellen des Entzückens auslösten, war es um sie geschehen. Für sie zählte nur noch die eigene extreme Erregung, aber dann war sie verwundert, als Robin plötzlich sein Glied aus ihr herauszog. Sie hörte ihn seine Erleichterung keuchen und begriff, dass er getan hatte, was er tun musste, aber dadurch blieb sie unbefriedigt zurück.

»Es tut mir leid, Milly«, flüsterte er, »aber ich konnte das Risiko nicht eingehen.«

»Ich verstehe.« Sie strich über seine klammen Haare und schob sie aus der Stirn. Aber du könntest mir jetzt ein wenig helfen, wenn du willst.«

»Immer, Milly.«

»Hier.« Sie nahm seine Hand und schob sie zwischen ihre Schenkel. »Reib mich da ganz leicht. Ich zeige dir wo. Hast du's? Warte ... ja, jetzt.«

Als seine Finger die richtigen Stellen erreichten, legte sich Milly zurück und ließ sich von ihm zum Orgasmus bringen. Zuerst war er ungeschickt, aber sie flüsterte ihm zu, wie er es besser machen konnte, und er lernte eifrig, und als sie in einen zuckenden Orgasmus explodierte, blickte er mit einem stolzen Lächeln in ihr glühendes Gesicht. »Oh, Milly, das war wunderbar.«

»Ich bin froh, dass es dir gefallen hat«, sagte sie grinsend.

»Eines Tages, meine Liebe, werden wir die Ekstase gemeinsam erleben, das verspreche ich dir.«

Sie glaubte ihm, aber wie lange würde es noch dauern, bevor sie diese Freiheit genießen konnten? Sie zog ihn zu sich hinunter auf den Teppich, legte ihren Arm um ihn und meinte, es gäbe bessere Methoden als das Herausziehen in letzter Sekunde.

»Ich habe was von einer amerikanischen Scheide gehört, glaube ich«, sagte sie, als wäre ihr der ganze Vorgang fremd.

Aber schließlich konnte sie ihm nicht sagen, dass ihr der Umgang mit der neuen Methode vertraut war.

Er sah sie stirnrunzelnd an. »Handelt es sich dabei um die Malthus-Scheide? Die Männer, mit denen ich mir die Wohnung in Paris teilte, haben davon gesprochen, und einmal habe ich auch so ein Ding gesehen. Es sah klobig und unbequem aus. Ich kann mir nicht vorstellen, dass ich so etwas überziehen könnte.«

»Auch nicht, wenn du dann bis zum Schluss in mir bleiben könntest?«

»Ein Freund von mir hat mal so etwas benutzt, und er sagt, dass die Dicke der Scheide jedes Gefühl verhindert. Wenn das so ist, hat niemand was davon.«

Milly wollte das Thema nicht forcieren, aber sie war enttäuscht. Entweder beließen sie es bei der wenig befriedigenden Rückzugsmethode, oder sie mussten zu anderen Möglichkeiten finden. Aber seit sie die Lust an der vollen Penetration durch Robin erfahren hatte, würde es ihr schwerfallen, darauf zu verzichten.

Es war etwas Besonderes zwischen Robin und ihr, und sie würde es auch auf ihn beschränken. Sie bereute, es mit Julian ›getan‹ zu haben, aber im Vergleich zu Robin hatte es absolut keine Bedeutung; es war eher so, als hätte sie einen Dildo benutzt.

Sie liebte den wunderbaren Kontakt von Robins seidigem Penis mit ihrer samtenen Muschi, sie liebte es, wenn sein harter und doch so weicher Stab ein und aus glitt, und sie schwelgte in der Lust, wenn sich ihre Säfte vermischten. Vielleicht hatte er Recht, und es war besser, ein paar Minuten des nackten Kontakts als die Barriere dicken Gummis zwischen sich zu haben.

Als sie sich erholt hatten, bot Robin ihr an, sie zum Essen auszuführen. Sie verlebten einen fröhlichen Abend in einem

Restaurant in der Nähe, das von vielen Studenten frequentiert wurde. Es war fast wie in Paris. Aber als Robin sie nach Hause brachte, teilte er ihr mit, dass er die Nacht nicht bei ihr bleiben konnte.

»Ich muss zurück zum Haus meiner Großmutter, sonst macht sie sich Sorgen.«

»Deine Großmutter? Du hast noch nie von ihr gesprochen. Wo wohnt sie?«

»In Bayswater. Ich bleibe bis Weihnachten bei ihr, und wenn wir zurückkommen, will ich mir eine eigene Wohnung suchen. Und da ich weiß, dass wir wieder Freunde und Verliebte sind, werde ich so schnell wie möglich eine Bleibe in deiner Nähe finden.«

Nachdem er gegangen war, bereitete sich Milly eine Tasse Kakao zu und setzte sich ans Gasfeuer, verträumt und in Gedanken. Es war alles so schnell geschehen, und doch war es so normal, so natürlich gewesen. Sie wusste, dass sie ihn liebte, aber alles andere lag im Ungewissen. Was war, wenn seine Familie sie ablehnte? Was war, wenn Robin von ihrer Vergangenheit erfuhr?

Diese und hundert andere Fragen quälten sie die ganze Nacht lang, aber als sie aufwachte, ging sie mit frischer Kraft an die Weihnachtsvorbereitungen heran. Sie hatte noch eine knappe Woche Zeit für ihre Einkäufe, für die Familienbesuche und für die letzten Karten. Sie war froh, derart beschäftigt zu sein, damit sie nicht herumsaß und ins Grübeln geriet.

Die Besuche bei ihren Eltern liefen in angespannter Atmosphäre ab. Milly war von der Reaktion ihrer Mutter überrascht, als sie ihr sagte, dass sie Weihnachten ›mit einem Freund‹ verbringen würde. Kitty schien verletzt zu sein, auch wenn sie nichts Besonderes geplant hatte – das Übliche eben.

Auch ihr Vater schien besorgt, dass sie ihre Mutter allein ließ, obwohl Milly ihm versicherte, dass die beiden anderen Frauen bei ihr waren.

»Weißt du, Milly, es ist die Pflicht einer Tochter, sich bei solchen Festen um die Mutter zu kümmern. Sie muss sich davon überzeugen, dass die Mutter gerade an solchen Tagen nicht einsam ist und solche Dinge.«

Milly war bestürzt. Wie konnte er so etwas sagen, wenn er seine Frau schon vor vielen Jahren verlassen hatte? Ebenso empört war sie über die selbstverständliche Annahme, dass sie sich auch im Falle von Krankheit um die Mutter kümmern sollte. Diese Rolle der opferbereiten Tochter behagte ihr überhaupt nicht, aber sie fürchtete, sie nur unterlaufen zu können, wenn sie selbst eine Familie gründete.

Die folgenden Tage vergingen wie im Flug und waren voll gepackt mit Aktivitäten. Milly gönnte sich ein neues Kleid aus scharlachrotem Samt, dazu einen weißen Pelzbesatz, damit es ›weihnachtlich‹ aussah. Trotzdem blieb ihre Anspannung, Robins Eltern kennen zu lernen. Sie hoffte, dass ihre Geschenke Gefallen fanden – eine Schachtel mit Havannazigarren von Dunhill für den Vater, und für die Mutter eine Flasche des neuesten Parfums aus Paris, *Narcisse Bleu*.

Milly hatte keine Mühe, ein passendes Geschenk für Robin zu finden, eine in Leder gebundene Ausgabe von Keats' Gedichten. Am Heiligabend wartete sie aufgeregt in ihrer Wohnung auf ihn. Ihre Tasche quoll über mit fröhlich eingepackten Geschenken. Als Robin eintraf, warf sie sich ihm in die Arme.

»Ich habe mich seit meinen Kindertagen nicht mehr so auf Weihnachten gefreut«, rief sie. Er half ihr, das Gepäck hinaus zum Taxi zu bringen.

Sie fuhren mit dem Zug von Paddington nach Reading, wo

Robins Vater sie in einem Automobil mit dunkelgrünem Chassis abholte. Milly wunderte sich darüber, wie sehr Robin seinem Vater ähnelte.

Mr. Dupont strahlte gallischen Charme aus, und das Zwinkern in seinen Augen ließ darauf schließen, dass er in seinen besten Jahren ein Freund der Ladys gewesen war. Sein französischer Akzent hatte sich im Laufe der Jahre abgeschwächt, und das ehedem schwarze Haar war von grauen Fäden durchzogen, aber er war immer noch ein sehr attraktiver Mann.

»Das ist also die kleine Milly, von der du so oft gesprochen hast«, sagte Gérard Dupont lächelnd, als er sich in den Verkehr einreihte.

»Bring sie nicht in Verlegenheit, Vater, sonst wird sie sich fragen, was ich alles über sie erzählt habe.«

»Ach, ich bin sicher, dass sie sich das denken kann. Sie wissen doch, wie sehr mein Sohn Sie schätzt, nicht wahr, Milly? Er ist wie ich, er kann seine Gefühle nicht verbergen.«

Milly errötete und spürte, dass die alten Befürchtungen wieder in ihr aufstiegen. Hatte Robin seinen Eltern gesagt, dass er sie liebte? Erwarteten sie die Bekanntgabe einer Verlobung? Aber dann wechselte die Unterhaltung zu anderen Themen, zu Familie, Wetter und dem Zustand der Nation, und Milly war froh, dass sie sich entspannt zurücklegen konnte.

»Wir feiern am zweiten Weihnachtstag eine große Party«, sagte Gérard, als sie vor einem eindrucksvollen Landhaus vorfuhren, das offenbar in der viktorianischen Zeit modernisiert und mit ein paar zusätzlichen Türmchen ergänzt worden war. »Es ist eine ›Willkommen-zu-Hause-Party‹ für dich, Robin. Deine Mutter und ich freuen uns, dass du wieder in England bist.«

Inzwischen war Milly bewusst geworden, dass Robin aus einer sehr engen und glücklichen Familie kam. Überrascht stellte sie fest, dass sie ein wenig neidisch darauf war. Sie gingen durch eine Tür, die mit einem Kranz geschmückt war, und traten in eine Halle, die sich vor Stechpalmzweigen und Mistelzweigen bog. Ein paar Kinder mit rosigen Gesichtern liefen ihnen entgegen, um sie zu begrüßen, dann kam Robins Mutter heraus und lächelte ein Willkommen. Sie war eine zierliche, hübsche Frau, von der ihr Sohn das sonnige Lächeln geerbt hatte.

»Wir sind ja so froh, Sie bei uns zu haben, Milly«, sagte sie lächelnd und küsste sie auf die Wange. »Kommen Sie in den Salon, da haben wir ein großes Feuer. Sie müssen durchgefroren sein auf dem Rücksitz dieses fürchterlichen neuartigen Apparats.«

»Es ist kein Apparat, sondern ein Automobil, Mutter«, stellte Robin richtig, und die jungen Kinder lachten. Offenbar war das ein immer wiederkehrender Streit.

Milly war verblüfft, wie leicht sie sich in die Familie einfügte. Jeder hieß sie willkommen und sorgte dafür, dass ihr Glas oder ihr Teller stets voll war, dass sie sich nicht zu warm und nicht zu kalt fühlte und dass sie nie von der Unterhaltung ausgeschlossen war. Voller Eifer sang sie bei den Weihnachtsliedern mit, und eifrig gabelte sie auch beim festlichen Weihnachtsessen. Sie erfreute sich am Weihnachtsspiel der Kinder, setzte sich nach dem Essen zu den Damen und spielte Karten mit ihnen. Danach ging es zu einem Verdauungsspaziergang, von dem sie durchgefroren zurückkehrten, sodass sie sich über das warme Kaminfeuer freuten und Maronen rösteten.

Die ganze Zeit waren ihr Robins liebevolle Blicke bewusst, die es jedem deutlich signalisierten, was er für sie empfand. Zuerst war es ihr peinlich, aber die anderen schienen es als selbstverständlich hinzunehmen, deshalb hörte sie auf, sich Sorgen zu machen.

Da Milly sich ein Zimmer mit Robins fünfzehnjähriger Schwester teilen musste, konnten sie sich nicht lieben, aber das störte sie nicht. Ihr genügte es für den Augenblick, die Wärme und Freundschaft seiner Familie zu genießen. Deshalb antwortete sie, als Robin sie am Morgen des zweiten Weihnachtstags fragte: »Es war das beste Weihnachten meines Lebens.«

Vierzehntes Kapitel

Am Abend des zweiten Weihnachtstages wurde es im Haus lebendig, denn rund fünfzig Gäste trafen zur Party ein. Ein kleines Orchester spielte zu Walzerklängen für die ältere Generation im Salon auf, während in der Galerie ein Grammophon stand, auf dem sich Jazzplatten für die Jüngeren drehten. Einige Familienmitglieder halfen beim Servieren der Getränke mit, aber sie wurden von ein paar professionellen Kellnern unterstützt.

Nach einigen schnellen Tanznummern zogen sich Robin und Milly zu den Tischen mit den Erfrischungen zurück, die von vielen Gästen umlagert wurden. Robin war dabei, ihr ein Glas Punch zu holen, als Milly ihren Namen hörte, der quer durchs Zimmer gerufen wurde. Verdutzt drehte sie sich um und erkannte ein Mädchen mit dunklen Haaren und sehr blauen Augen. Sie kam ihr bekannt vor, aber sie hätte nicht sagen können, wo sie sich schon einmal begegnet waren.

»Du bist Milly, nicht wahr?«, wiederholte das Mädchen und stellte sich vor sie. »Die englische Rosenknospe.«

Milly begann vor Angst zu zittern, als sie ihren Beinamen aus ihren Filmtagen hörte. Jetzt fiel ihr ein, wo sie das Mädchen schon mal gesehen hatte: Während des Wochenendes im Landhaus des Lord Sanderford. Zufall war das nicht; das Mädchen wohnte offenbar in der Nähe und ließ keine Party aus.

»Hast du in letzter Zeit ein paar gute neue Filme gedreht?«, fuhr das Mädchen fort und zwinkerte ihr zu. Milly wäre am liebsten im Boden versunken. Sie warf einen nervösen Blick auf Robin, der zwei bis obenhin gefüllte Gläser trug und seine ganze Konzentration für den Transport benötigte.

»Es tut mir leid, aber ich kann mich nicht mehr an deinen Namen erinnern«, sagte sie steif und fragte sich verzweifelt, wie sie sich unauffällig von diesem Ärgernis zurückziehen konnte.

Das Mädchen streckte die Hand aus, aber bevor sie noch etwas sagen konnte, rief Robin: »Tessa!« Er grinste und reichte Milly ihr Glas. Ihr Gesicht war eine Maske des Horrors und fühlte sich an, als wäre es aus Stein gehauen. »Tessa ist eine alte Flamme von mir, nicht wahr, Tessa?«

»Oh, so weit würde ich nicht gehen.« Tessa ließ ein trillerndes Lachen hören, auf das Milly mit einem Zähneknirschen reagierte. »Wir sind zusammen zu ein paar Tanzveranstaltungen gegangen, das ist alles.«

»Bei uns heißt das, wir sind praktisch verlobt«, gab er grinsend zurück und zwinkerte Milly wieder zu. Sie wusste, dass er schon ein paar Glas Punch getrunken hatte, und jetzt sah sie eine andere Seite von ihm. Sie wusste nicht, ob ihr diese Seite gefiel.

»Ein Mädchen, das sich mit dir verlobt, muss verrückt sein«, rief Tessa fröhlich. »Aber ich heirate sowieso nicht, jedenfalls eine lange Zeit nicht. Ich will vorher noch eine Menge erleben. Milly weiß bestimmt, was ich meine.«

Sie winkte ihr zu, und Milly spürte das verräterische Glühen ihrer Wangen. Sie konnte nur hoffen, dass Tessa nicht genauer ausführte, was sie meinte.

»Milly ist Dozentin auf dem College«, klärte Robin mit Stolz in der Stimme auf.

»Ach, wirklich?« Tessas dünne, dunkle Brauen beschrieben zwei perfekte Halbbogen, und ihre Lippen wölbten sich amüsiert. »Und was bringt sie den glücklichen Kindern bei?« Dabei lachte sie schrill.

Robin stand ein wenig unbehaglich da, und Milly fürchtete, dass mit dem nächsten Satz Tessas alles vorbei sein könnte. Sie trank den letzten Schluck aus ihrem Glas und sagte: »Robin, ich möchte wieder tanzen. Ich höre nebenan einen tollen Rhythmus.«

Zu ihrer Erleichterung hatte er keine Einwände. Er entschuldigte sich bei Tessa, dann führte er Milly hinaus zum Tanzen. Sie war mit den Gedanken ganz woanders und verpasste einige Male, dass Robin mit ihr geredet hatte. Ihre Augen mussten ihren Glanz verloren haben, denn er zog sie dicht an sich heran und sagte: »Milly, du bist ganz still geworden. Was ist los?«

»Nichts, überhaupt nichts.«

»Du lügst mich an, Liebling. Ich sehe dir an, dass du ganz durcheinander bist. Hat es etwas mit Tessa zu tun? Weißt du, sie hat mir nie etwas bedeutet.«

Milly fand, dass er eher an ihre Eifersucht glauben sollte, statt die Wahrheit zu ahnen, deshalb sagte sie: »Bist du sicher?«

»Oh, meine Liebe, du hast doch nicht den Unsinn geglaubt, dass wir fast verlobt waren? Ich war damals siebzehn. Falls ich wirklich was für sie empfunden habe – und ich kann mich nicht daran erinnern –, dann war es eine jugendliche Schwärmerei.«

»Bestimmt?«, schniefte sie.

»Ja, bestimmt. Himmel, Milly, ich kann es nicht ertragen, dich so zu sehen. Komm, wir gehen irgendwo hin, wo wir unter uns sind und reden können.«

Er nahm sie mit auf sein Zimmer. Er schloss die Tür ab, und Milly spürte einen kurzen Schauer des Verlangens, als ihr bewusst wurde, dass sie in diesem Moment das erste

Mal allein waren, seit sie sich im Haus seiner Eltern aufhielten.

»Du wirst dir doch von dem albernen Mädchen nicht die Laune verderben lassen, mein Schatz«, sagte er und nahm sie in die Arme.

Milly schüttelte den Kopf und sah ihn mit einem halben Lächeln an. Er küsste zuerst ihre Wangen, dann ihre Lippen, kleine keusche Küsse, die aber trotzdem die Schleusen ihrer Leidenschaft füreinander aufstießen. Plötzlich brachen die aufgestauten Gefühle der letzten Tage über sie herein und explodierten wie Champagner in der Flasche.

Ausgehungert fielen sie über ihre Lippen her, sie drückten und streichelten sich mit fiebrigen Händen, pressten ihre pochenden Herzen zusammen und verschlangen ihre Schenkel. Im stummen gegenseitigen Verständnis bewegten sie sich aufs Bett zu, ohne an ihre festliche Kleidung zu denken, die sie jetzt gegenseitig öffneten, um an die Haut darunter zu gelangen.

»Warte, lass mich das ausziehen«, sagte Milly, als sich ihr Halsband in den Haaren verfangen hatte. Sie befreite sich rasch vom Schmuck und gleich danach auch vom Kleid. Auch Robin zog sich aus und kam nackt auf sie zu, sein schöner Penis stolz erhoben. Er zog die Träger ihres Petticoats nach unten und begann an ihren Brüsten zu knabbern. Sie kreischte vor exquisiter Lust, die das Blut schneller durch ihre Adern peitschte.

»Himmel, Milly, es war die Hölle, dich in all deiner Schönheit und in deiner glücklichen Ausstrahlung zu sehen und dich dann doch nicht in die Arme nehmen zu können, ganz zu schweigen davon, Liebe mit dir zu machen.«

»Ja, ich wollte auch, dass wir es tun«, gab sie zu und begann zu keuchen, als es ihm gelungen war, ihr Seidenhöschen von ihrem Schoß zu lösen und einen Finger behutsam in ihre nasse Pussy zu stecken.

Robin konnte es kaum erwarten, in sie einzudringen. Sobald sie seinen kräftigen Stab zwischen ihren Labien spürte, stöhnte Milly erleichtert auf, und als er in sie hineinstieß, begann ihre Klitoris zu pochen. Es dauerte kaum mal ein paar Sekunden, bis sie den Rand des Orgasmus erreicht hatte.

Robin stieß immer schneller zu und trieb sie dem Höhepunkt entgegen, und Milly konnte kaum glauben, wie schnell die ersten Zuckungen einsetzten und ihren ganzen Körper mit diesen erschauernden heißen Empfindungen füllten. Sie schrie vor Entzücken auf, als er das Tempo noch einmal erhöhte. Die Ekstase rollte wie eine übermächtige Welle durch sie hindurch und fegte sie hinweg in einen Zustand der Glückseligkeit. Erst als sie in die Realität zurückfand und begriff, dass Robin schlaff neben ihr lag, wurde ihr bewusst, dass er sich in ihr ergossen hatte.

»Oh, Milly, es tut mir leid, aber ich konnte mich nicht zurückhalten«, murmelte er.

Ein paar Sekunden lang wusste sie nicht, was er meinte. Aber dann merkte sie schon, wie es aus ihr herauslief. »Oh, Robin«, seufzte sie, »was haben wir nur gemacht?«

»Quäle dich nicht, vielleicht haben wir ja noch mal Glück gehabt.«

Milly rechnete kurz. »Es kann sein«, sagte sie. »Ich bin genau dazwischen, und irgendwo habe ich gelesen, dass das eine sichere Zeit ist.«

»Puh, dann haben wir wirklich Glück.« Robin drückte sie an seine Brust, und Milly kuschelte sich an ihn, entspannt und zufrieden. »Ich würde nicht wollen, dass dir etwas in die Quere kommt, Milly«, sagte er. »Im Moment ist alles perfekt.«

Sie gingen zurück zur Party, und die meiste Zeit gelang es Milly, Robin von Tessa fernzuhalten. Aber als sie die Toiletten betreten wollte, stellte sich ihr die gefährliche Tessa in den Weg. Es war Milly, als griffe eine mörderische Hand nach ihrem Herzen. Sie sah das falsche Lächeln und hörte sie fragen: »Du willst den lieben Robin wohl reinlegen, was?«

»Ich weiß nicht, was du meinst.«

»Oh, ich glaube, das weißt du ganz genau. Aber Frauen mit unmoralischer Vergangenheit fallen früher oder später auf. Pass gut auf dich auf, Rosenknospe. Du bist ein ideales Opfer für eine Erpressung.«

»Das würdest du nicht tun.«

»Oh, nein, ich nicht.« Tessa nahm einen langen Zug aus der Zigarettenspitze und sah Milly mit verengten Augen an. »Ich sitze im Glashaus, deshalb kann ich nicht mit Steinen werfen. Aber ich bin nicht das einzige Mädchen, das an dem Abend bei den Sanderfords war, mein Schätzchen. Und wenn du dich in der Gesellschaft von Berkshire etablieren willst, wird dich irgendjemand erkennen, der das Filmchen gesehen hat. Ich an deiner Stelle würde mich ganz bedeckt halten – falls du überhaupt an Robin interessiert bist.«

Milly war ganz übel, aber sie wurde aus Tessa nicht schlau. »Warum sagst du mir das alles?«

»Nur als Freundin, das ist alles. Als Freundin von Robin, meine ich. Ich will nicht, dass so ein netter Junge wie er von einer herzlosen Schlampe verletzt wird.«

Ohne weiteres Wort schwebte sie aus dem Raum, und Milly stand mit glühenden Wangen da und einem Herzschlag, der in ihren Ohren dröhnte. Sie wusste nicht, was sie tun sollte. Sollte sie reinen Tisch machen und Robin alles erzählen? Er würde entsetzt sein, da war sie sicher. Und sie würde für eine lange Zeit nicht mehr nach Berkshire kommen. Solange sie ihre Affäre in London auslebten, konnte nicht viel passieren.

Denn eins war Milly klar geworden: Sie wollte ihn behalten. Sie hatte keine Ahnung, wie es enden würde, aber die Gefühle, die er in ihr auslöste, waren manchen Kampf wert, den sie auszufechten hatte. Wenn dies Liebe war, wusste sie plötzlich, warum man so viel Zirkus darum machte.

Die Ferien dauerten noch fast eine Woche, und Milly und Robin sahen sich fast jeden Tag. Sie erforschten London gemeinsam, und sie nahm die Einladung zum Tee bei seiner Großmutter an, aber sie schrak immer noch davor zurück, ihn ihren Eltern vorzustellen. Im Bett verstanden sie sich immer besser; er kontrollierte sich länger, und Milly war total befriedigt, bevor er sich zurückzog. Aber trotzdem war es nicht perfekt für sie.

»Ich wünschte, ich könnte eines dieser Verhütungsdinger für die Frau auftreiben«, sagte sie seufzend eines Abends, als sie noch in seinen Armen lag. »Meine Mutter sagt, dass Marie Stopes sie propagiert, um den Nachwuchs zu limitieren. Sie soll sogar eigens eine Spezialklinik dafür eröffnen wollen. Sie will sicherstellen, dass die Arbeiterklasse das Land nicht übernimmt, indem sie Kinder zeugt wie die Karnickel.«

»Soll die Klinik nur für arme Frauen sein? Könntest du nicht auch hingehen?«

»Ich würde lügen müssen und sagen, dass ich verheiratet wäre. Aber was ist, wenn sie meine Heiratsurkunde sehen wollen?«

»Nun, ich bin glücklich, wie es läuft. Aber wenn dir eine andere Lösung lieber ist, dann gehe ihr nach. Es ist schließlich dein Körper, und du hättest du Konsequenzen zu tragen.«

Ein kalter Schauer durchlief sie. Was meinte er damit? Sprach er vom sozialen Stigma einer überhasteten Eheschließung und den Nachteilen einer Mutterschaft? Oder deutete er gar an, dass er sie verlassen würde, falls sie ein Kind erwartete? Sie war zu ängstlich, ihn zu bitten, seinen Satz zu erläutern.

Dann, als sie in einem Gasthof zu Mittag aßen, nachdem sie die National Gallery besucht hatten, erlitt Milly den nächsten Schock. Eine vertraute Gestalt bahnte sich einen Weg zwischen den einzelnen Tischen zu ihr und wich geschickt den hastenden Kellnerinnen in ihren schwarzen Kleidern mit den weißen Hauben und weißen Schürzen aus.

»Milly! Wie schön, dich zu sehen!«

»Oh, hallo, Chloe«, murmelte Milly und wäre am liebsten im Boden versunken.

»Was dagegen, wenn ich mich setze?«, fragte sie und saß schon, wobei sie ihre Pakete auf einen zweiten Stuhl verfrachtete. »Oh, meine Füße! Ich bin den ganzen Morgen die Oxford Street rauf und runter gelaufen. Serge wollte mir neue Wäsche kaufen und ...« Sie brach ab und schien jetzt erst Robin zu gewahren, der mit amüsiertem Interesse zugehört hatte. »Oh, entschuldige meine Unhöflichkeit. Haben wir uns nicht schon mal in Paris kennen gelernt?« Sie streckte eine Hand auf den Tisch. »Ich heiße Chloe. Man könnte sagen, dass ich eine frühere Kollegin von Milly bin, nicht wahr, Milly?«

Während Robin sich noch einmal vorstellte, begann sich das Restaurant vor Millys Augen zu drehen. Mit verzweifelter Stimme brachte sie heraus: »Ich ... eh, ja, ich habe mal ein paar Wochen in Paris gearbeitet.«

Sie bedachte Chloe mit einem starren Blick und hoffte, dass sie begriff.

»Wirklich? Das hast du mir nie gesagt, Milly. Was für einen Job hast du da gehabt?«

»Ach, das war kein besonderer Job, ich habe als Näherin gearbeitet. Es war die Idee meiner Mutter«, behauptete sie und ging in die Offensive. »Sie meinte, ich sollte mal erfahren, wie schwer Mädchen arbeiten müssen.«

Zu ihrer Erleichterung zwinkerte Chloe ihr zu und sagte dann: »Aber wir haben trotzdem unseren Spaß gehabt, nicht wahr, Milly? Dieses Paradieren vor den Kunden, wenn wir die exklusivsten Kreationen trugen, damit sie sich leichter entscheiden konnten, was sie kaufen sollten.«

Dann stand Chloe auf. »Ich kann leider nicht länger bleiben«, sagte sie. »Ich habe schon gegessen, deshalb muss ich weg. Aber hier hast du meine Karte. Melde dich doch mal. Ich quatsche gern über alte Zeiten.«

»Ich auch!«, erwiderte Milly strahlend. Sie war immer gut mit Chloe ausgekommen und hatte sie vermisst, als sie das Latour Studio verlassen hatte. Es musste spannend sein, Knatsch und Tratsch der letzten Monate zu hören.

Aber als das neue College-Trimester begann, hatte Milly nicht viel Zeit für sich. Robin fand eine Junggesellenwohnung, nur ein paar Busminuten von ihr entfernt, aber Milly beschränkte ihre Treffen auf die Wochenenden. An jedem Wochentag war sie abends mit dem Korrigieren von Arbeiten oder mit der Vorbereitung auf den nächsten Tag beschäftigt. Aber sie liebte ihren Job und wusste, dass es im nächsten Jahr leichter sein würde, weil sie dann die Basisarbeit schon einmal verrichtet hatte. Professor Symes hatte ihr schon mitgeteilt, dass er sie weiter beschäftigen würde, wenn sie es wollte.

Aber gegen Ende Februar hatte Milly große Sorgen. Zwei Perioden waren ausgeblieben, und ihre Brüste fühlten sich wund und schwer an. Sie wusste sehr wohl, was diese Symptome bedeuteten, und erinnerte sich auch sehr gut an das, was am zweiten Weihnachtstag in Robins Schlafzimmer geschehen war; kein Wunder, dass sie in Panik geriet.

Nach Wochen der heimlichen und ständig zunehmenden Angst beschloss sie, Chloe zu besuchen. Schweren Herzens fuhr sie zur Adresse auf der Visitenkarte. Was sie sich als fröhliche Plauderstunde vorgestellt hatte, wurde nun zu einer gramvollen Angelegenheit, aber sie wusste nicht, wem sie sich sonst hätte anvertrauen können.

Chloe war an diesem trüben Samstagnachmittag Anfang März zu Hause. Sie hieß Milly herzlich willkommen, aber sie bemerkte rasch den erbarmungswürdigen Zustand der Freundin. »Was ist denn los mit dir, meine Liebe?«, fragte sie mitfühlend, während sie Milly zum Sofa führte. »Du siehst entsetzlich aus.«

»Ich glaube, ich bin schwanger«, sagte sie tonlos und brach sofort in Tränen aus.

Chloe stellte den Wasserkessel an und setzte sich dann zu ihr. »Wie lange bist du schon drüber, *ma chérie?«*

»Jetzt sind es über zwei Monate.«

Chloe legte einen Arm um Millys Schultern. »Es ist nicht das Ende der Welt, Milly, das kannst du mir glauben. In unserer Arbeit ist das quasi ein Berufsrisiko.«

»Aber auf diesem Gebiet arbeite ich nicht mehr«, jammerte Milly. »Ich soll eine ehrbare Collegedozentin sein. Ich werde meinen Job verlieren und meine Aussichten auf eine erfolgreiche Karriere.«

»War dieser Mann, den ich bei dir gesehen habe, der Vater?«

Milly nickte.

»Aber er machte einen anständigen Eindruck. Bleibt er nicht an deiner Seite?«

»Ich kann es ihm nicht sagen, ich traue mich nicht. Er würde mich heiraten wollen, aber ich bin nicht sicher, ob ich das will. Das ist alles viel zu früh passiert.«

»Überstürze nichts, Liebes. Viele Frauen heiraten überstürzt, und eine hohe Zahl von ihnen bereut es lange. Liebst du deinen Freund?«

»Ja. Wenigstens glaube ich das. Aber an ihn gebunden zu sein und meine Karriere aufzugeben ...«

Sie begann zu schluchzen, und Chloe drückte sie fest an sich. Dann stand sie auf, um Tee zu bereiten. Nach den ersten heißen Schlucken fühlte sich Milly etwas besser. Sie versuchte, rational zu denken.

»Ich hatte gehofft, dass du einige ... Hausmittelchen kennst, Chloe.«

»Oh, davon gibt es viele auf dem Markt, ganz normale Pillen, für die sogar geworben wird. Man beschreibt sie als ›Mittel gegen weibliche Anämie‹.« Sie hob eine Zeitschrift auf, die auf dem Tisch lag, und blätterte sie durch. »Hier ist bestimmt auch eine Anzeige drin ... ah, da sehe ich schon eine Werbung. Dr. Reynolds Chinintabletten, siebeneinhalb Schilling für fünfzig Stück. Oder diese hier. Mère Dubois' kleine Pillen, fünf Schilling. Garantiert schnell wirkend. Wie Zauberkraft in wenigen Stunden erlöst. Du kannst sie im Versandhandel beziehen, aber ich weiß nicht, ob sie wirklich helfen, und wenn du Pech hast, kannst du richtig krank davon werden.«

»Ich bin verzweifelt, Chloe. Ich werde alles versuchen, was es auf dem Markt gibt.«

»Nun, du könntest es mit einer alten Rosskur versuchen und in Gin und Senf baden. Ich habe auch gehört, dass Farn, Kümmel und Muskatnuss helfen. Aber niemand, der diese Rezepte probiert hat, ist davon sein Kind losgeworden. Wenn du das willst, musst du einen Engelmacher finden.«

Milly erschauerte. »Lieber sterbe ich, als zu einem dieser entsetzlichen Menschen zu gehen.«

»Ja, und du kannst auch sterben, wenn du einen aufsuchst. Denke an andere Möglichkeiten, Milly. Du könntest das Kind bekommen, heimlich natürlich. Du könntest in ein Mutter-Kind-Heim gehen.«

»Igitt.« Milly schüttelte sich. »Da wird man wie Dreck behandelt. Diese Matronen sehen es für ihre Pflicht an, dass ich für meine Sünden büßen muss. Nein, danke! Außerdem sehen sie es gern, wenn du dein Baby für die Adoption freigibst.«

»Das wäre vielleicht das Beste für dich und das Baby.«

Milly schwieg. Es war das erste Mal, dass sie an den wachsenden Fötus dachte und den Menschen in ihm sah. Sie schämte sich, dass sie bisher so egoistisch gedacht hatte. Aber sie wusste, wenn sie das Kind einmal zur Welt gebracht hatte, würde sie es nicht aufgeben können. Ganz egal, wie hart sie zu kämpfen hatte, um über die Runden zu kommen, sie würde ihr eigenes Kind großziehen.

»Gibt es niemanden, der dir helfen kann?«, fragte Chloe. »Niemand in deiner Familie?«

»Meiner Mutter kann ich davon nichts sagen. Sie ist jetzt schon der Meinung, dass ich sie enttäuscht habe. Aber ich habe wenigstens einen ehrbaren Job, und wenn ich den verliere, wird sie mich nur noch verabscheuen.«

»Bist du sicher? Das hört sich sehr streng an.«

»Sie ist zu sehr in den Kampf für Frauenrechte verstrickt. Es hört sich albern an, ich weiß, aber während sie alles Mitgefühl über die Frauen der Arbeiterklasse ausschüttet, kennt sie keine Nachgiebigkeit den gebildeten Frauen gegenüber. Sie ist der Ansicht, dass Mädchen wie ich es besser wissen müssten. Sie würde mich spüren lassen, wie sehr sie sich für mich schämt, und das würde ich nicht ertragen. Mir geht's schon schlecht genug.«

»Was ist mit deinem Vater?«

»Er würde mir vielleicht Geld geben, aber das ist auch schon das ganze Ausmaß seiner Anteilnahme. Er hasst emotionale Szenen. Außerdem könnte er glauben, es wäre seine Pflicht, meine Mutter zu informieren.«

»Oh, Himmel«, seufzte Chloe. »Und sonst gibt es niemanden? Keine Tante, keine Freunde der Familie?«

»Ja«, sagte Milly, und plötzlich hob sich ihre Laune. »Natürlich! Warum habe ich nicht früher daran gedacht? Emma, meine Patentante! Sie lebt in Italien, aber wenn ich sie sehen könnte ...«

»In Italien? Das hört sich doch nach einem idealen Rückzugsgebiet an, oder?«

Das erste Mal seit Wochen war es Milly, als würde ihr eine gewaltige Bürde von den Schultern genommen. Emma, so erfahren, so praktisch veranlagt, wäre der beste Mensch, um sie zu beraten. Aber wie konnte sie jetzt zu ihr? Bis zu den Osterferien vergingen noch zwei Wochen.

»Ich werde ihr schreiben«, beschloss sie. »Vielleicht kann sie nach London kommen. Sie ist schon seit einigen Jahren nicht mehr in England gewesen, und zuletzt hat sie mir gesagt, dass sie gern noch mal zu Besuch kommen möchte.«

»Nun, dann hast du die Antwort auf deine Fragen.« Chloe lächelte und schenkte noch etwas Tee ein. »Aber versuche, gegen deine Depressionen anzugehen, bevor deine Tante eintrifft. Ich weiß, es ist schwer, was vor dir liegt, aber du bist nicht die erste ledige Mutter – selbst die biblische Eva ist ohne Hochzeitsring Mutter geworden.«

Milly lachte und war froh, dass sie sich ein wenig entspannt hatte. Sie konnte ihre eigenen Sorgen sogar verdrängen, als Chloe das heitere Leben im Latour Studio schilderte.

»Serge hat wieder ein ›episches Meisterwerk‹ produziert«, sagte sie mit einem Grinsen.

»Erzähl mir mehr davon.«

»Nun, diesmal erzählt er Geschichten, unanständige Geschichten natürlich. Nicht für den Kindergarten – ungekürzte und unzensierte Märchen hat er sein Werk genannt. Und wir haben einige neue Schauspieler. Franz ist noch bei uns, dann ist George da, der Richard ersetzt hat, und ein weiterer Engländer, der Peter heißt. Dann noch zwei neue Mädchen, Sally und Bridget.«

»Expandiert Serge denn?«

»Ja, es geht ihm finanziell gut. Es war die richtige Entscheidung, nach London zu gehen.«

»Erzähl mir von deinen unanständigen Märchen. Ein bisschen Aufmunterung wird mir gut tun.«

Chloe lachte. »Du würdest nicht glauben, wie albern wir uns fühlten, als wir sie gespielt haben. Es fing mit Rotkäppchen an, die im Haus der *Grandmère* eintrifft und sie mit einem Werwolf im Bett findet. Sie klettert zu ihnen ins Bett, und du kannst dir vorstellen, was dann passiert.«

»Da ich Serges schmutzige Phantasien kenne – ja, sehr gut sogar.«

»In der nächsten Szene spiele ich mit. Goldilocks wird von Papa Bär erwischt, wie sie die drei Dildos von Mama Bär nacheinander ausprobiert.«

»Ich wette, sie waren lang, superlang und extralang.«

»Wieso weißt du das? Ja, klar. Papa Bär ist also wütend und verhaut Goldilocks nackten Po. Die nächste Szene zeigt Aschenputtel. Als es Mitternacht schlägt, schwindet ihr Ballkleid, und sie steht pudelnackt da. Der gut aussehende Prinz, den George spielt, hat natürlich nichts dagegen. Er gibt ihr was zum Anprobieren, aber es ist nicht ihr Schuh!«

»Ehrlich, unser Serge hat immer schon einen Tick gehabt, was die Penisgröße angeht. Ich wüsste mal gern, wie gut er bestückt ist.«

Chloe grinste. »Kein Kommentar. Sally spielt die Schlafende Schönheit, aber es bedarf mehr als eines Kusses, um sie aufzuwecken. Das letzte Märchen ist der gestiefelte

Kater, und ich spiele die Hauptrolle. Ich trage hohe Lederstiefel – und sonst gar nichts. Wie du schon hörst: Alles sehr unsinnig, aber es hat viel Spaß gebracht.«

»Ja, das glaube ich gern«, sagte Milly versonnen und stand auf. »Ich muss jetzt nach Hause. Heute Abend kommt Robin zu mir, und ich habe versprochen, ihm was Leckeres zu kochen.«

Ihre Augen füllten sich wieder mit Tränen, als sie daran dachte, wie schwer es ihr fiel, ihr großes Problem für sich zu behalten. Chloe umarmte sie und sagte mitfühlend: »Wenn du ihn liebst, Milly, musst du es ihm sagen.«

Aber Milly sah es anders. »Gerade weil ich ihn liebe, muss es ein Geheimnis bleiben. Ich kann ihn nicht heiraten, denn das würde nicht gut gehen. Deshalb muss ich das Problem allein durchstehen.«

Während sie zurück zu ihrer Wohnung fuhr, hatte sie das Gefühl, dass ihr nur ein Weg offen stand. Sie musste Robin sagen, dass sie ihn nicht mehr sehen wollte. Es würde die schwierigste Aufgabe ihres Lebens sein, aber sie wusste keinen anderen Rat. Immer und immer wieder ging sie die entscheidenden Sätze durch, aber es gab keinen Satz, der ihr leicht über die Lippen kommen wollte. Shakespeare hatte Hamlet sagen lassen: Grausam sein müssen, um das Richtige zu tun.

Als sie das fröhliche, entspannte Gesicht ihres Geliebten sah, wankte ihre Entscheidung, aber nachdem sie gegessen hatten und Robin sagte, er würde gern mit ihr über Ostern zu seinen Eltern fahren, musste Milly es ihm sagen. Sie platzte heraus: »Es tut mir leid, Robin, aber das wird nicht möglich sein.«

»Nein? Wieso nicht, Liebes?«

Er sah sie mit einer so unschuldigen Miene an, dass sie fast einen Rückzieher gemacht hätte, aber dann atmete sie tief durch und sagte: »Ich habe lange über uns nachgedacht, Robin, und ob wir eine gemeinsame Zukunft haben.« Sie sah, wie sein Gesicht einfiel, aber sie musste durch. »Aber ich bin noch nicht zur Ehe bereit. Als wir Weihnachten bei deiner Familie waren, hatte ich den Eindruck, dass sie unsere Verlobung noch vor dem Jahresende erwarteten ...«

»Nein, Milly, sie verstehen, dass wir gerade erst unsere Laufbahnen begonnen haben. Deshalb gibt es solche Erwartungen nicht.«

»Aber du gehst doch davon aus, dass wir eines Tages heiraten, nicht wahr, Robin?«

»Ja, eines Tages vielleicht. Wenn wir beide dazu bereit sind.«

»Und wenn dieser Tag nie kommt? Wenn ich einfach nicht die Frau bin, die heiraten will?«

Er verzog das Gesicht, als litte er Schmerzen. »Willst du keine Kinder, Milly?«

Es war, als drehte sich ein Messer in ihrem Herzen. Sie wandte den Blick und sagte: »Ich weiß es nicht. Ich weiß nur, dass ich jetzt meine Freiheit haben will. Die Freiheit, zu tun, was ich will, und zu leben, wie ich will. Im Sommer will ich nach Italien, und vielleicht will ich da eine Zeitlang leben. Aber ich will allein hin, verstehst du, Robin?«

»Warum, Milly? Ich verstehe das nicht. Ich dachte, du wärst glücklich mit mir gewesen.«

Sie war den Tränen sehr nahe. »Ich war glücklich mit dir, Robin. Bitte glaube mir das. Aber ich will mich nicht binden, denn ich bin mir unsicher, was ich vom Leben erwarte.«

Man sah ihm die Pein im Gesicht an. »Aber ich will doch nur, was du willst. Was dich glücklich macht.«

»Du kennst mich nicht, Robin. Du glaubst mich zu kennen, aber du kennst mich nicht. Ich bin nicht das süße, unschuldige Ding, das du kennen gelernt hast. Ich kann dir das nicht weiter erklären, aber mein Entschluss steht fest.«

Robin sprang vom Tisch auf und knallte seine Serviette auf den Boden. »Grausame Frau!«, rief er. »Du hast dafür gesorgt, dass ich mich in dich verliebe, und jetzt tust du mir das an! Herzloses Luder!«

Er hatte noch nie so zu ihr gesprochen, und sie wich entsetzt zurück. Offenbar hatte sie ihn bis ins Mark verletzt. Er hielt sie mit beiden Händen gepackt, und sie fürchtete, er könnte sie schlagen, aber er starrte ihr nur in die Augen, als könnte er bis auf den Grund ihrer Seele sehen. Schließlich ließ er sie los und wand den Blick.

»Ich gehe«, fauchte er. »Ich werde dich nicht mehr behelligen. Wenn es das ist, was du haben willst, sollst du es so haben, Milly. Aber für mich steht fest, dass du einen großen Fehler begehst, meine Liebe.«

Im nächsten Moment war er wie ein Wirbelwind aus ihrer Wohnung gefegt und ließ sie verwundert und halb benommen zurück. Sie hatte seine Reaktion falsch eingeschätzt; sie hatte geglaubt, dass er still und nur traurig sein würde. Sein Wutausbruch hatte sie völlig aus dem Konzept gebracht, und für einen kurzen Moment glaubte sie sogar, er könnte in Wirklichkeit etwas über ihre Vergangenheit erfahren haben. Aber dann sagte sie sich, dass er ihr das in seiner Wut bestimmt an den Kopf geknallt hätte.

Die halbe Nacht lag Milly ruhelos im Bett und fühlte sich schlecht. Sie begriff, dass sie die Wirkung der Trennung auf sich selbst unterschätzt hatte. Manchmal dachte sie sogar an Selbstmord. Jetzt hoffte sie nur noch auf Emma. Wenn jemand ihr helfen konnte, dann ihre Patentante.

Fünfzehntes Kapitel

Emma war wunderbar. Milly hatte das immer gewusst, aber noch nie hatte sie die Hilfe der Patentante so dringend gebraucht, und auch jetzt ließ Emma sie nicht im Stich. Kurz nachdem Milly ihren nebulös formulierten Brief abgeschickt hatte, war schon die Antwort da: Am zehnten April um halb sechs würde Emma mit dem Zug auf der Victoria Station eintreffen und im Grosvenor Hotel wohnen. Wenn Milly wollte, könnte sie mit ihr zu Abend essen und dabei ihr Herz ausschütten.

Die Zeit bis dahin dauerte Milly viel zu lange. Jeden Morgen wurde sie von Übelkeit geplagt, die fast den ganzen Vormittag anhielt, was die Vorlesungen sehr beschwerlich machte. Sie hatte immer eine Karaffe Wasser zur Hand, aber einige Male musste sie hinauslaufen und eine der braunen Tüten benutzen, die sie bei sich trug. Sie fürchtete die ganze Zeit, dass jemand sah, wie sie sich übergab, und die Ursache ahnte.

Zum Glück war ihr Bauch noch nicht angeschwollen, aber sie fragte sich, was denn werden sollte, wenn sie dicker wurde. Im Juni würde sie im sechsten Monat sein, dann war es unmöglich, ihren Zustand zu verbergen. Bis dahin musste sie mit Professor Symes gesprochen haben.

Sie wusste, wie enttäuscht der Professor sein würde, dass sie nicht noch ein weiteres Jahr blieb. Aber wenn er den Grund für ihre Kündigung erfuhr, würde er zweifellos entsetzt über sie sein. In ihrer depressiven Stimmung glaubte Milly es nicht zu ertragen, wenn Studenten oder Kollegen über sie tuschelten.

Wie sie gedacht hatte, war Professor Symes nicht erbaut, als Milly ihm ihre Kündigung aushändigte. Als Begründung gab sie an, dass sie reisen wollte. Milly fiel es schwer, ihn zu enttäuschen, nachdem er ihr diese große Chance eröffnet hatte, aber der Professor versprach ihr ein Türen öffnendes Empfehlungsschreiben. Als Milly es hinter sich gebracht hatte, fühlte sie sich besser. Jetzt war sie gewappnet für das, was der Sommer ihr bringen würde.

Dann war der zehnte April da, und Milly betrat klopfenden Herzens die Halle des Grosvenor Hotels. Sie war viel zu früh und fand einen Platz in einer Ecke, der den Blick auf den Eingang erlaubte. Endlich sah sie ihre Patentante, gefolgt von einem Kofferträger. Milly lief ihr entgegen.

»Tante Em! Oh, du weißt ja nicht, wie froh ich bin, dich zu sehen!«

»Liebes Mädchen, wie geht es dir? Ich mache mir Sorgen um dich.«

Emma musterte ihr Patenkind kurz von Kopf bis Fuß. Milly trug einen Rock und eine Strickjacke, darüber einen Wollmantel. Die Knöpfe am Mantel saßen schon ein bisschen stramm, deshalb waren sie nicht geschlossen. Sie hatte auch schon den Bund des Rocks ein wenig weiten müssen. War Emma ihre breiter werdende Taille aufgefallen?

Sie wartete so geduldig sie konnte, bis Emma an der Rezeption ihren Schlüssel in Empfang nahm.

»Ich möchte gleich aufs Zimmer, wenn du nichts dagegen hast. Es war eine lange Reise, und ich bin zu müde, um mich in die Halle zu setzen und Tee zu trinken. Aber wir können uns was aufs Zimmer schicken lassen.«

»Ja, das wäre mir auch lieb«, antwortete Milly lächelnd. Alles schien einfacher zu sein, seit Emma da war. Emma hatte ein Händchen dafür, auch komplizierte Dinge zu vereinfachen. Nun, diese Qualität würde jetzt auf dem Prüfstand stehen.

Das Zimmer war angenehm hell und geräumig. Milly machte es sich auf dem Sofa gemütlich, während Emma ihre Oberbekleidung ablegte, Schuhe und Strümpfe auszog und ihre Füße in Lavendelwasser badete.

»Ah, das fühlt sich schon viel besser an«, sagte sie lächelnd. »Wenn du älter wirst, sind deine Füße das Barometer für dein Wohlbefinden, meine Liebe. Wenn deine Füße erfrischt und ausgeruht sind, kannst du die Welt aus den Angeln heben.«

»Das muss ich mir merken«, murmelte Milly.

Der Page brachte ihnen ein Teetablett, deshalb musste Milly mit ihrer brennenden Neuigkeit noch warten. Sie nahm einen Schluck des heißen, starken Gebräus und sagte: »Ich fürchte, ich muss dir was Wichtiges sagen, Tante Em.«

Emma sah ihre Nichte lange an, dann sagte sie: »Ich kenne nur einen Grund, warum ein Mädchen sich nicht der Mutter anvertraut, sondern einem anderen. Ich schätze, du bringst es nicht fertig, zum Arzt zu gehen? Er wäre eigentlich deine erste Adresse.«

Milly errötete, als sie begriff, dass ihre Patentante ihr beschämendes Geheimnis erraten hatte. »Ich habe keinen Arzt besucht, aber das ist auch nicht nötig, Tante Em. Ich bin mir absolut sicher.«

»Du solltest trotzdem zum Doktor gehen«, sagte Emma. »Aber erzähle mir zuerst, wie es überhaupt dazu gekommen ist. Man braucht schließlich zwei dazu. Was ist mit dem Vater?«

Milly brach in Tränen aus. Sie fühlte sich so elend nach ihrer letzten Begegnung mit Robin. Emma streckte ihre Arme aus, und Milly ging zu ihr, kniete sich auf den Boden und legte den

Kopf in Emmas Schoß. Zärtliche Hände streichelten ihre Haare, bis der Weinkrampf abgeklungen war.

»Weißt du, ich fühle mich teilweise verantwortlich für das, was dir geschehen ist, meine Liebe. Ich soll schließlich als Patentante deine moralische Behüterin sein. Vielleicht war es falsch, dass ich so viel über die Freuden am Sex gesprochen habe. Vielleicht hätte ich mehr auf die Gefahren hinweisen müssen, aber ich dachte, dass du weißt, wie man eine Schwangerschaft vermeidet.«

»Sie war ein Unfall«, schniefte Milly. »Aber ich dachte, es wäre nicht so schlimm, weil ich mitten in meinem Zyklus war.«

»Aber dann bist du am fruchtbarsten, du dummes Kind!«

»Am fruchtbarsten? Ich dachte, ich hätte gelesen ... Nun, jetzt ist es eh zu spät. Robin – er ist der Vater – hat immer zum Schluss rausgezogen. Aber einmal, wirklich nur das eine Mal, hat er das nicht mehr geschafft.«

»Er braucht nur ein einziges Mal! Aber erzähle mir mehr über diesen Robin. Weiß er Bescheid?«

Sie schüttelte den Kopf. »Ich habe mit ihm Schluss gemacht. Ich dachte, das wäre das Beste.«

»Warum? Ist er verheiratet?«

»Oh, nein.«

»Und warum hast du ihm nichts gesagt?«

»Er hätte sich sehr gegrämt, weil meine Laufbahn zerstört ist, und er hätte mich heiraten wollen. Aber ich glaube nicht, dass ich heiraten will. Oh, Tante Em, ich habe gerade meine Karriere am College begonnen. Die Schwangerschaft hätte zu keiner schlimmeren Zeit kommen können.«

»Was soll ich für dich tun?«

Milly starrte ihre Tante verständnislos an. Sie hatte damit gerechnet, dass Emma alle Antworten parat hatte oder wenigstens Vorschläge unterbreitete. Dass der Ball jetzt in ihrem Feld lag, war wie ein Schock für sie. »Ich ... ich hoffte, dass du das weißt.«

Emma ließ ein knappes Lächeln sehen. »Du bist über einundzwanzig, eine junge Frau. Du musst selbst entscheiden. Wie weit bist du in der Schwangerschaft?«

»Zu weit, um noch was dagegen zu unternehmen«, sagte sie missmutig.

»Dann bin ich froh, dass du nichts Törichtes unternommen hast, sonst würden wir uns jetzt nicht in einem Hotel, sondern in einem Krankenhaus treffen. Also wissen wir wenigstens, dass du das Kind bekommen wirst. Die nächsten Fragen lauten: Wo und wie? Offenbar willst du deinen Eltern nichts davon sagen.«

»Ich kann nicht hier bleiben. Aber ich weiß nicht, wohin ich gehen kann.«

»Also gut, ich kann dir was vorschlagen. Hast du das Datum deiner letzten Periode?« Milly nickte. »Dann können wir ungefähr das Datum der Geburt ausrechnen. Aber du musst trotzdem einen Arzt konsultieren, damit du sicher sein kannst, dass alles normal läuft. Ich habe einen guten Mann in Florenz an der Hand, der sich um dich kümmern wird, wenn ich ihm genug Geld gebe. Er wird auch festlegen, wann du ins Krankenhaus gehen musst. Ich glaube, es gibt eine sehr angenehme Wöchnerinnenstation, die von Nonnen geleitet wird. Und natürlich werde ich da sein und mich um dich kümmern.«

»Oh, du bist ja so gut zu mir«, schluchzte Milly. »Ich bin sicher, dass ich das nicht verdient habe. Ich habe Schande über unsere Familie gebracht ...«

»Rede nicht so, denn ich sehe das ganz anders. Jeder darf Fehler machen. Jetzt müssen wir das tun, was für dich und das Kind am besten ist.«

Als Milly mit einem Taxi nach Hause fuhr, fühlte sie sich

schon viel besser. Jetzt konnte sie sich der Zukunft stellen, während sie vorher kaum wusste, wie sie den folgenden Tag überstehen konnte. Emma hatte versprochen, mit ihr einkaufen zu gehen, um verhüllende Kleider auszusuchen, dann würde sie nach Florenz zurückkehren, weil sie noch eine Menge Vorbereitungen treffen musste. Milly würde gleich nach dem Ende des Studienjahres nach Italien reisen. Emma wollte versuchen, ihr eine Stelle als Tutorin bei einer englischen Familie zu beschaffen.

Darüber hinaus konnte sich Milly nicht über ihre Zukunft festlegen. Sie konnte sich nicht vorstellen, wie sie sich fühlte, wenn das Kind in ihren Armen lag, deshalb war es müßig, Pläne zu verfolgen. Emma hatte Verständnis dafür: »Bis dahin fließt noch viel Wasser den Arno hinunter.«

Völlig unerwartet erhielt Milly Besuch von ihrer Mutter, die feststellte, dass sie ›käsig‹ aussah, und Lebertran empfahl. Der wahre Grund ihres Besuchs eröffnete sich, als sie Milly zu einer Versammlung einlud, auf der Marie Stopes über ihre neu gegründete Geburtenkontrollklinik reden wollte. Die Ironie hätte Milly beinahe laut losprusten lassen.

»Es tut mir leid, Ma, aber an diesem Tag treffe ich mich mit Tante Em«, sagte sie, was der Wahrheit entsprach. Sie hatten die Einkaufstour auf diesen Tag gelegt, denn einen Tag später würde Emma zurück nach Florenz fahren.

»Kannst du das nicht verschieben?«, fragte ihre Mutter irritiert. Das Verhältnis der Schwestern war immer noch angespannt, obwohl Emma sie gleich nach der Ankunft besucht hatte.

»Nein, leider nicht. Sie fährt am nächsten Tag zurück, und bis dahin ist sie beschäftigt.«

»Nun, ich erwarte nicht, dass sie zu der Versammlung gehen wird. Sie hat zwar eine feministische Gesinnung, aber für die Bewegung interessiert sie sich herzlich wenig.«

Milly hob die Schultern. Sie wollte kein Streitgespräch beginnen, und Kitty erkannte, dass sie auch bei ihrer Tochter nicht mehr erreichte. Milly sah sie an, wie sie da saß, das Gesicht verkniffen und die Kleidung dunkel und trist, und empfand eine Welle der Traurigkeit. Wenn sie doch noch einmal geheiratet hätte. Vielleicht wäre sie dann aufgeblüht. Stattdessen hatte sie ihre ganze Energie der feministischen Sache gewidmet und einen hohen Preis dafür gezahlt.

Ein paar Tage später erhielt sie ein Päckchen von Robin. Milly erkannte seine Handschrift und fürchtete sich davor, es zu öffnen, aber als sie es tat, fand sie den Band von Keats darin, den sie ihm zu Weihnachten geschenkt hatte. Er hatte ein Hamlet-Zitat beigefügt, nach dem ein Geschenk wertlos ist, wenn der Schenkende sich als unfein erweist.

Sie kannte die Szene, in der Hamlet Ophelia verschmäht. Aber diesmal war es eine Frau, die den Mann zurückweist. Milly fühlte sich entsetzlich, und ihre Augen füllten sich mit Tränen. Sie wusste, dass sie ihn verletzt hatte. Eine solche Behandlung hatte er nicht verdient, aber sie tröstete sich damit, dass sie ihm eine größere Qual in der Zukunft ersparte, indem sie sich jetzt so herzlos zeigte.

Aber sie wusste, dass sie nicht wirklich herzlos war. Sie vermisste ihn ganz schrecklich, besonders in der Nacht, und manchmal malte sie sich aus, wie ihr Leben verlaufen wäre, wenn sie ihn geheiratet hätte. Doch dann setzten die Zweifel wieder ein; es war die tief sitzende Angst, den Fehler ihrer Mutter zu wiederholen und einen Mann zu heiraten, der sich später als ungeeignet erweisen würde. Sie hatte das Gefühl, Robin nicht gut genug zu kennen. Ihre Beziehung basierte auf Poesie und Romantik, also auf nichts Solidem.

Millys Schwangerschaft schritt unerbittlich fort, nachdem Emma nach Italien zurückgekehrt war, und ihr wachsender Bauch war der Quell täglicher Sorge. Irgendwie schaffte sie es durch den heißen Monat Mai. Sie brachte ihre Studentinnen durch die Prüfungen. Aber am Ende des Studienjahres brach sie in Tränen aus, als man ihr ein Exemplar von Palgraves *Golden Treasury* überreichte. Sie würde das College verlassen, ohne Hoffnung, noch einmal zurückzukommen.

Alle waren sehr freundlich zu ihr. Wenn jemand die Ursache für ihre weiten Kleider erriet, behielt er es für sich; jedenfalls hörte Milly nicht einmal den Hauch eines Gerüchts.

Sie atmete auf, als der Tag endlich da war, an dem sie den Zug zur Fähre bestieg. Ihr war nicht ganz geheuer, die weite Reise allein anzutreten. Ihr Vater brachte sie zur Victoria Station, und unter Tränen verabschiedete sie sich von ihm.

Die Wochen bis zur Geburt zogen sich hin. Doktor Fantoni, ein fröhlicher Mann, der ein komisches Englisch sprach, erklärte sie als »fit wie eine Fiedel, ja?« Er versprach ihr, dass sie eine »glückliche und sichere Geburt« haben würde. Emma hatte schon eine komplette Babyausstattung gekauft und ein Zimmer in der Villa für Milly und Kind herrichten lassen.

»Es kann sein, dass sie dir sagen, du sollst das Kind bei ihnen lassen, damit sich die Nonnen darum kümmern können«, warnte Emma sie. »Aber wenn du entscheidest, dass du das Kind bei dir behalten willst, dann solltest du bei ihm bleiben, damit du es stillen kannst.«

»Aber woher weiß ich, was das Beste für das Kind ist?«, fragte Milly verunsichert. Auch diesmal weigerte sich Emma, für das Patenkind zu entscheiden. Sie sagte nur, dass sie ihr nach Kräften helfen wollte, falls sie das Kind behielt.

Als die Wehen einsetzten, lag Milly schon im stillen Krankenhaus und schaute vom Zimmer auf einen schattigen Innenhof. Die Nonnen waren sehr freundlich und versuchten nicht einmal, sie zu bekehren. Sie wurde in den friedlichen Geburtsraum gelegt, der einen beruhigenden Einfluss auf sie hatte, und als der Arzt eintrat, hatte sich die Frequenz der Wehen stark erhöht.

Sie fühlte die zunehmende Kraft der Kontraktionen und empfand sie wie eine grausame Parodie auf die Zuckungen beim Orgasmus. Sie versuchte, nicht gegen die Krämpfe anzukämpfen, die ihren Körper peinigten.

Milly war erstaunt über die Kraft und die Selbständigkeit des eigenen Körpers, wie er ohne eine bewusste Anweisung von ihr mit der Geburt fertig wurde. Die schier unerträglichen Schmerzen holten sie in eine andere Welt, in der sie sich dem Rhythmus und der Kraft des biologischen Prozesses hilflos unterwarf. Ihre Gedanken waren nach innen gerichtet und stellten sich das winzige Bündel Fleisch vor, das sich auf seine erste Reise begab und gegen die Muskeln von Gebärmutter und Vagina kämpfte.

Sie keuchte und stöhnte, als der Kopf sich hindurchzwängte, und dann war sie sicher, dass sie in zwei Teile gespalten und die Vulva so heftig gesprengt wurde, dass es nicht länger auszuhalten war.

Aber irgendwie geschah das Wunder. Es war ein Gefühl unendlicher Erleichterung, als der kleine Kopf und die Schultern hinausglitten, und dann folgte der Rest und ließ Milly mit einem Gefühl der Leere zwischen den Beinen zurück.

Eine der Schwestern wischte ihr mit einem feuchten Schwamm über die Stirn und sprach ein kurzes Gebet für sie. Dann, durch den Dunst von Blut, Schweiß und Tränen, hörte Milly plötzlich einen schwachen Schrei, eine Stimme in der Wildnis, und er verkündete die Anwesenheit eines atmenden, lebenden Kindes, und Milly setzte sich auf, während Tränen über ihre Wangen liefen.

»Es ist ein kleines Mädchen«, sagte Schwester Francesca mit einem Lächeln und reichte ihr das eingewickelte Bündel.

In dem Augenblick, in dem Milly in das zerfurchte rosa Gesicht schaute, wusste sie ohne den geringsten Zweifel, dass sie ihr Baby behalten würde.

»Es wird nicht leicht sein, aber irgendwie werden wir es schaffen.«

Emma drückte Millys Hand. Sie lag im großen Bett in der Villa. Von ihrem Zimmer aus konnte sie auf die Hügel der Toskana sehen. Neben ihr lag Baby Emmeline friedlich schlafend in der Wiege. Der Name war perfekt, fanden sie, eine Kombination von Emily und Emma. Seit Generationen waren diese beiden Namen immer wieder in ihrer Familie benutzt worden.

Aber das war auch schon die ganze Freude, die sie an ihrem Zustand empfand, und selbst der Blick auf die Zypressen und Pinien mochte sie nicht trösten. Das Baby war süß, es ließ sich leicht stillen und schlief regelmäßig. Alle im Haushalt sagten, dass sie ein Vorzeigekind hatte. Aber Milly fühlte, als hätte sich eine schwarze Wolke über sie gelegt, die ihr tagein, tagaus die Luft zum Atmen nahm.

Eines Tages half ihr Emma aus dem Bett und setzte sie in den schattigen Garten. Sie legte ein Buch mit Gedichten auf den Tisch, weil es Milly aufheitern könnte, aber es half nicht. Der Arzt wurde gerufen und diagnostizierte eine Kindbettneurose.

In der alten Zeit, erzählte er fröhlich, hätte der Arzt ein paar Blutegel angesetzt, um die ›trüben Gedanken aufzusaugen‹, aber in dieser aufgeklärten Zeit machte man sich eher lustig über diese vorsintflutlichen Heilmethoden. Die

Zeit würde alles heilen, versicherte er ihr. Sie sollte sich ausruhen und ihr Baby genießen, so gut es ging.

An einem Nachmittag saß sie auf Beharren der Patentante wieder im Garten, als sie eine Kutsche vorfahren hörte. Ihr war es egal, wer in der Kutsche saß, aber dann kam Emma heraus und sah verkrampft und nervös aus.

»Milly, meine Liebe, da ist ein Besucher für dich. Ich will natürlich nicht, dass du dich aufregst, und du sollst auch wissen, dass ich mit deinem Besucher nichts zu tun hatte. Ich glaube, da sind einige ungewöhnliche Zufälle eingetreten, und irgendwie muss es das Schicksal sein, das ihn vor unsere Tür gebracht hat, meine Liebe.«

Nicht einmal Milly in ihrem depressiven Zustand mochte weitere Umschreibungen hören. »Himmel, Tante, sage mir endlich, wer da ist!«

»Nun …«

Bevor Emma weiter herumdrucksen konnte, trat der Besucher unaufgefordert in den Garten, und Milly drehte sich um. Sie hielt keuchend die Luft an und konnte den Augen kaum trauen. Wieso hatte Robin herausgefunden, wo sie war? Wut ersetzte bald ihren Schock, und sie drehte sich zu ihrer Patentante um, aber Emma schüttelte nur den Kopf und hob die Schultern.

»Wie, zum Teufel, hast du mich gefunden, Robin?«, rief Milly wütend und sprang so hastig aus ihrem Korbsessel, dass er hinterrücks umkippte.

»Bitte, Milly, reg dich nicht auf. Ich bin nicht gekommen, um dir Ungemach zu bereiten.«

»Dann, glaube ich, hast du einiges aufzuklären. Ich kann nicht glauben, dass du den Nerv hast, dich hier zu zeigen.«

»Lass mich bitte erklären. Wenn du dann immer noch willst, dass ich gehe, bin ich weg und werde dich nie wieder behelligen.«

Sie setzte sich wieder, beunruhigt von vielen gemischten Gefühlen. Es wurde noch ein Stuhl gebracht, und Robin setzte sich im angemessenen Abstand hin, der Ausdruck ernst.

»Ich weiß, dass dies ein Schock für dich sein muss, Milly, aber als ich herausfand, dass du in Florenz bist, musste ich herkommen und dich suchen.«

»Wieso hast du erfahren, dass ich hier bin?«

»Durch lauter Zufälle. Ich habe Professor Symes bei einem Symposium über Keats kennen gelernt. Er hat mir seine Ausgabe gezeigt, und ich sagte, ich hätte auch so ein feines Exemplar gehabt, das eine Freundin mir geschenkt hatte, aber ich hätte es ihr zurückgegeben. Er begann mich nach der Freundin zu fragen, und ich sagte, sie hätte an seinem College unterrichtet. Dann wusste er, dass ich von dir sprach, und er sagte, du hättest deinen Dienst gekündigt, weil du reisen wolltest. Eigentlich war das Gespräch über dich dann beendet, aber eine andere Frau hatte sich zu uns gesellt ...«

»Jetzt sage bloß noch, dass du auch Evadne getroffen hast?«, rief Milly.

»Doch, genau!« Robin lächelte, und Milly war, als hätte sich die Tür zu ihrem Herzen einen Spalt breit geöffnet und ließe einen Sonnenstrahl herein. »Sie hatte gelauscht und wusste deshalb, über wen wir redeten. Sie sagte mir, dass du eine Patentante hast, die außerhalb von Florenz in einer Villa lebt. Sie kannte sogar die Adresse – und deshalb bin ich hier. Ich dachte, selbst wenn ich dich hier nicht finde, treffe ich deine Patentante und sie könnte mir bestimmt was über deinen Aufenthalt sagen. Es waren keine gute Aussichten, aber mehr Informationen hatte ich doch nicht.« Er beugte sich vor und nahm ihre Hand. »Mein Inneres sagte mir, dass ich dich noch einmal sehen müsste, Milly. Wir sind im Bösen auseinandergegangen, und ich schäme mich für das, was ich dir alles an den Kopf geworfen habe. Wie geht es dir? Bitte, schick mich nicht weg, bevor du mir nicht ein bisschen von dir selbst erzählt hast.«

Es war so eigenartig, dass er wieder da war. Milly kämpfte gegen den Drang an, in alte Gewohnheiten zu verfallen und ihm wie früher ihr Herz zu öffnen. Offenbar wusste er nichts von ihrem Kind, und sie brachte es auch nicht fertig, es ihm zu gestehen. Stattdessen sagte sie, dass sie krank gewesen sei und sich langsam erholte.

»Ja, ich dachte gleich, dass du blass aussiehst. Du brauchst Sonne in deinem Leben, meine Liebe. Einmal habe ich geglaubt, ich könnte dir die Sonne ins Herz holen, aber ...« Seine Lippen zitterten, und Milly fühlte einen Anflug von Scham. Wie herzlos sie ihn behandelte!

Emma kam mit kalten Getränken heraus und bot Robin an, er könnte so lange bleiben, wie er wollte. Er dankte ihr, sagte aber, dass er ihre Gastfreundschaft nicht überstrapazieren wollte. Milly hörte das Baby schreien, und bevor jemand sie daran hindern konnte, hatte Maria das Baby in den Garten gebracht und sagte, dass die kleine Emmeline gefüttert werden wollte.

Es entstand ein furchtbares Schweigen. Milly sah in Robins Augen, wie ihm die Wahrheit dämmerte, und sie wusste nicht, wohin mit ihrem rot übergossenen Gesicht. Er starrte ungläubig auf das kleine Bündel, dann auf Milly. Sein Mund öffnete und schloss sich wieder, und Milly musste leise kichern. Sie nahm das Baby aus Marias Armen und sagte mit einem Seufzer: »So, jetzt weißt du Bescheid.«

»Sie ist mein Kind?«

Seine Stimme klang zittrig und voller Ehrfurcht. Er blinzelte in das kleine Gesicht mit den haselnussbraunen Augen. Emma schickte das Mädchen zurück ins Haus und sorgte dafür, dass die winzige Emmeline das erste Mal in ihrem jungen Leben mit beiden Eltern zusammen war. Robin streckte einen Finger aus, und das Baby griff danach. Er wandte sich mit strahlendem Gesicht an Milly. »Sie mag mich.«

Milly brachte es nicht übers Herz, ihm zu sagen, dass Emmeline nach jedermanns Fingern griff. Sie lächelte nur, öffnete ihre Bluse und nahm den Nippel heraus, um ihr Kind zu stillen. Robin sah in stiller Faszination zu, dann sagte er: »Ich wünschte, du hättest es mir gesagt, Milly. Aber ich bin dir nicht böse. Ich verstehe, wie du dich gefühlt haben musst.«

»Ich glaube nicht, dass du das verstehen kannst, Robin. Vielleicht ist das unser Problem. Ich glaube nicht, dass du mich wirklich kennst – woher willst du also wissen, was ich fühle?«

Er sah sie ernst an. »Ich kenne dich gut genug, um dich zu lieben. Ich hoffte, dass du mir das glaubst, aber offenbar ist das nicht so. Ich bin verloren ohne dich, Milly, das gebe ich gern zu. Aber ich werde dir nicht im Weg stehen, wenn du das Leben einer unabhängigen Frau führen willst. Ich will dich dann nur bitten, dass ich zum Unterhalt unseres Kindes beitragen kann. Ich muss es nicht sehen, wenn du das nicht willst, aber ich könnte es mit meinem Gewissen nicht vereinbaren, euch beide im Stich zu lassen.«

Milly sah ihn verwundert an. Sie hatte mit allen möglichen Reaktionen gerechnet, aber nicht mit dieser. Seine Großzügigkeit war außerordentlich und vergrößerte noch ihre Schuldgefühle.

»Robin, ich weiß nicht, was ich sagen soll.«

»Dann sage nichts. Lass mich nur hier sitzen und zuschauen, wie du sie fütterst. Wie ein mittelalterliches Gemälde *Madonna und Kind.* Ich will mir dieses Bild ins Gedächtnis - einbrennen, Milly, damit ich es nie vergessen werde. Ich werde es noch auf dem Totenbett sehen und es zu Grabe tragen.«

»Oh, Robin.«

Aber noch während sie über seine übertriebene Romantik lächeln musste, wusste Milly, dass er sie wieder in seinen Bann zog und sie mit Worten verführte. Sie spürte, wie sich die schwarze Wolke hob. Und was hatte die starke Unruhe in ihrer Brust zu bedeuten, das Pochen unter den milchbeladenen Brüsten? War es der aufgeregte Rhythmus ihres tanzenden Herzens?

Als Emma sah, dass das Paar in Harmonie zusammen saß, lud sie Robin ein, mit ihnen zu speisen und die Nacht zu bleiben. Milly war heimlich entzückt. Sie war zu erschöpft, um darüber nachzudenken, was sich aus dieser friedlichen kurzen Zeitspanne für später ergeben würde.

Ihr genügte es, dass sie sich entspannt und zufrieden fühlte – das erste Mal seit der Geburt. Nach dem Essen – eine fröhliche Angelegenheit, bei der sich Emma und Robin mit witzigen Bemerkungen überboten, während Milly ihnen gern zuhörte – wurde ein Rollbett in das Zimmer neben Millys gefahren, und Emma zog sich mit einem zufriedenen Lächeln auf ihr Zimmer zurück.

Milly war zwar müde, aber sie hatte nicht die Absicht zu schlafen. Nachdem sie nachgeschaut hatte, dass Emmeline zugedeckt in der Wiege lag, ging sie zu Robin, der im Salon saß und einen Schluck zur Nacht trank. Sein Gesicht leuchtete auf, als sie eintrat, und er rutschte zur Seite, damit sie sich zu ihm aufs Sofa setzen konnte.

»Ich dachte, du wärst schon ins Bett gegangen«, sagte er.

»Ich könnte sowieso nicht schlafen. Mir gehen zu viele Dinge im Kopf herum.«

»Mir auch. Oh, Milly, ganz egal, was mit uns geschieht, ich bin glücklich über die kleine Emmeline. Du hast keine Ahnung, was es für eine Freude ist zu wissen, dass ich geholfen habe, sie auf die Welt zu bringen.«

»Das vergrößert noch mein Schuldgefühl, dass ich dir vorher nichts davon gesagt habe. Angenommen, du hättest nicht herausgefunden, wo ich mich aufhielt? Ich hätte dir diese Freude versagt.«

»Aber daran darfst du jetzt nicht mehr denken. Das Schicksal hat seine Finger im Spiel und uns wieder zusammengebracht, meine Liebe. Da bin ich mir jetzt ganz sicher. Und noch etwas will ich dir sagen: Auch falls wir uns morgen für immer trennen sollten, werde ich dich trotzdem immer lieben.«

Tränen schossen ihr in die Augen, als sie in sein liebes, ernstes Gesicht schaute. Ich habe mich an ihm versündigt, dachte sie schluchzend. Er nahm sie in die Arme, und die Erleichterung, die sie überkam, fühlte sich wie ein Tonikum an.

»Wir haben diese eine Nacht zusammen«, sagte er. »Es könnte die einzige Nacht sein. Bitte, erzähle mir alles, was du in deinem Herzen bewegst, Milly. Wenn du danach noch willst, dass ich gehe, werde ich noch im Morgengrauen verschwunden sein.«

»Oh, Robin! Ich weiß nicht, wo ich anfangen soll«, jammerte sie.

Aber schließlich fand sie einen Weg, ihm über ihre Zweifel und Ängste zu erzählen. Zuerst hörte er geduldig zu, dann mit zunehmender Faszination, als sie ihm über ihr Leben erzählte, bevor sie ihn kennen gelernt hatte.

Sie ersparte ihm nichts. Zuerst erzählte Milly ihm über die frühe Entdeckung des Sex durch die Selbstbefriedigung im Mädchenschlafraum, nachdem die Lichter ausgegangen waren, dann beschrieb sie die Liebe mit anderen Mädchen. Als sie bemerkte, dass sein Interesse immer größer wurde, ging sie mehr in die Einzelheiten, und er begann Fragen zu stellen. Erinnerte sie sich an ihren ersten Orgasmus? Hatte sie sich den selbst verschafft oder ein anderes Mädchen? Hatte sie sich bei den anderen Mädchen revanchiert?

»Bist du nicht schockiert?«

Er gluckste laut. »Wirklich, Milly, das ist nicht viel anders als das, was auf meiner Schule ablief.«

Sie grinste ihn an. »Dann ist es wohl jetzt an dir, mir alles darüber zu erzählen.«

»Später vielleicht. Erzähl jetzt weiter, Liebes. Ich will wissen, was du in Cambridge getrieben hast.«

Milly sah ihm immer wieder ins Gesicht, weil sie sich davon überzeugen wollte, dass ihre Geständnisse ihn nicht entsetzten. Sie konnte nicht glauben, dass er ihre Vergangenheit so gelassen aufnahm, selbst ihre Affäre mit Evadne. Er sagte, er hätte gern die unanständigen Fotos gesehen, die sie und ihre Freunde während ihres Picknicks geschossen hatten.

»Wir haben noch viele andere Fotos gemacht«, gestand sie. »Nach Cambridge habe ich hier in Florenz für einen Fotografen gearbeitet.« Sie lächelte und erinnerte sich an Leo Venuti. Ob er immer noch seinen verstaubten alten Laden führte und seinem alten Gewerbe nachging? Vielleicht würde sie ihn mal besuchen. Er wäre bestimmt verblüfft, sie noch einmal zu sehen. Vielleicht würde er ein paar Bilder mit ihr und Emmeline aufnehmen. Dieser Gedanke wärmte sie.

Als er ihr Gesicht aufleuchten sah, gab Robin ihr einen kurzen Kuss auf die Wange. Milly wurde von einem Schauer des Verlangens überrascht, das sie völlig unerwartet überfiel und sie erröten ließ.

Er lachte. »Erzähl mir mehr, du unanständiges Mädchen. Spanne mich nicht auf die Folter.«

Als er von ihren Filmrollen hörte, sah Robin sie verblüfft

an. »Milly, warum hast du mir nie davon erzählt? Das sind faszinierende Geschichten!«

»Ich hatte Angst, du würdest ein billiges Mädchen in mir sehen. Nein, schlimmer – eine gewöhnliche Hure.«

Er lachte sie an. »Es ist so eindeutig, dass du das nicht bist. Du hast mir gesagt, dass ich dich nicht kenne. Du hast Recht, davon hatte ich keine Ahnung. Aber nur, weil du mir nichts erzählt hast. Jetzt kann ich dir auch vorwerfen, dass du mich nicht kennst, wenn du gedacht hast, deine Geschichten könnten mich schockieren.«

»*Touché*«, sagte sie lächelnd.

Trotzdem war sie zögerlich, ihm auch die Geschichte der Gentlemen bei Tammy Vavasour zu erzählen, aber als er ihr schließlich die Einzelheiten aus der Nase gezogen hatte, meinte er, dass es auf seiner Schule immer ein paar Jungen gab, die den Älteren schmeichelten und alles taten, um ihnen zu gefallen, auch wenn sie dafür nur ausgepeitscht oder öffentlich gedemütigt wurden.

»Ich kann mir gut vorstellen, dass sie Kandidaten für solche Behandlung wären«, meinte er. »Ist der Sexualtrieb nicht voller Merkwürdigkeiten, Milly? Er stellt die unwahrscheinlichsten Dinge mit der menschlichen Psyche an.«

Sie sah ihn forschend an, die Brauen gehoben. »Auch mit deiner Psyche?«

»Nun, das weiß ich nicht so genau, da ich nicht sehr erfahren bin. Aber ich hätte nichts dagegen, dass eine Expertin wie du das herausfindet.«

Sie konnte immer noch nicht glauben, dass er ihre Erlebnisse so leicht aufnahm. Als er vorschlug, dass sie zu Bett gingen, dachte sie nicht, dass er bei ihr bleiben wollte, aber dann folgte er ihr auf ihr Zimmer.

»Lässt du mich die Nacht bei dir verbringen?«, fragte er sie, ein demütiger Bittsteller.

Sie nickte. »Aber ich weiß nicht, ob ich zu irgendwas bereit bin.«

»Das ist nicht wichtig. Mir würde es schon genügen, dich in den Armen zu halten.«

Und so geschah es auch. Es schien, dass sie noch stundenlang so lagen und sich murmelnd unterhielten. Irgendwie schaffte es Robin, das Gespräch von der Vergangenheit auf die Zukunft zu lenken. Er sagte, während Milly beim Baby war, hätte Emma angeboten, dass sie als kleine Familie so lange wie sie wollten bei ihr wohnen blieben.

»Stell dir nur vor, mein Schatz, wie glücklich wir hier sein könnten. Emma könnte sich um die kleine Emmeline kümmern, während wir irgendeine Stelle zum Unterrichten finden. Es wird leicht sein, einen Job in Florenz zu finden, wo jeder Englisch lernen und die romantischen Dichter studieren will. Niemand braucht zu wissen, dass du ein Kind hast.«

»Oder … einen Ehemann?«, flüsterte Milly und sprach das Wort aus, das ihr bisher so schwer über die Lippen gekommen war. Sie hatte sich vor dem Wort sogar gefürchtet, aber jetzt gefiel es ihr.

»Das überlasse ich dir. Aber ich bin sicher, dass ich hier an der Universität unterrichten kann. Gus würde mir eine gute Referenz schreiben. Oh, Milly, es ist einen Versuch wert, findest du nicht auch?«

»Ja, vielleicht.«

Sie kuschelte sich an seine warme nackte Brust und labte sich an seinem harten Männerkörper, der einen starken Kontrast zu ihrem überreifen mütterlichen Körper bildete. Sein Penis war erigiert und drückte gegen ihren Bauch, und sie fühlte ein beharrliches Pochen in ihrem Schoß. Sie war erleichtert, dass die alten Gefühle zurückkehrten.

Hilflos angesichts der Forderungen ihres Körpers nahm

Milly seinen Schwanz in die Hand. Er hüpfte aufgeregt wie ein wildes Tier, als führte er ein eigenes Leben.

»Ich will ihn haben«, murmelte sie in sein Ohr. »Und ich will dich haben.«

»Was ist mit ... Verhütung?«

Seine Fürsorge erfüllte sie mit Zärtlichkeit. Er hörte nicht auf, für sie da zu sein.

»Solange ich stille, kann ich nicht schwanger werden, habe ich gehört.«

»Wenn du sicher bist ...«

»Ja, ich bin sicher«, sagte sie, obwohl sie ahnte, dass sie wieder einer falschen Information aufgesessen war.

Er küsste sie leidenschaftlich, und ihr ganzer Körper lieferte sich ihm aus. Er hatte sie akzeptiert, wie sie war. Was konnte eine Frau mehr von einem Mann verlangen? Sie nahm seine Hand und legte sie auf den warmen, geschwollenen Hang ihrer Brust.

»Du musst es mir beibringen, Milly«, raunte er. »Zeige mir, wie ich dir Lust bringen kann.«

Dann senkte sich sein Mund über die glänzende Spitze ihres Nippels.

Ende

Herrin und Mätresse – das aufregende Leben einer unersättlichen Frau

Vivienne LaFay
DIE MÄTRESSE
Erotischer Roman
272 Seiten
ISBN 978-3-404-15921-5

Lady Emma Longmore genießt ihre Rolle als Mätresse des gut aussehenden wohlhabenden Daniel Forbes. In seiner Londoner Villa gründet sie eine Schule für höhere Töchter, die sie in die Künste der Liebe einführen will. Doch bald steckt Lady Emma in Schwierigkeiten. Hals über Kopf flieht sie zurück nach Paris, wo es viele Erinnerungen an nächtliche Abenteuer aufzufrischen gilt.

Der zweite Roman aus der erotischen Reihe um Lady Emma

Bastei Lübbe Taschenbuch

Eine prickelnde Dreierbeziehung und ein Rausch der Sinne

Tesni Morgan
DIE SINNLICHE ERBIN
Erotischer Roman
288 Seiten
ISBN 978-3-404-15920-8

Lorna erbt Hinton Priory, ein altes Haus in der englischen Provinz. Sie verspricht sich endlich Ruhe in ihrem bisher so hektischen Leben. Größer hätte ihr Irrtum nicht sein können. Ein ruchloser Geschäftsmann hat Lornas Grundbesitz im Blick. Er will sie verführen, aber das will auch der geheimnisvolle Architekt, der ihr Haus renovieren soll. Und ihr Nachbar Tyrell ist nicht der Gentleman, für den er sich ausgibt ...

Bastei Lübbe Taschenbuch